中國企業創立與經營
綜合模擬實訓

劉進、盧安文、鄭維斌、周清 主編

財經錢線

前 言

編寫本書，分為認知和能力、策略和技能、模擬營運三大篇，共六章，循序漸進地讓學生學習創業的理論，掌握創業的技能，並將它們應用於實踐操作。因為很難讓大量的學生深入企業實習，所以我們使用了方宇博業公司虛擬仿真綜合實訓平臺 VTS-M 進行企業創立與經營管理的模擬訓練，通過虛擬場景和體驗教學，訓練真實工作崗位需要的基本能力和素質，同時讓學生瞭解企業從創建到營運的整個過程，培養學生的團隊合作、創新創業等能力，幫助學生提高由割裂的專業知識轉化為跨專業領域融會貫通的綜合能力。

本書由劉進、盧安文、鄧維斌、周青主編，付德強、武建軍、王帥、李豔直接參與了本書講義的實踐教學，並為本書的編寫提出了很多建議，北京方宇博業公司也為本教材提供了一些素材和案例。

由於作者水準有限，錯誤和疏漏之處，懇請讀者批評指正。

目 錄

認知和能力篇

第一章 創業認知 / 003
第一節 創業的本質和價值 / 003
第二節 創業的風險及其對策 / 006
第三節 創業的步驟及條件 / 008
第四節 創業者必備的素質 / 010
第五節 成功創業者應瞭解的法律法規 / 012
第六節 能力自評：你適合創業嗎 / 013

策略和技能篇

第二章 財務管理 / 019
第一節 管住你的錢袋子 / 019
第二節 企業納稅籌劃 / 043

第三章 人力資源管理 / 057
第一節 人力資源管理的定義及發展趨勢 / 057
第二節 員工招募與配置 / 058
第三節 員工測試與甄選 / 064
第四節 員工培訓與開發 / 067
第五節 績效管理 / 069
第六節 薪酬福利管理 / 076
第七節 用人單位人力資源法律風險防範 / 081

第四章　生產管理　/ 084

第一節　改變世界的機器：精益生產之道　/ 084

第二節　強化採購管理　提高企業績效　/ 092

第三節　庫存與庫存管理　/ 113

第五章　行銷管理　/ 132

第一節　行銷管理概論　/ 132

第二節　策略類型　/ 135

第三節　常用分析工具　/ 151

第四節　全新行銷理念的遺傳密碼　/ 155

模擬營運篇

第六章　企業經營管理綜合仿真實訓　/ 161

第一節　註冊與登錄　/ 161

第二節　製造企業設立　/ 163

第三節　製造企業經營　/ 183

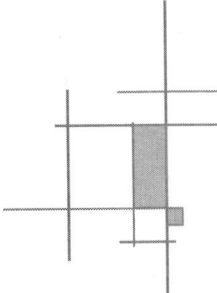

認知和能力篇

第一章　創業認知

隨著社會經濟的發展，創業活動越來越成為促進中國經濟發展、推動就業的一項重要因素，特別是高校學生作為創業活動的主體，其創業活動是中國高等教育改革走向深化的必然趨勢，是完成高校學生轉型的重要途徑，也是高校學生創業內在的本質與價值要求。基於此，高校學生更要正確認識創業，提升自身能力素質，知曉自己是否適合創業以及創業前應該要掌握哪些法律法規知識。

如果想創業，實現自我價值，你是否清楚創業的本質是什麼？是否明白創業的價值所在？創業都需要哪些條件，面臨哪些風險以及應對策略是什麼？如何一步步實現創業？只有搞清楚這些內容，你才能夠正確認識創業，為創業打下一定基礎。

第一節　創業的本質和價值

一、創業的本質

從廣義上來說，創業是基於以創造自我人生價值為驅動的行為；從狹義上來說，創業就是包括創造價值在內的，創建並經營一家新的營利性企業的過程，或者說是通過個人或一個群體投資組建公司，來提供新產品或服務，以及有意識地創造價值的過程。究其本質，創業就是不拘泥於現有資源限制下對機會的追尋，將有價值的機會與富有創業精神的人之間進行結合，為創業機會所驅動，通過思考、推理以及行為方式等，將不同的資源進行組合以利用和開發機會並創造價值，最終主動地把一件事從無到有做起來。從某種意義上來說，創業

> **知識小貼士：愛迪生是不是一位創業家？**
>
> 愛迪生一生擁有1,000多項的專利，包括電燈、膠卷等。愛迪生最大的成就在於，他能夠使一項發明，在技術上與商業上均可行，並且引發市場需求，為投資者創造豐厚的利潤。以電燈的發明為例，如果僅僅在實驗室內使一盞燈發亮，只能說是科學上的偉大發明。除非電燈大量生產，具有千小時以上發亮的產品可靠度，否則電燈就可能還只是實驗室中的樣品。而愛迪生為電燈的商業化應用建構起了整個配套系統，包括發展量產能力、提升產品的可靠度、設置發電廠、開發電力聯網系統等。從這個意義上來說，我們是否可以說愛迪生不只是一位發明家，而且還是一位真正的創業家呢？

一定要能夠抓住用戶的需求。如果一個產品沒有抓住用戶的需求，這個產品肯定做不起來；反之，如果既抓住了用戶的需求，又找到了銷售方法，就可以把它做起來。需求不在大小，而在強弱。如果大家都不太需要你的產品，你就不可能成功。有多少人在何種情況下非用你的產品不可，這就是需求。這個需求是不是強烈的需求，直接決定你的產品能不能做起來。

當然，不同的創業類型，所面臨的有利因素、不利因素、獲取的資源、吸引顧客的途徑、成功基本因素以及創業的特點都是有所區別的，具體如表1-1所示。

表1-1　　　　　　　　　　不同創業類型的比照

因素	冒險型的創業	與風險投資融合的創業	大公司的內部創業	革命性的創業
創業的有利因素	創業的機會成本低；技術進步等因素使得創業機會增多	有競爭力的管理團隊；清晰的創業計劃	擁有大量的資金；創新績效直接影響晉升；市場調研能力強；對R&D的大量投資	無與倫比的創業計劃；財富與創業精神集於一身
創業的不利因素	缺乏信用，難以從外部籌措資金；缺乏技術管理和創業經驗	盡力避免不確定性，追求短期快速增長，而市場機會有限；資源的限制	企業的控制系統不鼓勵創新精神；缺乏對不確定性機會的識別和把握能力	大量的資金需求；大量的前期投資
獲取的資源	固定成本低；競爭不是很激烈	個人的信譽；股票及多樣化的激勵措施	良好的信譽和承諾；資源提供者的轉移成本低	富有野心的創業計劃
吸引顧客的途徑	上門銷售和服務；瞭解顧客的真正需求；全力滿足顧客需要	目標市場清晰	信譽、廣告宣傳；關於質量服務等多方面的承諾	集中全力吸引少數大顧客
成功基本因素	企業家及其團隊的智慧；面對面的銷售技巧	企業家團隊的創業計劃和專業化管理能力	組織能力，跨部門的協調及團隊精神	創業者的超強能力確保成功的創業計劃
創業的特點	關注不確定性程度高但投資需求少的市場機會	關注不確定性程度低的、廣闊而且發展快速的市場和新的產品或技術	關注少量的經過認真評估的有豐厚利潤的市場機會，迴避不確定性程度大的市場利益	技術或生產經營過程方面實現巨大創新，向顧客提供超額價值的產品或服務

資料來源：BHIDE A V. The Origin and Evolution of New Businesses [M]. Oxford: Oxford Univetsity Press, 2003.

二、創業的價值

在「大眾創業、萬眾創新」的背景下，創業究竟會給我們帶來什麼樣的價值呢？創業的價值主要包括宏觀層面與微觀層面兩部分。

（一）宏觀層面

從大的方面來說，創業有利於推動經濟轉型。在經濟轉型期，創業創新是經濟增長動能轉換的關鍵。中國經濟市場化和經濟增長的歷史，實際上也是經濟結

構多元化和大眾創業的歷史。正是由於在改革開放的背景下，人們逐步走向市場、開拓創業，中國經濟才擺脫了體制性短缺和供給短缺的局面。

一是創造財富。企業存在的前提，就是要創造價值並獲取合理的利潤。因此，任何一個企業的成功發展，必然是為顧客創造價值，並為社會不斷創造物質財富與精神財富。物質財富主要是指企業所提供的產品與服務以及上繳的稅收等，精神財富主要是指企業文化、企業家精神等。由於中國市場經濟起步晚、經驗少，與西方發達國家相比，中國企業的管理水準仍比較低，企業經營者眾多，但高素質的企業家卻不多，因此，中國企業在激烈的國際市場競爭中往往處於不利地位。高校作為高級人才的培養和孵化基地，可以通過開設與創業相關的課程，開展創業教育和創業實踐活動，提高大學生的創業能力，力爭把他們培養成為具有創新能力、專業技能、經營管理能力和自我發展能力的企業管理者，為其將來成長為合格的企業家打下堅實的基礎，並為中國經濟的發展和社會主義現代化建設造就一批高素質高水準的企業家隊伍。

二是促進就業。有關研究表明，一個成功的創業者可以解決五個人的就業問題，因此以創業帶動就業具有明顯的就業倍增效應。眾所周知，作為人口大國，勞動力過剩、就業難在中國一直是一個非常突出的問題，因此通過發展創業型經濟來帶動就業是擴大就業、緩解就業壓力、促進勞動力轉移的重要途徑。隨著高校的不斷擴招，中國的就業形勢越來越嚴峻。高校通過創業教育培養和提高大學生的創業能力，鼓勵有能力的大學生自己創辦企業，除了能夠解決大學生自身的就業問題外，還可以創造一定的就業崗位，緩解高校畢業生的就業壓力。

三是提高自主創新能力。當前，全球經濟社會格局正進入深度調整期，科學技術越來越成為推動經濟社會發展的主要力量，新一輪科技革命和產業變革正在孕育興起，創新驅動發展是大勢所趨。在此背景下，創業就是要創造新價值，抓住新商機，通過新科技、新服務、新產品提高自主創新能力，為社會的發展不斷注入新的活力。

（二）微觀層面

英國心理學家馬斯洛在其動機形成理論中提出「人們具有自我實現的需要」，即人們具有希望充分發揮自己的潛能，實現自己的理想和抱負的需要。自我實現是人類最高級的需要。人們通過創業創造財富的同時，實現自己的人生價值，充分發揮自己的才華，不斷突破和超越自己。

一方面，實現「低層級的生理需求」。通過創業創造的物質財富可以滿足個人的生理需要、安全需要。同時，創業必然要通過參與社交活動來溝通實現，因此，通過創業，個人的社交需要也會在其過程中順理成章地得到滿足。

另一方面，實現「高層級的精神需求」。在第一層面充分滿足的基礎上，人們才能獲得相對自由，然後進一步將個人的才華和興趣轉化成自己的創業項目，從而獲得尊重需要與自我實現需要，甚至不斷突破和超越，使社會地位不斷提升，個人價值與社會價值不斷提高。

第二節　創業的風險及其對策

眾所周知，風險與回報是相伴相生的，創業者帶著極大的創業激情，憧憬創業所帶來的創業回報的同時，也要警惕政策風險、經濟風險、社會與文化風險等各種創業風險，並採取相應的對策，實現成功創業。

一、創業的風險

通過對大量創業案例的總結發現，創業主要存在政策風險、經濟風險、社會與文化風險、選擇型風險、技能型風險、技術風險、融資風險、市場風險、管理風險、自我認識程度風險十大風險。

一是政策風險。政策風險即由於政府為鼓勵或規範創業而制定政策的不確定性，會給創業造成一定的利益得失。比如：因政策的變動帶來的風險，不能準確解讀、領悟政策帶來的風險，不能及時掌握政策而失去機會的風險。最先領悟政策獲得政策支持的創業者，可獲得先動優勢，而跟隨者無法獲得這樣的優勢。

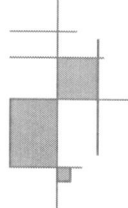

二是經濟風險。這是指因經濟前景的不確定性，各創業經濟實體在從事正常的經濟活動時蒙受經濟損失的可能性。因此，創業者必須要及時準確地瞭解國家的社會經濟結構、經濟發展水準、經濟體制、宏觀經濟政策以及當前的經濟狀況等因素。

三是社會與文化風險。這是由於整個社會發展趨勢的不確定性會導致創業者的經營損失，主要包括社會道德風尚、文化傳統、人口變動趨勢、文化教育、價值觀念、社會結構等的不確定性。

四是選擇型風險。這是指創業者在選擇創業項目時存在一定程度的盲目性，從而形成項目選擇風險。選擇性風險的特徵是：缺乏前期的市場調研和論證，很多創業者常常只憑興趣或想像來決定投資方向、投資項目，有時甚至僅憑一時的心血來潮就盲目做決定。

五是技能型風險。這是指由於創業者缺乏創業技能而導致的創業實踐風險。創業技能包括行銷技能、溝通技能、談判技能等。

六是技術風險。這是指社會技術總水準及變化趨勢的不確定性，如技術變遷、技術突破對企業的影響等，以及技術與政治、經濟社會環境之間的相互作用導致的技術變化快、變化大、影響面大等不確定性。

七是融資風險。這是指創業者會因融資渠道單一而陷入的風險。創業者剛開始創業時，可能會由於人脈資源相對比較集中，在融資過程中一般會缺乏相應的融資靈活性，融資渠道比較單一，常常導致融資風險。

八是市場風險。這是指創業者在創業過程中獲取資金、勞動力、土地和企業家才能等生產要素時面臨的供需不確定性。如創業者在籌集資金時受到整個市場利率的影響，獲取勞動力時受到工資的影響，獲取土地受到租金的影響，企業家才能受到利潤的影響。

九是管理風險。這是指因創業者管理不善、判斷失誤、缺乏經驗等給企業帶

来的損失或發展風險。管理風險是很難評估的，但我們應盡量遵循科學的管理方式，避免在管理中依自己的個性隨意指揮，沒有原則或者規章。

十是自我認識程度風險。創業者對自己的個人能力、信念與恒心以及社會資源等的定位和認知將直接影響企業的發展方向和發展規模。

二、創業風險的應對

除了需要瞭解各種常見的創業風險以外，創業者還應該懂得如何應對創業風險所帶來的種種不利的情形。

一是失敗的創業。這是很正常的現象。特別是，中國的總體創業成功率並不高，因此創業者必須要勇於面對。創業者要學習從跌倒中爬起來，特別要善於總結失敗的經驗與教訓，並不斷學習與改進，在逆境中成長。

二是不穩定的財富。創業者可以通過成功創業獲取較為豐厚的財富回報，改善個人及家庭的生活質量。但是，創業過程中不可避免地會出現很多難以預測的困難，並給創業者帶來巨大的財務壓力。對此，創業者必須要穩健經營，積極應對這種不穩定的資金風險，想辦法破解無法支付員工報酬等難題，盡量減少資金風險。

三是隨時會出現的障礙。市場環境的不確定性、競爭的不確定性以及生活中的不確定性等因素，都會給創業帶來難以預測的困難與障礙。對此，創業者要積極承受，去面對並解決這些不確定的困難與阻礙，而不是選擇當「逃兵」。

四是難耐的孤獨歷程。在創業失敗後，創業者通常難以得到他人理解，從而會感到特別孤獨無助。對此，創業者要堅信，失敗並不可怕，孤獨更不可懼，關鍵在於是否能夠學會在逆境中生存，從跌倒的地方爬起來，最終從孤獨中走出來。

> **知識小貼士：大學生如何規避創業風險？**
>
> 要規避選擇型風險，大學生需要在創業的初期做好市場調研，在瞭解市場需求的基礎上進行創業項目選擇。要規避技能型風險，大學生應去企業打工或實習，累積相關的管理和行銷經驗；積極參加創業培訓，累積創業知識，接受專業指導，提高創業成功率。而融資型風險的規避，需要大學生創業者不僅要能夠利用傳統的融資渠道，還要能夠充分利用風險投資、創業基金等其他的融資渠道。市場型風險的規避，則需要大學生創業者平時要注重社交活動的開展，比如可以多參加各種相關的社會實踐活動，通過社交活動擴大自己人際交往的範圍。另外，在創業前，創業者可以有目的地先到相關的行業或領域工作或實踐一段時間，為自己日後創業累積人脈。要減小管理型風險，創業者可先從合夥創業、家庭創業或者虛擬店鋪開始做起，鍛煉自己的創業能力，也可以聘用職業經理人負責企業管理。

五是辛勞的工作。創業是一項長期而艱苦的事業。創業者在初期一定會比別人付出得更多，一定要竭盡所能地使企業走向正軌並保持持續的競爭優勢。因此，對於每一個創業者而言，一定要做好打持久戰的充分準備。

第三節 創業的步驟及條件

一、創業的步驟

奧利夫（Olive，2001）從創業者個人事業發展的角度出發，將創業流程分為八個步驟，即決定成為一位創業者、選擇創業機會、進行創業機會評估、組成創業團隊、研究擬定創業經營計劃書、展開創業行動計劃、早期的營運和自身管理、取得個人和企業的成功。奧利夫認為，創業流程管理的重點在創立新企業這一部分，只要創業獲得利潤，就算達到了預期目標，至於有關企業的永續經營問題，則不屬於創業管理的範疇。

基於中國創業實踐案例分析，創業者的創業活動應該歷經創業準備，市場機會識別、評估與選擇，創業經營計劃書啓動與擬定，資源確認、獲取與整合以及新創企業管理五大步驟，具體內容如表1-2所示。

表1-2　　　　　　　　創業者的創業活動應歷經的五大步驟

創業流程	分類	內容
步驟一	創業準備	創業心理準備
		創業能力準備
		創業基礎知識學習
步驟二	市場機會識別、評估與選擇	市場分析
		機會評估
		機會選擇
步驟三	創業經營計劃書啓動與擬定	確定戰略目標
		組建創業團隊
		正式啓動創業
		擬定創業經營計劃書
步驟四	資源確認、獲取與整合	確認現有資源並加以充分利用
		針對資源缺口，通過一定渠道獲取補充
		對資源進行有效融合
步驟五	新創企業管理	明確管理方式
		創建企業文化
		把握關鍵成功因素
		全面實施創業經營計劃
		實施創業管理
		實施自我管理
		實施創業風險與危機管理

當然，在實際的創業進程中，創業者並沒有必要完全按照以上步驟去實施，

可以顛倒步驟或是幾個步驟同時進行。此外，創業流程步驟並不是孤立的，往往需要循環往復地實施。

二、創業需要的條件[①]

創業必須是在自我認知、資金、技術、資源等各方面都已經準備充分的條件下，才有可能獲得成功，切不可貿然行之。那麼，創業需要什麼基本條件呢？

（一）可行的創意

創意是一種思想、概念或想法，只有能夠滿足市場需求並且擁有廣闊市場和良好發展前景的創意才是可行的創意，才能加以實施，才望取得效益。創業者接受新事物、學習新事物的能力較強，接觸新事物和新思維的機會較多，容易產生較多、較新穎的創意。但是，需要注意的是，由於創業者接觸的人群和知識可能會比較單一，沒有實際創業經營的經驗，對市場需求和創意的發展前景不瞭解，導致產生的創意的質量不高，特別是其可行性往往有待檢驗和修正。

（二）創業團隊

作為較為成熟的創業團隊，其成員的知識結構、專業技能需要有互補性，同時又能夠有較為統一的想法和抱負，能夠協調好相互之間的關係，妥善處理好衝突和矛盾，朝著共同的目標努力奮鬥。就高校學生而言，其經歷過大學階段的集體生活，比較容易與他人相處，且大學階段部分課程的學習要求團隊合作完成，所以高校學生一般都具備團隊合作的素質和經驗。

（三）技術和產品

技術和產品是創業的必備條件，只有滿足現實市場需求或有市場潛力的技術和產品才是可行的。在科技發展日新月異的今天，創業者要不斷關注技術和產品的發展趨勢，及時推陳出新，滿足市場需求，最終實現盈利。就高校學生而言，雖然接受過高等教育，但是絕大多數人還不具備研發新技術和新產品的能力，並且對於所掌握的技術如何轉化及產品的可行性方面缺乏知識和經驗，因此大多數只能選擇實施低水準、低技術含量的創業模式，再加上其所掌握的技術和產品往往是不完善的，更需要在生產和營運的過程中不斷加以完善，才能適應市場的需求。

（四）資金

資金是所有創業活動必須具備的重要條件，資金的缺乏極有可能導致創業的失敗。就高校學生而言，其創業所面臨的最大問題就是資金短缺，而創業園多位於高科技，並不符合高校學生的創業特點；社會資源由於對高校學生創業缺乏信心，導致相應的支持力度不夠；銀行貸款有著嚴格的審核制度，對於高校學生來

[①] 王晶晶，郭小寧. 大學生創業的條件分析［J］. 才智，2014（27）：41，44.

說較難實施。特別是,高校學生社會關係簡單,創業資金主要來源於家庭和親朋好友,這就會導致高校學生創業資金有限,並影響創業的成功進行。

(五) 經驗

創業者是否具備相關的經驗對創業能否成功也有著重要影響。如果創業者具備相關的管理經驗,能夠有效地管理創業活動,那麼在面對困難的時候就會彰顯出更加出色的處理能力。與社會上的成功人士相比,高校學生的人脈資源、行業經驗都處於弱勢。雖然現在高校都開始開設創業課程、舉辦相關活動、提供實踐機會等,但是高校學生畢竟沒有實際的創業經歷,對創業的認識和經驗還都處於理論階段,進而成為高校學生創業成功的一大障礙。

(六) 機遇

更多的情況下,創業是需要社會機遇的,很多偉大的公司都是歷史機遇成就的。索尼公司抓住了錄放機的發展,一躍成為世界級的電子公司;蘋果公司抓住了個人計算機發展的歷史機遇,成就了今天的輝煌;滴滴打車,借助互聯網經濟的大勢,以一個打車軟件的力量就顛覆了一個行業。就高校學生而言,創業就是要找到細分領域的切入點,從小的機遇入手,不要求大,不要攀高,否則可能因為資源不足、能力不夠而夭折。

第四節　創業者必備的素質

創業過程往往充滿了艱辛和坎坷,所以創業者是需要具備一些特有的能力和素質的。只要我們抱定創業的堅定目標,努力鍛造自身的能力和素質,終會取得一定的成就。創業者所需的能力與其所在的行業和時代緊密相連,但它們還是有一些共同的特質。

一、樂觀自信的心態

在創業過程中,會出現各種危機和困難,成功的創業者需要非常樂觀自信的心態,這種心態不但是自己前行的動力,也會感染自己的創業團隊。當然,這要求創業者有很強的情緒調控能力,在挫折中同樣能夠保持穩定的情緒,充沛的精力,對生活和事業充滿熱情和信心。但是,成功的創業者在自信的同時也需要保持清醒,不能因為自負而一意孤

知識小貼士:能力是什麼?

能力是指人能夠有效地履行某一具體職位時所需具備的一系列基本特點和行為模式,其通過可觀察及可衡量的行為和結果進行表現,其實質就是實現業績所需的知識、才幹、個人品質和技能的綜合。

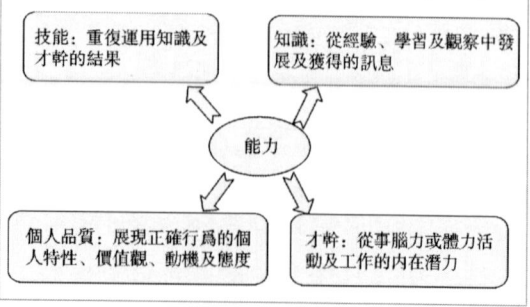

行，延誤商機。

二、強烈的創業慾望

強烈的創業慾望是創業的根本動力。創業者往往具有較高的理想，他們極力想改變自己，改變周邊環境，甚至改變社會，創業者的慾望可能來自外界刺激，但更多的應該是來自內心的價值追求和社會責任。只有來自內在的需求，才能讓理想更加堅定，創業更加持久。

三、高度的控制欲[1]

成功的創業者，對資源高度的控制欲和佔有欲是與生俱來的。控制欲是指他們相信自己能夠控制自己的人生。創業者希望通過自己而不是他人來決定自己的命運，他們經常有很強的控制欲，總是希望把命運掌握在自己手中。和控制欲相關的是創業者的個人獨立性，創業者往往喜歡獨立思考和行動，渴望獨立自主。創業者具有高度的控制欲，並不是說他們在人事上對他人的完全控制，不給他人以自由，而是他們對自己能夠控制自如，相信自己的能力。

四、堅韌不拔的毅力

成功的創業者都有堅韌不拔的毅力，這也是他們的成功之道。在他們看來，只要堅持正確的方向，矢志不移地完成既定的目標，就有可能實現成功。他們絕不會因為一時的困難而放棄，即使遇到許多常人難以忍受的困難和挫折，也總是堅持自己的理想和奮鬥目標，勇往直前。很多失敗者之所以失敗，就是因為擔負不起責任，缺乏毅力去堅持。所以，干事業一定要執著，不怕挫折，永不退縮。只有不畏勞苦的人，才有希望達到光輝的頂點，沒有堅韌不拔的精神，是干不成一番事業的。

五、過人的膽略

創業是有風險的，這種風險有可能讓你多年的心血付之東流，甚至讓你傾家蕩產，負債累累，因此創業需要膽量，需要冒險。同創新精神一樣，冒險精神也是創業家精神的一個重要組成部分，而且冒險精神是和創新精神緊密相連的，創新需要跨入未知的領域，關注別人所不易注意的問題，以自己獨特的方式去考慮和處理問題。因為走別人未走過的路，沒有經驗可循，所以具有更大的風險，但是一旦開拓成功，企業就會得到快速的發展，甚至改變整個行業，因此具有冒險精神的創業者更能稱為偉大的企業家。

六、團隊合作精神

雖然創業者非常渴望獨立自主，但是這並不妨礙他們組建成功的團隊。而且一個成功的創業者往往都是團隊工作方式的倡導者。作為企業的高層領導人，創

---

[1] 張永成. 創業與營業

業者應該體現出團隊領袖所應具備的果敢和堅毅，尊敬和團結每一個團隊成員，始終保持在團隊中的核心地位，還應該用平和的心態看待權利的得失，把團隊的利益作為自己追求的最大目標。

七、謀略與智慧

創業是一個鬥體力的活動，更是一個鬥心力的活動。創業者的智謀，將在很大程度上決定其創業的成敗。尤其是在目前產品日益同質化、市場有限、競爭激烈的情況下，創業者不但要能夠守正，更要有能力出奇。對於創業者來說，智慧是不分等級的，它沒有好壞、高明不高明的區別，只有好用不好用，適用不適用的問題。我們總結創業者智慧為：不拘一格，出奇制勝。作為創業者，你的思維一定不能因循守舊。

> **知識小貼士：麗華快餐成功之道是什麼？**
>
> 吳敬璉寫過一篇《何處尋找大智慧》的文章，文中指出，對創業者來說，無所謂大智慧小智慧，能把事情做好，能賺到錢就是好智慧。麗華快餐由一個叫蔣建平的人創立，起家之地是江蘇常州，開始不過是常州麗華新村裡的一個小作坊，在蔣建平的精心打理下，很快發展為常州第一的快餐公司。幾年前，當蔣建平決定進軍北京時，北京快餐業市場已近飽和。蔣建平劍走偏鋒，從承包中科院電子所的食堂做起，做職工餐兼做快餐，這樣投入少而見效快。由此推而廣之，好像星火燎原，迅速將麗華快餐打入了北京市場。假如蔣建平當初進入北京後，依循常規，租門面，招員工，拉開架式從頭做起，恐怕麗華快餐不會有今天。

第五節　成功創業者應瞭解的法律法規

掌握一定的法律法規常識，對於創業者來說是非常重要的。熟悉相關的法律法規，可以幫助創業者在遵守法律法規的前提下，有信心有膽識且放心地開展一切創業活動，同時能夠有效地防範創業過程中可能存在的法律風險，為企業後期可持續發展打下堅實的基礎。

（一）要瞭解的部分法律法規清單

在創業初期，創業者一定要瞭解的法律法規主要包括《中華人民共和國公司法》《中華人民共和國合夥企業登記管理辦法》《中華人民共和國合同法》《中華人民共和國勞動合同法》《中華人民共和國會計法》《中華人民共和國企業所得稅法》《中華人民共和國增值稅暫行條例實施細則》《中華人民共和國個人所得稅法》《中華人民共和國專利法》《中華人民共和國商標法》《中華人民共和國著作權法》等。此外，還要關注相關的財稅政策、金融政策以及《中華人民共和國安全生產法》《中華人民共和國環境保護法》等與具體行業相關的重要法律法規，不僅要認真學習掌握而且要時刻關注其更新與變化。

(二)《中華人民共和國公司法》修訂說明、前後對照及解讀

2013年12月28日十二屆全國人大常委會第六次會議通過了《中華人民共和國公司法》的修正案，這是中國公司法自頒布以來20年的時間中繼兩次制定後的又一次重大修改。本次修改主要有12處，條文順序也做了相應的調整，並自2014年3月1日起施行。本次修改的亮點主要包括以下三點：

一是完善公司的設立制度。首先，通過降低公司註冊資本的最低限額來降低門檻。其次，股份有限公司取消了關於公司股東（發起人）應自公司成立之日起兩年內繳足出資，投資公司在五年內繳足出資的規定；取消了一人有限責任公司股東應一次足額繳納出資的規定，採取公司股東（發起人）自主約定認繳出資額、出資方式、出資期限等，並記載於公司章程的方式。最後，簡化公司設立的程序，實行準則主義，進一步明確公司設立的各項責任。

二是放寬註冊資本登記條件。除對公司註冊資本最低限額有另行規定以外，取消了有限責任公司、一人有限責任公司、股份有限公司最低註冊資本分別應達3萬元、10萬元、500萬元的限制；不再限制公司設立時股東（發起人）的首次出資比例以及貨幣出資比例。

三是簡化登記事項和登記文件。有限責任公司股東認繳出資額、公司實收資本不再作為登記事項。公司登記時，不需要提交驗資報告。此次修法為推進註冊資本登記制度改革提供了法制基礎和保障。工商總局也將研究並提出修改公司登記管理條例等行政法規的建議，同時積極構建市場主體信用信息公示體系，並完善文書格式規範和登記管理信息化系統。

第六節　能力自評：你適合創業嗎

在「大眾創業，萬眾創新」的大環境下，並不是每個人都適合創業，這主要是由於創業與每個人的自身能力素質有著很大的關聯。因此，如果你要創業，那麼在創業前，有必要進行基於創業者核心素質模型的創業者素質測評以及基於RISKING素質模型的創業者素質測評，來慎重地考慮自己是否真的適合創業。

一、成功創業者應具備的能力素質

成功創業者應具備大概20項的能力素質，按照勝任素質理論模式，我們可以將20項能力素質分為成就特徵、服務與助人特徵、管理特徵、影響特徵、認知特徵、個人特徵六大類。

成就特徵主要包括成就導向或動力、競爭意識、冒險精神等能力要素。其中，成就導向或動力就是指有努力工作實現個人目標的渴望，並且表現得積極主動；競爭意識就是願意參與競爭，主動接受挑戰，並努力成為勝利者；冒險精神就是敢於冒險，又有勇氣面對風險與失敗。

服務與助人特徵主要包括顧客服務能力、人際理解與體諒等能力要素。其中，顧客服務能力就是能夠與顧客發展穩定的相互信任的關係；人際理解與體諒

就是要瞭解別人言行、態度的原因，善於傾聽並幫助別人。

管理特徵主要包括決策力或個人視野、組織能力以及團隊協作能力等能力要素。其中，決策力或個人視野就是具有廣闊的視野，能夠在複雜的、不確定的或者極度危險的情況下及時做出決策，且決策的結果從更深遠或更長期的角度看有利於企業的成功；組織能力就是有能力安排好自己的工作與生活，且使工作任務與信息條理化、邏輯清晰；團隊協作能力就是對於團隊的衝突和問題，能夠採取有效的解決方法。

影響特徵主要包括價值觀引領、說服能力與關係建立能力等能力因素。其中，價值觀引領就是指通常以價值觀來引導和影響團隊，其行為方式也集中體現組織所倡導的價值觀；說服能力就是能夠通過勸服別人，讓他人明白自己的觀點，並使對方對自己的觀點感興趣；關係建立能力就是指保持經常的社會性接觸，即在工作之外經常與同事或顧客發展友好的個人關係，甚至家庭接觸，擴大關係網。

認知特徵主要包括專業知識及學習能力、經驗與技能、創新與變革能力、信息收集能力等能力因素。其中，專業知識及學習能力就是能夠熟練掌握與運用自己的專業知識，且不斷地主動更新知識；經驗與技能就是在業內具有卓越的聲望和極具權威的專業技術技能；創新與變革能力就是能夠預測五年甚至十年後的形勢並創造機會，能夠創造性地解決各種問題；信息收集能力就是通過比較獨特的途徑系統及時獲取有用的信息或資料，並善於發現機會、抓住機會。

個人特徵主要包括誠信正直、自信心、紀律性、毅力以及適應能力等能力因素。其中，誠信正直就是要誠實守信，並堅持實事求是，以誠待人，行為表現出高度的職業道德；自信心就是相信自己能夠完成計劃中的任務，能夠通過分析自己的行為認識到不足，並在工作中予以彌補；紀律性就是堅持自己的做事原則，嚴於律己，且表現出較強的自控能力；毅力就是明確自己的目標，並為之堅持不懈，即使遇到各種困難也不退縮；適應能力就是能夠適應各種環境的變化，具備應付各種新情況的能力，且能夠創造性地提出問題的解決方案。

三、基於創業者核心素質模型的創業者素質測評

素質模型就是為完成某項工作或達成某一績效目標，所要求的一系列不同素質要素的組合。素質模型的形式簡單易懂，通常由多項素質要素構成。通過素質模型可以判斷並發現導致績效好壞差異的關鍵驅動因素。基於創業者核心素質模型的創業者素質測評，主要設計了創業者素質自我測評表和第二次測評結果總分兩大部分。其中，創業者素質自我測評表的能力要素主要根據實踐經驗，選取成就導向或動力、競爭意識、冒險精神、人際理解與體諒、價值觀引領、說服能力、關係建立能力、決策力或個人視野、組織能力、創新與變革能力、誠信正直、自信心、紀律性、毅力以及適應能力15項，分別針對創業者自身在不同能力要素上的表現，給出相應的1分、2分、3分、4分、5分等。第二次測評結果總分主要是根據創業者素質自我測評表的結果，確定已經具備了哪些能力素質，還沒有具備哪些能力素質以及提高能力素質的方案有哪些等。

四、基於 RISKING 素質模型的創業者素質測評

RISKING 素質模型主要包括資源（resources）、想法（ideas）、技能（skills）、知識（knowledge）、才智（intelligence）、關係網絡（network）、目標（goal）。其中，資源主要是指創業所必需的人力資源、物力資源以及財力資源等，包括好的項目資源；想法主要是指具有市場價值的創業想法，能在一定時期產生利潤，且應具有一定的創新性、可行性和持續開發與拓展性；技能主要是指創業者所需要的專業技能、管理技能和行動能力等，如果個人不完全具備，但是團隊之間能夠形成技能互補，也是不錯的技能組合；知識主要是指創業者所必需的行業知識、專業知識以及創業的相關知識，諸如法律、商業等知識，特別是良好的知識結構對創業者的視野開拓、才智發揮具有很高的價值；才智主要是指創業者的智商與情商，具體表現為觀察世界、分析問題、思考問題和解決問題的能力；關係網絡主要是指創業者要有良好的人際親和力和關係網絡，包括合作者、服務對象、新聞媒體甚至競爭對手，通常只有善用資源者才能較強地調動資源的深度和廣度；目標就是要明確創業方向和目標，精準的市場定位對於創業而言至關重要。

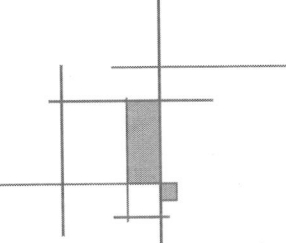

策略和技能篇

第二章 財務管理

第一節 管住你的錢袋子

作為創業企業的管理者，決策是否得當，經營是否合理，技術是否先進，產銷是否順暢，都和初創企業的財務管理休戚相關。這是由於財務管理活動涉及企業的產、供、銷等各個環節，主導著其他一切管理（生產、質量、技術、勞動人事管理等）活動，並為此提供準確完整的基礎資料。而且企業的一切生產管理活動最終都要反應到財務成果上來，通過核算、分析、對比，可以檢查企業生產經營活動的運行情況等。特別是，作為初創企業的管理者一定要明白，創業企業能否在競爭激烈的市場經濟中不斷發展壯大，關鍵在於是否進行了科學的資本經營，實現資本增值，讓資金發揮最大的效益。那麼，作為創業者的你是否對財務管理知識有足夠的掌握呢？

一、財務管理起步

無論是最初艱難的創業階段，還是蒸蒸日上的發展階段，甚至是折戟沉沙的衰落期，財務管理都是企業的命脈。從企業的生命週期來看，處於創業階段的企業大多屬於中小企業，財務管理的目標自然是追求利潤的最大化。在市場經濟條件下，創業企業要生存、發展、盈利和壯大，就必須科學地進行資本經營，而這一切都依賴於強化財務管理。可見，財務管理對於企業來說是非常重要的。作為初創企業的一員，更要重視財務管理。

（一）財務管理內涵

財務管理與財務有著非常緊密的關係。財務泛指財務活動和財務關係。前者指企業再生產過程中涉及資金的活動，表明財務的形式特徵；後者指財務活動中企業和各方面的經濟關係，揭示財務的內容本質。

企業財務活動是以現金收支為主的企業資金收支活動的總稱。在市場經濟條件下，擁有一定數額的資金，是進行生產經營活動的必要條件。企業生產經營的過程，一方面表現為物資的不斷購進和售出，另一方面則表現為資金的支出和收回。企業的經營活動不斷進行，也就會不斷產生資金的收支。企業資金的收支，構成了企業經濟活動的一個獨立方面，這便是企業的財務活動。具體來講，企業

財務活動可分為四個方面：企業籌資所引起的財務活動、企業投資所引起的財務活動、企業經營所引起的財務活動及企業收入分配所引起的財務活動，如表2-1所示。這些財務活動相互聯繫又相互依存，構成了完整的企業財務活動，這四個方面就是財務管理的基本內容。

表2-1　　　　　　　　　　　　　　財務活動內容

財務活動	內容
籌資活動	兩個來源：企業權益資金、企業債務資金
投資活動	兩種含義：廣義投資和狹義投資。廣義投資是指企業將籌集的資金投入使用的過程，包括企業內部使用資金的過程（如購置流動資產、固定資產等）和對外投放資金的過程（如購買其他企業的股票、債券與其他企業聯營等）。狹義投資僅指對外投資
資金營運活動	三個內容：一是採購材料或商品、支付工資和其他營業費用；二是出售產品或商品，取得收入；三是如果企業現有資金不能滿足企業經營的需要，還要利用商業信用方式來融通資金
資金分配活動	兩種含義：廣義的分配和狹義的分配。廣義的分配，是指企業對各種收入進行分割和分派的過程，包括繳納稅款、租金支付等。狹義的分配，僅指對利潤尤其是淨利潤的分配

企業財務關係是指企業在組織財務活動過程中與各有關方所發生的經濟關係，企業的籌資活動、投資活動、經營活動、利潤及其分配活動與企業上下左右各方面有著廣泛的聯繫。企業的財務關係可概括為如下關係：企業與政府之間的財務關係；企業與其所有者之間的財務關係；企業與債權人之間的財務關係；企業與受資者之間的財務關係；企業與債務人之間的財務關係；企業與供貨商、客戶之間的財務關係；企業內部各單位之間的財務關係；企業與職工之間的關係等，如表2-2所示。

表2-2　　　　　　　　　　　　不同利益主體之間的財務關係

財務關係	內容	關係
企業與政府之間的財務關係	中央人民政府和地方人民政府作為社會管理者，行使行政職能。政府作為社會管理者，無償參與企業利潤的分配	強制無償的分配關係
企業與其所有者之間的財務關係	所有者向企業投入資金，企業向其所有者支付投資報酬所形成的經濟關係	所有權關係
企業與債權人之間的財務關係	企業向債權人借入資金，並按借款合同的規定支付利息和歸還本金所形成的經濟關係	債務與債權關係
企業與受資者之間的財務關係	企業以購買股票或直接投資的形式向他企業投資所形成的經濟關係	所有權性質的投資與受資的關係
企業與債務人之間的財務關係	企業將其資金以購買債券、提供借款或商業信用等形式出借給其他單位所形成的經濟關係	債權與債務關係

表2-2(續)

財務關係	內容	關係
企業與供貨商、客戶之間的財務關係	主要是指企業購買供貨商的商品或勞務以及向客戶銷售商品或提供服務過程中形成的經濟關係	合同義務關係
企業內部各單位之間的財務關係	是指企業內部各單位之間在生產經營各環節中互相提供產品或勞務所形成的經濟關係	經濟利益關係
企業與職工之間的財務關係	主要是指企業向職工支付勞動報酬過程中所形成的經濟利益關係	勞動成果上的分配關係

　　財務管理是基於企業再生產過程中客觀存在的財務活動和財務關係而產生的，它是按照財務管理的原則，根據相關的財經法規制度，利用價值形式對企業再生產過程進行的管理，是組織財務活動、處理財務關係的一項綜合性管理工作，如表2-3所示。從表中可以看出，財務管理既是企業管理的一個獨立的方面，又是一項綜合性的管理工作；財務管理與企業其他方面都具有廣泛聯繫並能迅速反應企業的經營狀況。

表 2-3　　　　　　　　　　財務管理目標的類型

類型	觀點	優點	局限性
利潤最大化	利潤代表了企業新創造的價值，利潤增加代表著企業財富的增加，利潤越多代表企業新創造的財富越多	利潤作為企業經營成果的體現，很容易從企業財務報表上得到反應	利潤是個絕對數，難以反應投入產出關係；沒有考慮資金的時間價值；沒有考慮利潤與所承擔風險的關係；可能造成經營行為的短期化
股東財富最大化	股東財富是由其所擁有的股票數量和股票市場價格兩方面決定的，在股票數量一定時，股票價格達到最高，股東財富也就達到最大	考慮了風險因素；可在一定程度上避免企業的短期行為；對於上市公司而言，股東財富最大化較為容易量化	僅適用於上市公司；股價受多因素影響；強調更多的是股東利益，對其他相關者的利益重視不夠
企業價值最大化	企業價值可以理解為企業所有者權益的市場價值，或者是企業所能創造的預計未來現金流量的現值，可以反應企業潛在的或預期的獲利能力和成長能力	考慮了時間價值和風險價值；反應了對企業資產保值增值的要求；將企業長期、穩定的發展和持續的獲利能力放在首位，規避了短期行為；用價值代替了價格，克服了外界市場因素的干擾；有利於社會資源的合理配置	難以操作

表2-3(續)

類型	觀點	優點	局限性
利益相關者財富最大化	強調風險與報酬的均衡；強調股東的首要地位；加強對企業代理人或經營者的監督和控制，建立有效的激勵機制；關心本企業一般職工的利益；不斷加強與債權人的關係；關心客戶長期利益；加強與供應商的合作；保持與政府的良好關係	有利於企業的長期穩定發展；體現合作共贏的價值理念；兼顧了各方利益；體現了前瞻性和現實性的統一	難以操作

(二) 財務管理特點

基於財務內涵，不難看出，財務管理的特點主要包括三個方面：涉及面廣、綜合性強、靈敏度高。

1. 涉及面廣

首先，就企業內部而言，財務管理活動涉及企業生產、供應、銷售等各個環節，企業內部各個部門與資金不發生聯繫的現象是不存在的。每個部門也都在合理使用資金、節約資金支出及提高資金使用率上，接受財務的指導及財務管理部門的監督和約束。同時，財務管理部門本身也為企業生產管理、行銷管理、質量管理、人力物資管理等活動提供及時、準確、完整、連續的基礎資料。其次，現代企業的財務管理也涉及企業外部的各種關係。在市場經濟條件下，企業在市場上進行融資、投資以及收益分配的過程中與各種利益主體發生著千絲萬縷的聯繫，主要包括：企業與其股東之間，企業與其債權人之間，企業與政府之間，企業與金融機構之間，企業與其供應商之間，企業與其客戶之間，企業與其內部職工之間，等等。

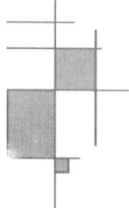

2. 綜合性強

現代企業制度下的企業管理是一個由生產管理、行銷管理、質量管理、技術管理、設備管理、人事管理、財務管理、物資管理等諸多子系統構成的複雜系統。其他管理都是從某一個方面並大多採用實物計量的方法，對企業在生產經營活動中的某一個部分實施組織、協調、控制，所產生的管理效果只能對企業生產經營的局部起到制約作用，不可能對整個企業的營運實施管理。財務管理則不同，作為一種價值管理，它包括籌資管理、投資管理、營運管理、權益分配管理等，這是一項綜合性很強的經濟管理活動。正因為是價值管理，所以財務管理通過資金的收付及流動的價值形態，可以及時、全面地反應商品物資運行狀況，並可以通過價值管理形態進行商品管理。也就是說，財務管理滲透在全部經營活動之中，涉及生產、供應、銷售的每個環節和人、財、物各個要素，所以抓企業內部管理要以財務管理為突破口，通過價值管理來協調、促進、控制企業的生產經營活動。

3. 靈敏度高

在現代企業制度下，企業已成為面向市場的獨立法人實體和市場競爭主體。企業的經營管理目標為經濟效益最大化，這是由現代企業制度要求投入資本實現保值增值決定的，也是由社會主義現代化建設的根本要求決定的。因為，企業要想生存，必須能以收抵支、到期償債。企業要發展，必須擴大收入。收入增加意味著人、財、物的相應增加，並且都將以資金流動的形式在企業財務上得到全面地反應，並對財務指標的完成產生重大影響。因此，財務管理是一切管理的基礎、管理的中心。抓好財務管理就是抓住了企業管理的「牛鼻子」，管理也就落到了實處。

(三) 財務管理環境特徵

財務管理環境，即理財環境，是指對企業財務活動和財務管理產生影響作用的企業內外各種條件的統稱。環境構成了企業財務活動的客觀條件。財務管理環境的主要的特徵包括以下幾個：

1. 系統性

企業財務環境不是由一些雜亂無章的事物構成的，而是由眾多不同種類的系統構成的。企業財務管理活動所處的或所面臨的環境是各種各樣的及不同層次的系統。企業本身就是一個系統，而人事系統、財務系統、銷售系統及工程技術等各個子系統又是由不同的要素按照一定的方式組成的，因此企業為一個獨立的財務主體，其財務管理活動所面對的仍是有序運行的各類關係，如政治法律系統、經濟系統、科學技術系統、教育系統和社會保障系統等。因此，進行財務活動時既要分析環境對企業的有利和不利因素，又要分析企業活動對財務管理環境的影響。

> **知識小貼士：會計與財務會計及管理會計的區別**
>
> 會計是以貨幣為計量單位，系統而有效地記錄、分類、匯總僅限於財務方面的交易和事項的過程，並解釋其結果的一種應用技術。會計活動的基本程序就是：確認—計量—報告—分析解釋。
>
> 財務會計對外部使用者提供信息，又稱對外報告會計。它以用貨幣形式反應在會計憑證中的經濟數據作為基本投入；以帳戶體系為基本的分類框架；以財務報表為基本的產出。資產負債表、損益表和現金流量表（財務狀況變動表）構成了基本的財務報表體系。
>
> 管理會計為企業內部使用者提供管理信息，又稱對內報告會計。它利用會計以及某些非會計信息，運用成本性態分析法、本量利分析法、邊際分析法、成本效益分析法等對企業管理中存在的問題進行診斷和分析，為提高企業管理水準和經營效益服務。

2. 變動性

企業財務管理環境的變化一般比較緩慢，不易及時察覺和把握；但有時又是突變的，很快就會影響企業的生存發展。財務管理環境的或慢或快的變化，有時會給企業帶來財務管理活動的方便，有時則會帶來麻煩。所以財務人員應當及時預測環境變化的趨勢和特徵，以便採取對策和調整財務管理。

3. 複雜性

企業財務管理環境是多方面的、複雜的，既有經濟、技術、文化等方面的因素，又有政治、社會方面的因素，這些因素都會對企業財務管理發生影響並制約

企業的財務管理行為。因此，企業要特別著重分析那些對財務管理活動影響重大的因素，從而做出科學的決策。

4. 交互性

構成財務管理環境的各種因素是相互依存、相互制約的，無論哪一個因素發生變化，都會直接或間接地引起其他因素的變化。例如，消費結構的變化會引起市場需求的變化，而市場需求的變化又會影響企業投資方向變化，等等。這些相互作用、相互依存的因素，都會引起企業財務管理活動的連鎖反應。

5. 不確定性

環境的因素變動是企業財務人員事先難以準確預料並無法實際加以控制的。凡是企業財務人員不能控制的因素，都構成了企業財務管理環境的不確定性。如市場產品價格的變動將影響成本利潤，使企業的成本和利潤不確定性增大。因此，企業財務管理活動所做的決策往往帶有一定風險。財務人員既要根據所掌握的信息追求最大利益，又要考慮到現實條件的約束，合理防範過大的風險，追求雖不是最大卻較穩定的利益。

財務管理環境的變遷要求企業的相關方面隨之變化，在特定時期內環境的相對穩定性又要求企業有與之相適應的組織運行系統。建立現代企業制度、改革不合理的企業治理結構及實行科學化管理就是優化內部財務管理環境的過程。優化了內部環境，財務主體就增強了適應外部環境的能力，進而可主動力爭改變或引導外部環境，立足自我，為我所用。

（四）財務關鍵控制點

隨著經濟全球化和市場經濟的快速發展，引入現代企業管理理念、建立完善的財務管理制度和提高資金使用效益已成為企業管理的重要問題。而企業財務管理作為初創企業管理的重要手段之一，其主要是通過會計工作和利用會計信息對企業生產經營活動進行指揮、調節、約束和控制等來實現企業效益最大化的目標，而財務管理的重點是強化對關鍵控制點的控制。因此，初創企業應結合自身的業務特點，全面分析企業生產經營活動中可能遇到的各種風險，找出關鍵控制點，制定控制措施，形成控制制度，為全面實行內部控制做好準備。

1. 明確關鍵控制點的設計原則和控制方法

財務管理關鍵控制點的設計原則主要包括：一是重要性原則，即企業財務管理雖然應涉及企業生產經營管理活動的各個環節，將企業所有活動都納入控制的範圍內，但關鍵控制點的設計應在財務管理的基礎上，關注重要業務和關鍵環節，並對其實施更細化、更嚴格的控制。二是制衡性原則，即財務管理關鍵點設計應充分解決企業治理結構、內部機構、職責範圍、業務過程控制等方面的制衡問題，並對關鍵環節實施有效控制。三是效益性原則，企業關鍵控制點設計應充分考慮成本與效益的關係，不能為達到目標而忽視成本的無限增加，應針對關鍵環節進行最小成本化的控制。四是權責利對等原則，唯有滿足此原則才能最大限度地調動企業全體員工的積極性，實現有效控制。

2. 企業財務管理關鍵控制點的確認

依據財務管理理論及關鍵控制點的設計原則,以業務類別來劃分,初創企業財務管理的主要關鍵控制點有:①資金業務,該關鍵控制點包括資金支付、銀行票據與印鑒、總帳與明細帳核對、銀行存款核對以及現金盤點等;②固定資產業務,該關鍵控制點包括申購論證、購置處置審批、資產招投標、資產驗收付款、資產盤點等;③採購付款業務,該關鍵控制點包括申購審批、招標採購、合同簽署、驗收付款等;④工程項目,該關鍵控制點包括科學決策、工程概算預算編製、招投標、合同簽署、支付工程款、工程決算和資產移交等;⑤收款業務,該關鍵控制點包括收益分配制度、催繳與核對款項等;⑥預算管理業務,該關鍵控制點包括預算管理制度、預算編製與變更、預算執行過程、預算執行與監督等;⑦內部審計業務,該關鍵控制點包括內部審計制度、內部審計的質量控制、內部人員職業道德建設等。

3. 對資金業務關鍵點的控制措施

貨幣資產是企業流動性最強的資產,因此,對資金的管理是財務管理的重要內容。當前企業資金管理的關鍵環節應包括以下四個方面:一是職責分工與崗位設置,資金管理的基本要求是帳款分離、授權支付,因此要求企業明確企業不同部門和崗位的分工,確保不相容職責相分離,各資金業務環節之間相互制約和監督,建立完善的資金管理責任制。二是票據與印鑒管理,主要內容包括:領購支票必須經過資金主管的批准且出納建立票據登記簿;業務往來原則上使用轉帳支票,確需現金支票的需要會計科長審批,票據支付必須有經辦的簽章。三是現金控制流程,要求出納以外的任何個人不得擅自接觸現金,明確現金支付的範圍,現金日記帳必須日清月結且必須定期盤點。四是銀行存款控制,主要應包括銀行帳戶的開設、銀行資金的支付、銀行存款的核對等業務的控制。

4. 對預算管理業務關鍵點的控制措施

預算管理是企業財會活動的基礎,通過強化預算管理工作可以有效配置企業資源,提高企業的整體效益和競爭力。一是完善企業預算授權審批制度,嚴格規範審批流程;二是健全預算編製管理制度,預算委員會應制定預算編製的流程、方法和措施,並下達指標,擬定預算草案,向各個部門解讀預算草案的各種情況;三是建立預算執行檢查制度,按季度、年度對預算的執行情況進行檢查,糾正在預算執行過程中的不當行為;四是完善預算考評審計制度,對預算執行結果進行考評,對考評好的部門給予表彰和獎勵,並加大預算資金安排的支持力度,對於發現重大問題的應依法追究相關責任。

總之,財務管理作為初創企業內部控制的重要組成部分,是企業強化內部控制制度的重要手段,而對關鍵控制點的設計是財務管理的主要內容。因此初創企業應不斷加強內部管理,完善財務管理制度,明確關鍵控制點的設計,保障企業在市場競爭中穩定、健康地發展。

(五) 估算啓動資金

作為創業者,首先要讓創業資金先行。啓動一個項目需要的資金投入主要包括三個方面。

1. 項目本身的費用

項目本身的費用是指付給所選定項目的直接費用。比如要面授或者函授某一個技術的費用、購買某種機器設備的費用或者某一個項目的加盟費用。當然，假如你是直接到項目方考查，還需要算上你的差旅費用。

2. 經營設備、工具等的購置費用

這裡主要是指項目在經營過程中所需要的輔助設備和工具。比如，經營餐廳，除了招聘廚師，還需要添置冰櫃、鍋、燃氣等輔助工具；泡沫塑料顆粒加工，在買回機器後，還需要考慮配電機，以解決生產用電等。

3. 房租、房屋裝修費用及流動資金

這裡主要指在預算此類費用時，要根據當地市場行情計算。房租一般至少要算3個月的費用，因為現在租房至少也是一季度付一次，有的是半年或者一年付一次。房屋裝修費用視其項目而定。比如說，你要開餐館，就要按照當地衛生防疫部門的規定裝修，否則不能通過，領取營業執照就比較困難。像加盟店一類的裝修，假如是經銷產品，還要算進貨櫃櫥窗的費用。流動資金根據具體情況計算。

以上三個方面是無論在哪一個領域進行創業都必須要有的支出，所以在創業伊始就要對這幾個方面做好資金預留，只有這樣，創業才能實現快速的發展。

> **知識小貼士：初創企業啓動資金的注意事項**
>
> 一是創業初期，應從小做起，實事求是，量力而行。設備不必全部購置，可以節約資本。非核心機件的加工可以採取委託加工；只要不影響產品質量，可以盡量租賃設備。
>
> 二是企業流動資金和固定資金的佔有比例必須恰當。創業者對以上兩項資金的預測，要根據不同行業、經營規模和產銷要求籌劃。
>
> 三是辦企業前，創業者要根據銷售預測計算啓動資金，對啓動時需要的資金有個大致的瞭解。如果差距太大了，就需要縮小規模重新預測；如果差距不大就可以考慮貸款以補足啓動資金的不足。

二、現金管理技巧

現金是指在生產過程中暫時停留在貨幣形態的資金，包括庫存現金、銀行存款、銀行本票、銀行匯票等。它是變現能力最強的資產，既可以滿足企業生產經營開支的各項需求，也是企業貸款還本付息和履行納稅義務的保證。由於現金屬於非營利性資產，即使是銀行存款，其活期利率也是非常低的。現金的持有量並非多多益善，過多的話，它所提供的流動性邊際效益便會隨之下降，從而導致企業的收益水準降低。因此，加強企業的現金管理的關鍵是必須合理確定企業的現金持有量，並保持現金持有量的實際值與理論值相對均衡。加強現金日常管理有利於防止現金的閒置與流失，保障其安全、完整性，並有效地發揮其效能，加速資金的運轉，增強企業資產的流動性和債務的可清償性，提高資金的收益率。可以說，現金是企業資產中流動性最強的資產。持有一定數量的現金是企業開展正常生產活動的基礎，也是保證企業避免支付危機的必要條件，對企業特別是初創企業來說意義非同一般，那麼初創企業現金管理方法有哪些呢？

確定最佳現金持有量的方法有很多，大體都是通過分析預測，找出相關總成

本最低時的現金持有量。企業可以根據現有資料，任意選擇。企業在確定最佳現金持有量後，加強現金日常管理就可以圍繞著控制現金最佳持有量來進行。但控制現金最佳持有量還必須建立一套完整的現金管理信息反饋系統。因為，只有建立了完整的信息反饋系統，才能在企業發生現金運轉不靈或現金的流入流出變化導致實際的現金持有量偏離確定的最佳值時，及時採取有效的補救措施。增加現金持有量的方法有多種，但歸納起來主要有三種。

(一) 現金收入的管理

企業現金收入的主要途徑就是企業帳款的回收，而企業帳款的回收通常需要經過四個時點，即客戶開出付款票據、企業收到票據、票據交存銀行及企業收到現金。這樣，企業帳款的回收時間就由票據的郵寄時間、票據在企業停留時間、票據結算時間三個部分組成。票據在企業停留的時間可以由企業本身通過建立規章制度、獎懲激勵機制等方法來控制，但對於票據郵寄時間和票據結算時間僅靠企業自身的力量是遠遠不夠的，必須採取有效措施充分調動客戶和銀行的積極性，才能實現有效控制。對此，可採取以下方法：

1. 折扣、折讓激勵法

企業與客戶之間共同尋求的都是經濟利益。從這點出發，企業在急需現金的情況下，可以通過一定的折扣、折讓來激勵客戶盡快結付帳款。方法可以是在雙方協商的前提下一次性給予客戶一定的折讓，也可以是根據不同的付款期限，給出不同的折扣。如：10 天內付款，給予客戶 3% 的折扣，20 天內給予 2% 的折扣，30 天內給予 1% 的折扣等。使用這種方法的技巧在於企業本身必須根據現金的需求程度和取得該筆現金後所能發揮的經濟效益，以及為此而折扣、折讓形成的有關成本，進行精確地預測和分析，從而確定出一個令企業和客戶雙方都滿意的折扣或折讓比率。

2. 銀行業務集中法

這是一種通過建立多個收款中心來加速現金流轉的方法。其具體做法是：企

> **知識小貼士：**
> **華夏銀行溫州分行電子銀行打造現金管理新模式**
>
> 傳統的現金管理概念主要面向大中型集團企業，圍繞企業財務管理提供解決方案，為企業減少財務成本、提速增效。隨著「互聯網＋」理念的深入人心，企業已不滿足於單單解決財務管理需求，尤其是新興企業更加希望自身經營與互聯網相結合，並將自身的財務管理融入其中，在互聯網模式下尋求新的增長點。華夏銀行溫州分行在這種思維方式下深入新興企業，瞭解互聯網公司的營運模式，積極與客戶探討，並以本行銀企互聯產品為主要手段為客戶設計解決方案，現已可根據客戶情況設計適應不同場景的解決方案。如學校方面，通過與「校園一卡通」系統與行內支付結算系統直接對接，根據學校指令直接對家長個人帳戶直接劃扣，為學校解決了學生攜帶現金的不便攜性和不安全性；農業方面，通過市場支付系統與我行支付結算系統對接，實現一次綁定，授權代扣的功能，解決了交易過程中現金支付的時效性和找零問題；園區物業方面，通過代扣業務，解決了業主每次都要現金繳費的麻煩，方便了住戶又提高了管理效率。

業指定一個主要開戶行（通常是企業總部所在地的基本結算開戶行）為集中銀行，然後在收款額較為集中的各營業網點所在區域設立收款中心，客戶收到帳單後直接與當地收款中心聯繫，辦理貨款結算，中心收到貨款後立即存入當地銀行，當地銀行在進行票據交換後，立即轉給企業總部所在地的集中銀行。這種方法的優點是可以縮短客戶郵寄票據所需時間和票據托收所需時間，也縮短了現金從客戶到企業的中間週轉時間；其缺點是由於多處設立收款中心，相應增加了現金成本。這種方法在技巧上除了可以採用與郵政信箱法相同的方式外，還可以將各網點的收款中心業務直接委託給當地銀行辦理，這樣既減少了中間環節，又節省了人力、財力。

3. 大額款項專人處理法

這種方法是通過企業設立專人負責制度，將現金收取的職責明確落實到具體的責任人，在責任人的努力下，提高辦事效率，從而加速現金流轉速度。這種方法的優點是便於管理，缺點是縮短的時間相對較少，且也會增加相應的現金成本。採用這種方法時，必須保持人員的相對穩定，因為處理同樣類型的業務，有經驗的通常比沒有經驗的要更靈活、熟練。

除了上述方法外，現金收入的管理方法還有很多，如電子匯兌、企業內部往來多邊結算、減少不必要的銀行帳戶等，但這些方法相對比較單一，也就沒有什麼技巧可言，故不再贅述。

（二）現金支出管理

現金支出管理的癥結所在是現金支出的時間。從企業角度而言，與現金收入管理相反，盡可能地延緩現金的支出時間是控制企業現金持有量最簡便的方法。當然，這種延緩必須是合理合法的，且是不影響企業信譽的；否則，企業延期支付所帶來的效益必將遠小於為此而遭受的損失。通常企業延期支付帳款的方法主要有：

1. 推遲支付應付帳款法

一般情況下，供應商在向企業收取帳款時，都會給企業預留一定的信用期限，企業可以在不影響信譽的前提下，盡量推遲支付的時間。

2. 匯票付款法

這種方法是指在支付帳款時，可以採用匯票付款的盡量使用匯票，而不採用支票或銀行本票，更不是直接支付現鈔。因為，在使用匯票時，只要不是「見票即付」的付款方式，在受票人將匯票送達銀行後，銀行還要將匯票送交付款人承兌，並由付款人將一筆相當於匯票金額的資金存入銀行，銀行才會付款給受票人，這樣就有可能合法地延期付款。而在使用支票或銀行本票時，只要受票人將支票存入銀行，付款人就必須無條件付款。

3. 合理利用「浮遊量」

現金的浮遊量是指企業現金帳戶上現金金額與銀行帳戶上所示的存款額之間的差額。有時，企業帳戶上的現金餘額已為零或負數，而銀行帳戶上的該企業的現金餘額還有很多。這是因為有些企業已開出的付款票據，銀行尚未付款出帳而

形成的未達帳項。對於這部分現金的浮遊量，企業可以根據歷年的資料，進行合理地分析預測，有效地加以利用。要點是預測的現金浮遊量必須充分接近實際值，否則容易開出空頭支票。

4. 分期付款法

對企業而言，無論是誰都不能保證每一筆業務都能做到按時足額付款，這是常理。因此，如果企業與客戶之間是一種長期往來關係，彼此間已經建立了一定的信任，那麼在出現現金週轉困難時，適當地採取「分期付款」的方法，客戶是完全可以理解的。但如果拒絕支付的同時又不加以說明，或每一筆業務無論金額大小都採用「分期付款法」，則對客戶的尊重和信用度就會大打折扣。為此，可採用大額分期付款、小額按時足額支付的方法。另外，採用分期付款方法時，一定要妥善擬訂分期付款計劃，並將計劃告之客戶，且必須確保按計劃履行付款義務，這樣才不會失信於客戶。

5. 改進工資支付方式法

企業每月在發放職工工資時，都需要大筆的現金，而這大筆的現金如果在同一時間提取，則在企業現金週轉困難時可能會導致企業陷入危機。解決此危機的方法就是最大限度地避免這部分現金在同一時間提取。為此，可在銀行單獨開設一個專供支付職工工資的帳戶，然後預先估計出開出支付工資支票到銀行兌現的具體時間與大致金額。

6. 外包加工節現法

對於生產型企業，特別是工序繁多的生產型企業，可採取部分工序外包加工的方法，以有效地節減企業現金。舉例說明如下：某生產型企業其元器件、零部件的採購需要採購成本，加工則需要支付員工的工資費、保險費，而生產線的維護、升級等也同樣需要占用大量的流動資金，這樣，就可以採取外包加工的方法。外包後，只需要先付給外包單位部分定金就可以了。在支付外包單位的帳款時，還可以採用分期付款法等合理地延緩付款時間。

(三) 閒置現金投資管理

企業在籌集資金和經營業務時會取得大量的現金，而這些現金在用於資本投資或其他業務活動之前，通常會閒置一段時間。企業如果將這些現金一味地閒置就是一種損失、一種浪費。為此，企業可將其投入到流動性高、風險性低、交易期限短且變現及時的投資上，以獲取更多的利益。如金融債券投資、可轉讓大額存單、回購協議等，而股票、基金、期貨等投資雖然可行，因風險較大故不提倡。

三、企業應收帳款管理

當前，中國絕大多數企業都面臨「銷售難、收款更難」的雙重困境。一方面，市場競爭日益激烈，為爭取客戶訂單，企業往往提供很多優惠條件，利潤越來越薄；另一方面，客戶拖欠帳款，加上銷售人員催收不力，產生了大量呆帳、壞帳，使本已單薄的利潤更被嚴重侵蝕。因此，加強企業的應收帳款管理就顯得愈加重要了。要做好應收帳款管理主要應做到以下幾個方面：

（一）應收帳款收回來才是資產

應收帳款管理是指在賒銷業務中，從授信方（銷售商）將貨物或服務提供給受信方（購買商）開始到款項實際收回或作為壞帳處理結束整個期間，授信企業採用系統的方法和科學的手段，對應收帳款回收全過程所進行的管理。其目的是保證足額、及時地收回應收帳款，降低和避免信用風險。

> **知識小貼士：忽略應收帳款的代價**
>
> 一家知名塑料製造企業的財務總監認為其企業的信用管理水準很好，因為他一年中核銷的壞帳只有3萬元，問及其貨款拖延所造成的利息成本時，他表示從未估算過。據瞭解，該企業平均的逾期應收帳款額為400萬元，貸款的平均年利率為8%，貨款拖延給他的損益帳戶上增加了32萬元的利息成本。
>
> 愛德華規律：由於貨款拖延而造成的利息成本通常至少超出壞帳損失十倍。

應收帳款管理是信用管理的重要組成部分，它屬於企業後期信用管理範疇。因此，應收帳款通常是一家公司最重要的三類資產之一。那麼，怎樣才能給予它更多關注，讓它更好地為企業所用？明智的做法是，把應收帳款視為「閒置的現金」。也就是說，要像看待庫存一樣對待應收帳款。從這個角度上來說，應收帳款和庫存別無二致。二者只有物理屬性的差異：庫存是實物；而應收帳款是存放在無形的倉庫中的，比如客戶的銀行帳戶或者他們的口袋，而且未來要付給你。如果你交付了價值100萬美元的貨物，就減少了庫存，降低了庫存占總資產的比例。而如果以掛帳的方式出售貨物，你只需要將一種形式的資產轉換成另一種形式。於是，你便不再擁有一種有形且可控的資產，它暫時不可見，要等客戶付了款才會變回有形資產。

可以說，雖然庫存是銷售的源泉，但應收帳款才是保證公司運轉的燃料。畢竟，如果得不到應收帳款，公司就無法生存。作為一項資產，應收帳款可以用來給供應商付款、發工資、付租金、維護生產設備等，因此，儘管在客戶付款以前，應收帳款一直都躺在他們的銀行帳戶上，但這實際上是一筆亟須得到的資金。

（二）應收帳款要加強信用管理

正確評價客戶資信等級對成功收回應收帳款起決定作用。對此，初創企業不可避免地要對客戶的信用情況進行調查，廣泛收集有關客戶信用情況的資料。因此，為確保各項信用管理政策的有效實施，設立一個獨立的信用管理部門是非常必要的。信用管理部門不屬於銷售或財務部門，而是完全獨立的一個部門，並由專人管理。信用管理部門強調的是事前防範，而不是事後處理。同時，其通過與客戶的日常交往、公共信息渠道等獲得所需的資料來建立客戶資信管理體系，對所獲得的資料進行整理、分析，並建立客戶數據庫，對客戶進行分類管理，對客戶的信用狀況進行動態跟蹤管理，並採取「5C」法，即通過品質（Character）、資本（Capital）、償付能力（Capacity）、抵押（Collateral）、條件（Conditions）五方面來評估客戶信用，如圖2-1所示。

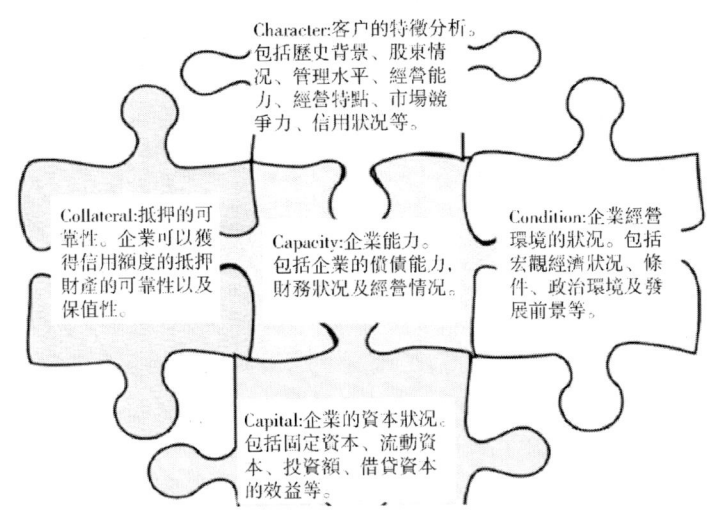

```
                    Character:客戶的特徵分析,
                    包括歷史背景、股東情
                    況、管理水平、經營能
                    力、經營特點、市場競
                    爭力、信用狀況等。

Collateral:抵押的可
靠性。企業可以獲        Capacity:企業能力。          Condition:企業經營
得信用額度的抵押        包括企業的償債能力、          環境的狀況。包括
財產的可靠性以及        財務狀況及經營情況。          宏觀經濟狀況、條
保值性。                                          件、政治環境及發
                                                 展前景等。

                    Capital:企業的資本狀況。
                    包括固定資本、流動資
                    本、投資額、借貸資本
                    的效益等。
```

圖 2-1　全面評估客戶信用風險的「5C」法

對此,作為初創企業,可以通過以下工作來加強企業的信用管理:一是匯集、整理銷售和財務等部門提供的客戶調研情況。匯集、整理銷售部提供的客戶跟蹤情況和物流部所反應的發貨有關情況、財務部提供的客戶貨款結算情況和應收帳款餘額情況,並從政府管轄的公共信息或仲介機構提供的信用調查服務中獲取信息。二是由專門的信用分析人員甄別對比各類渠道獲得的信息。重點調查客戶在經營、支付能力等方面的重大變化情況和違規事件,不斷剔除虛假信息。用規範化的制度整理客戶信息,避免客戶信息被銷售人員個人壟斷,造成客戶資源的分散或流失。三是建立專業化管理維護信息數據庫。對客戶資料不斷更新,及時分析客戶信用度變化情況,定期撰寫客戶信用分析報告,提出銷售策略以及欠款警戒線建議,以便及時調整銷售方案。對個別重大或突發事件,應及時撰寫分析報告,以避免給企業造成損失。四是分析客戶信用狀況、對客戶進行授信。客戶授信工作的核心在於分析評價客戶的信用狀況。信用管理部門必須掌握信用分析評價技術,可採用定量分析方法和定性分析方法,定量分析比較多地依賴公司的財務數據,而定性分析則比較多地依賴專家的綜合判斷。企業對客戶授信,必須是建立在對客戶進行信用調查和信用狀況評價分析的基礎上,並且對授信的信用條件、信用期限和信用標準進行綜合選擇之後,確定授信額度。

(三) 慎重對待客戶賒銷

賒銷對於初創企業來說既有利又有弊。一方面,初創企業要生存和發展,完全離開賒銷不行,沒有應收帳款同樣不行。另一方面,簡單、隨意地進行賒銷顯然更不行。作為初創企業者,應通過以下措施加強賒銷業務管理,有效地控制賒銷的成本和風險,最大限度地減少應收帳款及壞帳損失。

1. 慎重選擇賒銷對象

首先根據市場供求關係的現狀確定本企業產品的銷售條件。其次確定給予賒銷的條件，對賒銷對象的信用狀況進行評估。企業內部有關部門應建立賒銷對象信用檔案，並定期更新。最後要做好賒銷業務的原始記錄工作，一般不應向有延期付款記錄的客戶提供應收帳款信貸。

2. 加強內部控制制度

這主要包括賒銷制度與收帳政策兩方面。就賒銷制度而言，初創企業應該建立審批負責制，對於發生的每一筆賒銷和應收帳款業務都要明確具體的責任人，以便於應收帳款的及時回收，減少壞帳損失。就收帳政策而言，應根據應收帳款的具體情況，權衡利弊，處理好收帳成本與壞帳損失、收帳成本與期望收回的應收帳款之間的關係，最大限度地減少壞帳損失。

3. 對應收帳款進行分析

這主要包括開展跟蹤分析和開展帳齡分析兩方面。就開展跟蹤分析而言，初創企業要向客戶銷售產品，發生了賒銷業務，是否能夠按照事前的約定，及時、足額地收到貨款，實現資金回籠，這主要取決於客戶的信用品質、財務狀況及是否可以實現該產品的價值轉換或增值等因素。就開展帳齡分析而言，通常情況下，賒銷客戶應收帳款拖欠的時間越長，應收帳款回收的難度就越大，企業發生壞帳損失的概率也就越大。所以，企業可以通過對應收帳款進行帳齡分析，及時掌握應收帳款的回收和情況變化。

4. 控制壞帳風險

企業只要發生了賒銷業務，就會存在應收帳款無法收回的風險，相應地也就存在發生壞帳的風險。企業首先應該按照國家相關的制度規定，採取一定的措施及通過不同的方式對可能發生的壞帳損失進行合理預計，通過計提備用金的形式合理披露相關信息。其次，企業應加大壞帳的處理力度，對已經確認為壞帳的應收帳款，不放棄對它的追索權，及時掌握債務人的償債能力，及時、積極追償。

（四）謹防壞帳的催帳技巧

催收欠款難，這是公認的事實，且需要遵循一定程序，如圖2-2所示。但是作為初創企業更應該適當掌握貸款催收中的十二條技巧。

一是要想取得良好催收效果，自己就必須擺正自己的架勢。所以見到欠款客戶的第一句話就得確立你的優勢心態。通常應當強調是我支持了你，而且我付出了一定的代價。尤其是對於付款情況不佳的客戶，一碰面不必跟他寒暄太久，應趕在他向你表功或訴苦之前，直截了當地告訴他，你來的目的不是求他跟自己下訂單，而是他該付你一筆貨款，且是專程前來。

二是堅定信心，讓欠款客戶打消任何拖、賴、推、躲的思想。由於銀行貸款條件苛刻，融資是相當困難的事，於是很多客戶或許做夢都想空手套白狼，認為欠帳是一種本事，是融資能力超強的一種表現形式。面對這種情況，不下狠心是收不回來欠帳的。所以，在向客戶初次催款時，你應當將企業對於欠款管理的高

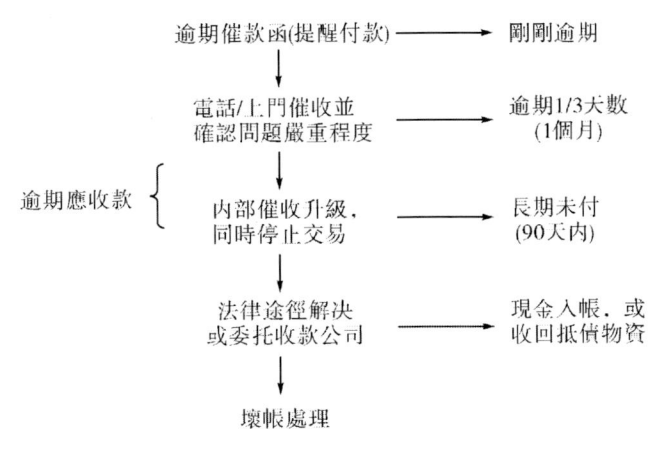

```
                    逾期催款函(提醒付款) ────→  剛剛逾期

                    電話/上門催收並      ────→  逾期1/3天數
                    確認問題嚴重程度              (1個月)

          逾期應收款 {
                    內部催收升級，     ────→  長期未付
                    同時停止交易              (90天內)

                    法律途徑解決      ────→  現金入帳，或
                    或委託收款公司            收回抵償物資

                    壞帳處理
```

圖 2-2 循序漸進的催款管理

度重視及催收手段的多樣化等強勢地展現出來，以堅定的口氣告訴對方：寧可花兩萬元也要收回欠款一萬元。

三是根據欠款客戶償還欠款的積極性高低，把握好催收時機。對於付款準時的客戶，約定的時間必須前去，且時間一定要提早，這是收款的一個訣竅。否則客戶有時還會反咬一口，說：「我等了你好久，你沒來。」還有可能致使原本該支付給你的貨款，被客戶挪作他用。上門催收之前要先在公司內部做足功課，與財務部門、物控部門等對於發貨、退貨、開發票等數額一一明確，確認對方所欠貨款的確切金額，瞭解對方貨款拖欠的具體時間。如果對方總是說沒錢，你就要想法安插「內線」，必要時還可花點小錢讓對方的人員為我所用。在發現對方手頭有現金時，或對方帳戶上剛好進一筆款項時，即刻趕去，逮個正著。

四是到客戶公司登門催收欠款時，不要看到客戶有另外的客人就走開。你一定要說明來意，專門在旁邊等候，說不定這本身對催收欠款有幫助。因為客戶不希望他的客人看到債主登門，這會讓他感到難堪和沒有面子。倘若欠你的款不多，他多半會裝出很痛快的樣子還你的款，為的是盡快趕你走，或是掙個表現給其他合作者看。

五是態度要堅決。有時欠款客戶一見面就百般討好你，心裡想賴帳，見面了卻表現得很積極。他會假意讓你稍稍等候，說自己馬上去取錢還你。但跑一圈回來，十有八九是兩手空空。這時他會向你表示對不起，表明自己已經盡力了，讓你不好責備他。這是客戶在施緩兵之計。這時，你一定要強調，今天一定得拿到欠款，否則，絕不離開。

六是在催收欠款時，如對方有錢卻故意吊你的胃口，應及時找出對策。一般不能在此時去耐心地聽對方說明，如客戶確實發生了天災人禍，在理解客戶難處的同時，讓客戶也理解自己的難處，你可說就因沒收到欠款，公司已讓你有一個月沒領到工資了，連銷售部經理的工資也扣了一半。訴說時，要做到神情嚴肅，力爭動之以情，曉之以理。

七是不能在拿到錢之前談生意。此時對方會拿「潛在的訂單」做籌碼與你討價還價。若你滿足不了其要求，他還會產生不還錢「刺激」你一下的想法。此時一定要把收欠當成唯一的大事，讓對方明白，如這筆錢不還，哪怕有天大的生意也免談。

八是假如你這天非常走運，在一個還款本不積極的欠款客戶那裡出乎意料地收到很多欠款，最好盡快離開，以免他覺得心疼而反悔，或者覺得對你有恩而向你要好處。

九是有一種說法是：銷售人員在把客戶當上帝一樣敬的同時，也要把他當「賊」一樣地防。時刻關注一切異常情況，如客戶資不抵債快要倒閉了，或是合夥的股東撤資轉為某人單干了。一有風吹草動，得馬上採取措施，防患於未然，杜絕呆帳、死帳。

十是可打銀行的牌，對欠款客戶收取欠款利息。事先發出有效書面通知，聲稱銀行對公司催收貸款，並給公司規定出了還貸款期限，如公司沒按期限歸還銀行貸款，銀行將採取措施處罰公司。因此公司要求欠客戶必須在某期限以前還欠，否則只好被迫對其加收利息。如此一來，一般欠款戶更易於接受。

十一是對於經銷商類的客戶，暫且擱下欠款不提，但強調「要想再進貨，一律現款」。這樣做可以穩住經銷商，保持銷量。等經銷商銷售公司的產品比較穩定，形成積重難返或難舍難分的局面時，壓在公司的折扣的累積增加了，再讓其償還欠款就會容易得多。

十二是掌握打催收欠款電話的時機。在欠債人情緒最佳的時間段打電話，他們更容易同你合作。例如下午3:30時以後打電話最好，因他們上午一般較忙，給欠債人留下上半天做生意是個好主意，這樣他們有足夠的時間進入正常的工作狀態，下午是他們精神較為放鬆的時候，一般心情都會比較好。此時催欠容易被接受。此外，必須避免在人家進餐的時間段打電話。

四、企業成本控制管理

無論經濟環境是否景氣，企業的管理者都必須控制成本，削減不必要的開支，以便將節約下來的資源投入到回報更高的業務中去。成本控制不僅僅是一門技術，更是一門藝術。作為初創企業，資金的投入產出比是非常重要的，這就涉及企業成本控制問題。那麼，作為初創企業，必須能夠厘清成本、費用與支出的區別，從而有效控制企業成本。

（一）成本、費用與支出的區別

成本、費用、支出概念及其關係問題在實踐中運用較亂，規範體系中也缺乏總體一致性。特別是作為初創企業，更需要明確成本、費用、支出概念的內涵與外延，規範它們之間的相互關係。

1. 成本、費用之間的關係

成本與費用是兩個並行的概念，也是經常被混淆的兩個概念，儘管它們之間有一定的聯繫，但實際上它們之間存在本質的區別。成本與企業特定資產或勞務

相關，而費用則與特定期間相關；成本是企業為取得某種資產或勞務所付出代價的量度，而費用則是為取得收入而發生的資源耗費；成本不能抵減收入，只能以資產的形式反應在資產負債表中，而費用則必須衝減當期的收入反應在利潤表中。但成本通過「資產化」，再通過耗費過程可以轉化為費用（即：成本—資產—費用），如企業為了開展生產經營活動，必須購置某項設備而發生支出，形成固定資產的採購成本，設備安裝完畢，交付使用並構成企業的一項固定資產（成本—資產）。

2. 支出與費用、成本之間的關係

一方面，收益性支出形成費用。《企業會計制度》規定：凡支出的效益僅及於本會計年度（或一個營業週期）的，應當作為收益性支出。根據配比原則，收益性支出形成費用，計入當期損益。但劃分資本性支出與收益性支出的時間標準如果以月為單位，可能更恰當，更利於相關概念之間的協調，避免矛盾的產生。如，制度規定：將資本性支出計列於資產負債表中，作為資產反應，以真實地反應企業的財務狀況；將收益性支出計列於利潤表中，計入當期損益，以正確地計算企業當期的經營成果。另一方面，資本性支出形成資產。《企業會計制度》規定：凡支出的效益及於幾個會計年度（或幾個營業週期）的，應當作為資本性支出。根據配比原則及資產的定義，由於資本性支出使幾個會計期間受益，在發生的當期就不能作為費用計入損益，而應該作為資產在未來的受益期間內分期轉作費用。因此，資本性支出形成資產，而資產的取得成本，就是全部資本性支出。如果企業不能正確區分收益性支出和資本性支出，將本應作為收益性支出的而作為資本性支出就會虛增企業的資產和利潤；相反，將本應作為資本性支出的而作為收益性支出，將會虛減企業的資產和利潤，這兩種現象都會影響企業提供的會計信息質量，誤導會計信息的使用者，這都是現行制度或法規所不允許的。

(二) 實現「企業花錢是為了省錢」[①]

在市場經濟環境下，經濟效益始終是企業管理追求的首要目標，特別是對於初創企業來說，控制成本是非常重要的一項工作。對此，初創企業在成本控制管理工作中應該樹立成本效益觀念，實現由傳統的「節約、節省」觀念向現代效益觀念轉變。特別是在中國市場經濟體制逐步完善的今天，企業管理應以市場需求為導向，通過向市場提供質量盡可能高、功能盡可能完善的產品和服務，力求使企業獲取盡可能多的利潤。與企業管理的這一基本要求相適應，初創企業成本管理也就應與企業的整體經濟效益直接聯繫起來，以一種新的認識觀——成本效益觀念看待成本及其控制問題。初創企業的一切成本管理活動應以成本效益觀念作為支配思想，從「投入」與「產出」的對比分析來看待「投入」（成本）的必要性、合理性，即努力以盡可能少的成本付出，創造盡可能多的使用價值，為初創企業獲取更多的經濟效益。

值得注意的是，「盡可能少的成本付出」與「減少支出、降低成本」在概念

---

① 李吉紅. 成本管理觀念的更新與成本控制新思路 [J]. 才智，2009 (7)：178-179.

上是有區別的。「盡可能少的成本付出」，不僅僅是節省或減少成本支出，而是運用成本效益觀念來指導新產品的設計及老產品的改進工作。比如，在對市場需求進行調查分析的基礎上，認識到如在產品的原有功能基礎上新增某一功能，會使產品的市場佔有率大幅度提高，那麼儘管為實現產品的新增功能會相應地增加一部分成本，只要這部分成本的增加能提高企業產品在市場的競爭力，最終為企業帶來更大的經濟效益，這種成本增加就是符合成本效益觀念的。又比如，企業推廣合理化建議，雖然要增加一定的費用開支，但能使企業獲取更好的收益；引進新設備要增加開支，但因此可節省設備維修費用和提高設備效率，從而提高企業的綜合效益；為減少廢次品數量而發生的檢驗費及改進產品質量等有關費用，雖然會使企業的近期成本有所增加，但企業的市場競爭能力和生產效益卻會因此而逐步提高；為充分論證決策備選方案的可行性及先進合理性而發生的費用開支，可保證決策的正確性，使企業獲取最大的效益或避免可能發生的損失。這些支出都是不能不花的，這種成本觀念可以說是「花錢是為了省錢」，都是成本效益觀念的體現。

五、透析財務報表

企業財務系統都要產生資產負債表、損益表和現金流量表三種基本的財務報表。一套完備、詳盡的報表資料就是一個企業的畫像，是一個企業的解剖圖，它們能夠反應出企業過去或當前的經營狀況，也能夠預測企業未來的經營前景，有助於創業者較為準確地把握特定時期企業的償債能力、營運能力及獲利能力。因此，作為一個創業者必須具備識別財務報表的能力。

（一）資產負債表

資產負債表是總括反應某一會計主體在特定日期（如年末、季末、月末）財務狀況的會計報表，基本結構是以「資產＝負債＋所有者權益」平衡公式為理論基礎的，該等式的左方與右方分別代表著企業的資產、企業不同投資者（債務人、所有者）投入企業的資金及其留利部分。整張報表反應的是企業持有的經濟資源及其產權歸屬的對照關係，如表 2-4 所示。作為創業者，資產負債表可以幫助其核查和分析創業企業的財務狀況，特別是收入和支出方面。諸如，應收帳款的週轉時間是否在延長？收取帳款能否更積極些？有些債務無法收回嗎？創業企業因放慢應付款的支付速度是否預示了資金短缺的到來？此外，資產負債表還可以有存貸表、固定資產及累計折舊表和無形資產等附表。

表 2-4　　　　　　　　　　某公司資產負債表　　　　　　　　　單位：萬元

項目	期初數	期末數	項目	期初數	期末數
流動資產			流動負債		
貨幣資金	5,425,437.78	4,713,342.90	短期借款	—	—
短期投資			應付票據		
應收票據	—	—	應付帳款		

表2-4(續)

項目	期初數	期末數	項目	期初數	期末數
應收股利	—	—	預收帳款	—	—
應收利息			應付工資	—	—
應收帳款	2,745,705.00	1,400,000.00	應付福利費	—	—
其他應收款	7,340,130.34	7,773,261.14	應付股利	—	—
預付帳款	—	1,200,000.00	應交稅金	275,016.20	240,584.18
應收補貼款	—	—	其他應交款		
存貨	—	—	其他應付款	12,687,100.14	12,713,900.14
待攤費用	117,049.64	70,082.92	預提費用		
一年內到期的長期投資			一年內到期的長期負債		
其他流動資產	—	—	其他流動負債		
流動資產合計	15,628,322.76	15,156,686.96	流動負債合計	12,962,116.34	12,954,484.32
長期投資:					
長期股權投資	7,041,087.14	7,467,753.82	長期負債:		
長期債券投資	—	—	長期借款	—	—
長期投資合計	7,041,087.14	7,467,753.82	應付債券	—	—
固定資產:			長期應付款	—	—
固定資產原價	1,412,324.85	1,412,324.85	專項應付款	—	—
減:累計折舊	378,678.91	463,418.59	其他長期負債	—	—
固定資產淨值	1,033,645.94	948,906.26	長期負債合計	—	—
減:固定資產減值準備	—	—			
固定資產淨額	1,033,645.94	948,906.26	遞延稅項:		
工程物資	—	—	遞延稅款貸項	—	—
在建工程	—	—	負債合計	12,962,116.34	12,954,484.32
固定資產清理	—	—			
固定資產合計	1,033,645.94	948,906.26	所有者權益:		
無形資產及其他資產:			實收資本	8,600,000.00	8,600,000.00
無形資產	—	—	減:已歸還投資	—	—
長期待攤費用	—	—	資本公積	76,320.95	76,320.95
其他長期資產	—	—	盈餘公積	—	—
無形資產及其他資產合計	—	—	其中:法定公益金	—	—
遞延稅項:			未分配利潤	2,064,618.75	1,942,541.77
遞延稅款借項	—	—	所有者權益合計	10,740,939.50	10,618,862.72
資產總計	23,703,055.84	23,573,347.04	負債及所有者權益總計	23,703,055.84	23,573,347.04

（二）損益表

損益表是總括反應創業企業在一定期間內經營收支和經營成果的財務報表，是企業必須按月編報的報表之一。損益表有收入、費用和利潤三大類項目，這三類項目之間的關係是「收入－費用＝利潤」，如表2-5所示。創業者通過損益表能瞭解公司的收益和支出情況及哪些業務超過了預算等問題，因此有助於其及時掌握產品利潤或銷售成本急遽增長的情況。損益表有利潤分配表、主管業務收支、產品生產成本表、主要產品單位成本表、產品生產銷售成本表、製造費用明細表、銷售費用表、管理費用明細表、營業外收支明細表、投資收益明細表等附表。

表2-5　　　　　　　　　　某公司損益表　　　　　　　　單位：萬元

項目	上年數	本年累計數
一、產品銷售收入	309.768,8	397.520,0
減：產品銷售成本	220	268.538
產品銷售費用	17.44	18.858
稅金及附加	1.802	16.942
二、主營業務利潤	70.526,8	93.182,0
加：其他業務利潤	3.44	9.873,4
減：銷售費用	10	13
管理費用	9.696,8	13.98
財務費用	0.334	0.654
三、營業利潤	53.936	75.421,4
加：投資收益	1.8	2.8
補貼收入	0.89	0.94
營業外收入	1.896	1.088
減：營業外支出	6.42	
四、利潤總額	57.88	80.249,4
減：所得稅	18.916	26.482,2
五、淨利潤	38.964	53.767,2

（三）現金流量表

現金流量表是在現金的基礎上編製的，用於反應企業財務狀況變動情況的財務報表。現金流量表中的現金包括「現金」帳戶核算的庫存現金，還包括企業「銀行存款」帳戶核算的存入金融機構、隨時可以用於支付的存款，以及「其他貨幣資金」帳戶核算的外埠存款、銀行匯票存款、銀行本票存款和長途貨幣資金等，如表2-6所示。作為創業者，可以利用現金流量表正確評價創業企業當前及未來的償債能力、支付能力、當期及以前各期取得利潤的質量，以較為準確地預

測企業財務狀況。

表2-6　　　　　　　　某公司現金流量表　　　　　　單位：萬元

一、經營活動產生的現金流量：	
銷售商品、提供勞務收到的現金	790
收到的稅費返回	
收到的其他與經營活動有關的現金	
現金流入小計	790
購買商品、接受勞務支付的現金	540
支付給職工以及為職工支付的現金	90
支付的各項稅費	50
支付的其他與經營活動有關的現金	25
現金流出小計	705
經營活動產生的現金流量淨額	85
二、投資活動產生的現金流量：	
收回投資所收到的現金	
取得投資收益所收到的現金	30
處置固定資產、無形資產和其他長期資產而收到的現金淨額	
收到的其他與投資活動有關的現金	
現金流入小計	30
購建固定資產、無形資產和其他長期資產所支付的現金	50
投資所支付的現金	80
支付的其他與投資活動有關的現金	
現金流出小計	130
投資活動產生的現金流量淨額	100
三、籌資活動產生的現金現量：	
吸收投資所收到的現金	60
取得借款所收到的現金	
收到的其他與籌資活動有關的現金	
現金流入小計	
償還債務所支付的現金	
分配股利或利潤和償付利息所支付的現金	40
支付的其他與籌資活動有關的現金	
現金流出小計	
籌資活動產生的現金流量淨額	20
四、匯率變動對現金的影響額	
五、本期現金及現金等價物淨增加額	770

（四）財務分析

　　財務分析是以財務報告資料及其他相關資料為依據，採用專門的分析方法，對經濟組織過去和現在的有關籌資活動、投資活動、經營活動、分配活動、盈利能力、營運能力、償債能力和發展能力狀況等進行分析與評價的經濟管理活動。作為創業者，可以通過財務分析來瞭解企業過去、評價企業現狀、預測企業未來。

1. 財務報表的分析方法

　　作為創業者，一定要會分析財務報表。財務報表分析最主要的方法是比較分析法和因素分析法。其中，比較分析法的理論基礎是，客觀事物的發展變化是統一性與多樣性的辯證結合。共同性使它們具有了可比的基礎，差異性使它們具有了不同的特徵。在實際分析時，這兩方面的比較往往需要結合使用。按比較參照標準可以分為趨勢分析、同業分析、預算差異分析等。比較分析法的主要作用在於揭示客觀存在的差距以及形成這種差距的原因，幫助人們發現問題，挖掘潛力，改進工作。比較分析法是各種分析方法的基礎，不僅報表中的絕對數要通過比較才能說明問題，計算出來的財務比率和結構百分數也都要與有關資料（比較標準）進行對比，才能得出有意義的結論。因素分析法是指把整體分解為若干個局部的分析方法，包括比率因素分解法和差異因素分解法。比率因素分解法是指把一個財務比率分解為若干個影響因素的方法。比如說，資產收益率可以分解為資產週轉率和銷售利潤率兩個比率的乘積。差異因素分解法是解釋比較分析中所形成差異的原因的方法，比如說，產品材料成本差異可以分解為價格差異和數量差異。

2. 企業財務分析的主要角度

　　作為創業者，要懂得如何進行分析籌資活動、投資活動、經營活動、盈利能力、營運能力、償債能力等。

　　一是籌資活動分析。這主要包括籌資規模與變動分析、籌資結構與變動分析。籌資規模與變動分析，主要借助於資產負債表中的負債和所有者權益的數據，利用水準分析法分析企業籌資規模的變動情況、觀察其變動趨勢，對其合理性進行評估。這樣有助於創業者瞭解企業的經營資本從哪些渠道、以何種方式取得，所有者權益資本和負債資本應保持在何種水準等問題。籌資結構與變動分析需要與上個週期、同行業或標準水準進行比較，並且對籌資結構進行變化趨勢的分析。這樣有助於創業者選擇適當的籌資結構。

　　二是投資活動分析。這主要包括資產規模與變動分析、資產結構與變動分析。資產規模與變動分析可採用水準分析法，從數量上瞭解企業資產的變動情況，分析變動的具體原因。這樣有助於將企業規模控制在合理範圍內，實現企業的可持續經營。資產結構與變動分析可採用垂直分析法。通過計算報表中各項目占總體的比重，反應各項目與總體的關係情況及其變動情況。這樣有助於創業者合理配置企業資源。

　　三是經營活動分析。這主要包括利潤額增減變動及結構變動分析、收入分析、成本費用分析等。利潤總額是指反應企業全部財務成果的指標。利潤額變動分析可採用水準分析法，即編製水準分析表的方法。水準分析表的編製採用增減

變動額和增減變動百分比兩種方式。利潤結構變動分析可採用垂直分析法，即根據利潤表中的資料，通過計算各因素或各種財務成果所占的比重，分析財務成果的結構及其變動的合理性。這樣有助於創業者瞭解企業的營業利潤、對外投資收益，以及營業外收支情況等。企業收入分析主要從主營業務與其他收入的結構進行分析，不僅要研究其總量，而且應分析其結構及其變動情況，這樣有助於創業者瞭解企業經營方向和會計政策的選擇。成本費用分析可根據產品生產、銷售成本表的數據，採用水準分析法和垂直分析法進行分析。這樣有助於創業者瞭解企業的實際投入狀況。

四是盈利能力分析。這主要包括資本盈利能力分析、資產盈利能力分析、經營盈利能力分析等。盈利能力是指企業在一定時期內賺取利潤的能力。初創企業的企業主可以主要對淨資產收益率指標進行分析和評價。資本盈利能力分析的主要財務指標是淨資產收益率（權益報酬率），其計算公式為：

淨資產收益率＝淨利潤÷[（期初所有者權益合計＋期末所有者權益合計）÷2]×100%

資產盈利能力分析主要是對總資產報酬率指標進行分析和評價，資產的利用效率越高，說明企業在增加收入和節約資金等方面取得的效果越好。初創企業的企業主可以主要對資產淨利率進行分析，其計算公式為：

資產淨利率＝淨利潤÷[（期初資產總額＋期末資產總額）÷2]×100%

經營盈利能力分析包括收入利潤率分析和成本利潤率分析兩方面內容。初創企業的企業主可以主要對銷售淨利潤率進行分析，其計算公式為：

銷售淨利潤率＝（淨利潤÷銷售收入）×100%

五是營運能力分析。這主要包括總資產營運能力分析、流動資產營運能力分析、固定資產營運能力分析等。總資產營運能力分析就是對企業全部資產的營運效率進行綜合分析，反應總資產的週轉速度，週轉速度越快，說明銷售能力越強。初創企業的企業主可以主要對總資產週轉率進行分析，其計算公式為：

總資產週轉率＝銷售收入÷[（期初資產總額＋期末資產總額）÷2]×100%

流動資產營運能力分析直接影響或決定企業全部資產的營運效率，主要分析指標有流動資產週轉率、存貨週轉率、應收帳款週轉率等。流動資產週轉率反應了流動資產的週轉速度，週轉速度越快，會相對節約流動資產，相當於擴大資產的投入，增強企業的盈利能力；而延緩週轉速度，需補充流動資產參加週轉，形成資產的浪費，降低企業的盈利能力。存貨週轉率是存貨週轉速度的主要指標。提高存貨週轉率，縮短營業週期，可以提高企業的變現能力。應收帳款週轉率越高，說明其收回越快。反之，說明營運資金過多呆滯在應收帳款上，影響正常資金週轉及償債能力。其計算公式分別為：

流動資產週轉率＝銷售收入÷[（期初流動資產＋期末流動資產）÷2]×100%

存貨週轉率＝產品銷售成本÷[（期初存貨＋期末存貨）÷2]×100%

應收帳款週轉率＝銷售收入÷[（期初應收帳款＋期末應收帳款）÷2]×100%

固定資產營運能力主要體現在固定資產產出與固定資產占用之間的比率關係上，通常可用固定資產收入率反應企業固定資產的營運能力。其計算公式為：

固定資產收入率＝銷售收入總額÷[（期初固定資產價值+期末固定資產價值）÷2]×100%

六是償債能力分析。這主要包括短期償債能力分析、長期償債能力分析等。短期償債能力就是指企業償還流動負債的能力，主要通過流動比率、速動比率、營運資金等指標進行計算和分析，以說明企業短期償債能力狀況及原因。流動比率體現了企業的償還短期債務的能力。流動資產越多，短期債務越少，則流動比率越大，企業的短期償債能力也越強。速動比率比流動比率更能體現企業的償還短期債務的能力。因為流動資產中，尚包括變現速度較慢且可能已貶值的存貨，因此將流動資產扣除存貨後再與流動負債對比，以更準確地衡量企業的短期償債能力。營運資金實際上反應的是流動資產可用於歸還和抵補流動負債後的餘額。營運資金越多，說明企業可用於償還流動負債的資金越充足，企業的短期償債能力越強，債權人收回債權的安全性越高。其計算公式分別為：

流動比率＝流動資產÷流動負債

速動比率＝（流動資產－存貨）÷流動負債

營運資金＝流動資產－流動負債

長期償債能力分析就是指企業償還本身所欠長期負債（償還期限在一年或一個營業週期以上的債務）的能力。對企業長期償債能力進行分析，可通過對反應企業長期償債能力的資產負債率、利息保障倍數等指標進行計算和分析，說明企業長期負債能力的基本狀況及其變動原因。資產負債率反應債權人提供的資本占全部資本的比例。該指標也被稱為舉債經營比率。負債比率越大，企業面臨的財務風險越大。利息保障倍數指標是企業經營業務收益與利息費用的比率，用於衡量企業償付借款利息的能力，也叫利息保障倍數。只要已獲利息倍數足夠大，企業就有充足的能力償付利息。其計算公式分別為：

資產負債率＝（負債總額÷資產總額）×100%

利息保障倍數＝息稅前利潤÷利息支出

此外，在財務分析中，綜合性的分析也是比較重要的，其中杜邦財務分析體系較為常用。該體系是將若干反應企業盈利狀況、財務狀況和營運狀況的比率按其內在聯繫有機結合起來，形成一個完整的指標體系，並最終通過淨資產收益率來綜合反應，如圖2-3所示。

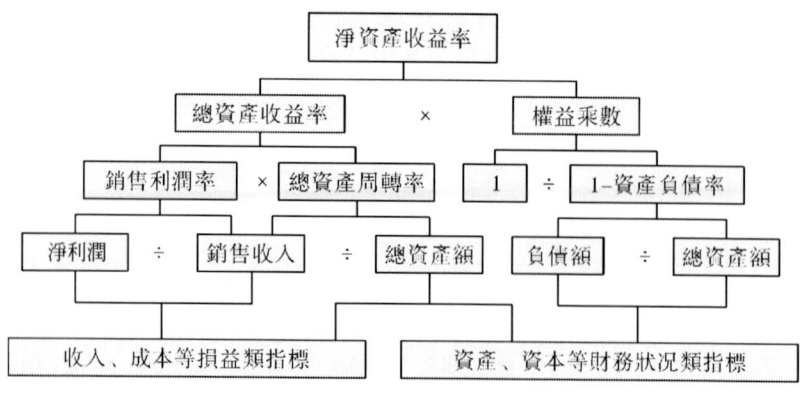

圖2-3　杜邦財務分析體系

創業者可以通過杜邦財務分析體系，一方面可從企業銷售規模、成本水準、資產營運、資本結構方面分析淨資產收益率增減變動的原因；另一方面可協調企業資本經營、資產經營和商品經營關係，促使淨資產收益率最大化，實現財務管理目標。

第二節　企業納稅籌劃

隨著越來越多的人開始了自己的創業，越來越多的創業企業面臨納稅這個難題。對中小企業，特別是創業者來說，就算是已經聽說過諸多的納稅籌劃，卻根本不知道自己該進哪個門，該走哪條道，甚至連哪部分行為屬於納稅籌劃，哪部分行為屬於違法的偷漏稅行為都分不大清楚。納稅籌劃是指納稅人依據稅法規定的優惠政策，採取合法的手段，最大限度地利用優惠條款，以達到減輕稅收負擔的合法經濟行為。

一、合理避稅就是創造利潤

避稅是隨著稅收的產生而產生，隨著社會的發展而發展的。從古至今，無論在任何國家，只要稅收存在，就會有避稅現象的發生。他們可能採用變更住所、轉移資金等一系列公開、合法的手段，來最大限度地「推卸」納稅義務。

中國稅法中存在大量的優惠政策，稅收徵管工作中也存在一些漏洞，在這種情況下，只要企業認真學習中國的稅收政策，在法律允許的範圍內進行縝密的稅務籌劃，就能實現最大限度的合理避稅，這對企業來說也是一種創造利潤的過程。那麼怎樣理解這句話呢？下面通過公式進行分析：

營業利潤＝主營業務利潤＋其他業務利潤－期間費用

利潤總額＝營業利潤＋補貼收入＋投資收益＋營業外收入－營業外支出

淨利潤＝利潤總額－所得稅

由以上公式可以看出：增加淨利潤的途徑有兩個，即加大利潤總額、減少所得稅。當收入已經達到極限或上升的空間已經很小時，要想加大利潤總額，就只能減少期間費用和營業外支出，而這兩項中包含了企業大部分的稅務支出（除所得稅外）。因此我們可以得出結論：如果能減少企業的稅務支出，就能使其淨利潤增加。企業可以用節省下來的資金，充實本企業實力，或是進行擴大再生產，或是進行其他方面的投資（如股票、債券等），以期為企業帶來更大的經濟效益，從而使企業進入一個健康有序的良性循環。

雖然避稅行為容易被認為是不道德的，但它若是建立在依法盡其義務、按時足額交納稅款的前提基礎上，它就是合法的、不具有詐欺性質的，並作為企業的權利受到法律和社會的認可和保護的。我們還可以從另一個角度來理解，避稅是對已有稅法的不完善或缺陷之處所做的顯示說明，表明了現有稅法尚不健全，稅務當局恰好可以根據這種顯示說明對現有稅法進行修改和糾正。所以，合理避稅

有助於保證政府和執法部門及時發現稅制及稅法中所存在的問題，進而健全稅收制度、完善稅法，實現經濟生活規範化和社會生活規範化，同時幫助中國企業健康發展，促進社會經濟的進步。

二、企業該交納的稅目

許多人只知道公司經營需要交稅，但是他們卻並不知道到底要交哪些稅，交多少，怎麼交等。

一般而言，企業的經濟性質和經營業務決定了他們各自應繳納的稅種和所適用的稅率。從交稅的項目而言，大體要分為三項：流轉稅、所得稅和一些其他稅種。下面將詳細地介紹內外資企業的經營到底要交哪些稅。

（一）流轉稅

流轉稅又稱流轉課稅、流通稅，是指以納稅人商品生產、流通環節的流轉額或者流通數量以及非商品交易的營業額為徵稅對象的一類稅收。它是商品生產和商品交換的產物，各種流轉稅是政府財政收入的重要來源。具體包括以下幾類：

1. 增值稅

增值稅是指對在中國境內銷售貨物或者提供加工、修理修配勞務以及進口貨物的單位和個人，就其貨物銷售或者提供勞務的增值額和貨物的進口金額作為計稅依據而課徵的一種流轉稅。因其是對商品生產和流通中各環節的新增或商品的附加值進行徵稅，所以稱之為「增值稅」。增值稅分類及稅率如表2-7所示。

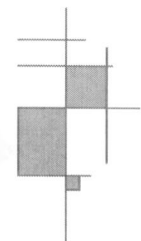

> **知識小貼士：**
> **一般納稅人與小規模納稅人的認定條件的區別**
> （1）主要從事生產或提供應稅勞務（特指加工、修理修配勞務）的：年銷售額在100萬元以上的，可以認定為一般納稅人，100萬元以下的為小規模納稅人；
> （2）主要從事貨物批發零售的：年銷售額180萬元以上的可以認定為一般納稅人，180萬元以下為小規模納稅人。工業企業年銷售額在100萬元以下的，商品流通企業年銷售額在180萬元以下的，屬於小規模納稅人；反之，為一般納稅人。
>
> 稅收管理規定的區別：
> （1）一般納稅人：銷售貨物或提供應稅勞務可以開具增值稅專用發票；購進貨物或應稅勞務可以作為當期進項稅抵扣；計算方法為銷項減進項。
> （2）小規模納稅人：只能使用普通發票；購進貨物或應稅勞務即使取得了增值稅專用發票也不能抵扣；計算方法為銷售額×徵收率。

表 2-7　　　　　　　　　　　增值稅分類及稅率

納稅人分類	稅目	稅率
一般納稅人	銷售貨物或提供加工、修理修配勞務以及進口貨物	17%
	糧食、食用植物油	11%
	自來水、暖氣、石油液化氣、天然氣等	
	圖書、報紙、雜誌、音像製品、電子出版物	
	飼料、化肥、農藥、農機、農膜、農產品、食用鹽等國務院規定的其他貨物	
	提供交通運輸、郵政、基礎電信、建築、不動產租賃服務，銷售不動產，轉讓土地使用權	
	提供增值電信服務、金融服務、現代服務（租賃服務除外）、生活服務、轉讓土地使用權以外的其他無形資產	6%
	運輸發票上的運費金額	7%抵扣
	工廠回收的廢物舊資	10%抵扣
小規模納稅人	工業企業和商業企業	3%

按照黨中央、國務院部署，為進一步完善稅制，支持製造業、小微企業等實體經濟發展，從 2018 年 5 月 1 日起，製造業等行業增值稅稅率從 17% 降至 16%，交通運輸、建築、基礎電信服務等行業及農產品等貨物的增值稅稅率從 11% 降至 10%。

增值稅的特點有四個，分別是：

（1）普遍徵收。從增值稅的徵稅範圍看，對從事商品生產經營和提供勞務的所有單位和個人，在商品增值的各個生產流通環節向納稅人普遍徵收。

（2）稅收負擔最終由消費者承擔。雖然增值稅是向企業徵收，但企業在銷售商品時又通過價格將稅收負擔轉嫁給下一生產流通環節，最後由最終消費者承擔。

（3）實行稅款抵扣制度。在計算企業應納稅款時，要扣除商品在以前生產環節已負擔的稅款，以避免重複徵稅。

（4）實行價外稅制度。在計稅時，作為計稅依據的銷售額中不包含增值稅稅額，這樣有利於形成均衡的生產價格，並有利於稅負轉嫁的實現。

中國目前對一般納稅人採用的計稅方式是國際上通行的購進扣稅法，即納稅人銷售貨物或者提供應稅勞務，應納稅額等於當期的銷項稅額減去當期的進項稅額後的餘額，即：

應納稅額＝當期銷項稅額－當期進項稅額

當期銷項稅額小於當期進項稅額不足抵扣時，其不足部分可以結轉至下期繼續抵扣。

2. 城市維護建設稅（簡稱城建稅）

這是中國為了加強城市的維護建設，擴大和穩定城市維護建設資金的來源而開徵的，以納稅人實際繳納的消費稅、增值稅兩種稅的稅額之和為計稅依據的一種附加稅。企業所處的地方不同，所依據的稅率也不同，具體標準見表 2-8。

表 2-8　　　　　　　　　　城建稅稅率標準

檔次	納稅人所在地	稅率（%）
1	市區	7
2	縣城、鎮	5
3	不在市、縣、城、鎮	1

例：位於某縣城的鋼鐵廠，2016年6月應繳納銷售貨物增值稅150萬元，應繳納應稅服務增值稅200萬元（原營業稅），應繳納消費稅100萬元，則該企業應繳納的城市維護建設稅稅額是多少？

> **知識小貼士：**
> 營改增前，即2016年5月1日前，城建稅、消費稅是以增值稅、消費稅和營業稅三種稅的稅額之和為依據。

應繳納城建稅 =（150+200+100）×5% = 22.5（萬元）

3. 教育費附加

教育費附加是中國為了擴大地方教育事業，擴大地方教育經費的資金而徵收的一種專項資金，是對繳納增值稅、消費稅的單位和個人徵收的一種附加費。教育費附加按繳納的增值稅和消費稅的稅額之和的3%繳納。

例：位於某縣城的鋼鐵廠，2016年6月應繳納銷售貨物增值稅150萬元，應繳納應稅服務增值稅200萬元（原營業稅），應繳納消費稅100萬元，則該企業應繳納的教育費附加稅稅額是多少？

應繳納教育費附加稅 =（150+200+100）×3% = 13.5（萬元）

（二）所得稅

所得稅又稱所得課稅、收益稅，是指國家對法人、自然人和其他經濟組織在一定時期內的各種所得徵收的一類稅收。它包括企業所得稅和個人所得稅，本節主要講述企業所得稅。

企業所得稅，是對中國境內的企業和其他取得收入的組織的生產、經營所得和其他所得依法徵收的一種稅，是國家參與企業利潤分配的重要手段。企業所得稅的納稅人包括中國境內的國有企業、集體企業、私營企業、聯營企業、股份制企業和其他組織，不包括外商投資企業和外國企業。所得稅的稅率標準如表2-9所示。

表 2-9　　　　　　　　　　所得稅稅率標準

適用企業	稅率
一般情況，在中國境內設立機構場所的企業	25%
（1）符合條件的小型微利企業； （2）在中國境內未設立機構、場所的，或者雖設立機構、場所但取得的所得與所設機構、場所沒有實際聯繫的非居民企業	20%
國家需要重點扶持的高新技術企業	15%

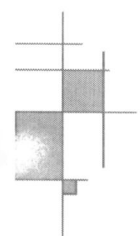

所得稅的特點有四個，分別為：

（1）稅負不容易轉嫁。所得稅的課稅對象是納稅人的最終所得額，納稅人就是負稅人，稅負一般不易轉嫁。這一特點有利於政府直接調節納稅人的收入，縮小收入差距，實現公平分配的目標。

（2）稅收彈性大，稅收收入不夠穩定。所得稅的稅收收入與國民收入的關係較為密切，能夠比較準確地反應國民收入的增減變化情況，稅收彈性大。與此相對應，由於易受經濟波動的影響，稅收收入不容易保持穩定性。

（3）稅負較公平。所得稅以所得額為課稅對象，徵收環節單一，只要不存在兩個以上的課稅主體，就不會存在重複徵稅。另外，所得稅一般以淨所得為計稅依據，所得多的多徵，所得少的少徵，體現了量能負擔的原則。

（4）計稅較複雜，稽徵管理難度較大。就企業而言，計算企業的應稅所得涉及核算企業的收入、成本、費用、利潤等。並且所得稅的徵收客觀上要求整個社會有較高的信息、核算管理基礎，只有這樣，才能有較高的徵收效率。

企業的應納稅所得額的計算公式為：

應納稅所得額＝會計利潤±納稅調整項目金額

應納所得稅額＝應納稅所得額×適用稅率－減免稅額－抵免稅額

其中，會計利潤＝主營業務收入＋其他業務收入－主營業務成本－其他業務成本－稅金及附加－管理費用－財務費用－營業費用＋營業外收入－營業外支出

> **知識小貼士：如何進行納稅調整**
>
> 一般而言，針對收入項目，會計作為收入而稅法作為非應稅收入或免稅收入的，應作納稅調減處理；針對支出項目，會計可以扣除而稅法不可以扣除，以及會計全額扣除而稅法限額扣除的，應作納稅調增處理。如果稅法對某一收入和支出項目的稅務處理沒有明確規定，應基於稅法合規性原則，將會計處理慣例作為稅務處理的方法，此類項目也就不需要進行納稅調整。

企業的收入總額包括以貨幣形式和非貨幣形式從各種來源取得的收入。具體包括銷售貨物收入，提供勞務收入，轉讓財產收入，股息、紅利等權益性投資收入，利息收入，租金收入，特許權使用費收入，接受捐贈收入及其他收入。其中，轉讓財產收入是指企業轉讓固定資產、生物資產、無形資產、股權、債券等的收入。租金收入是指企業提供固定資產、包裝物或者其他有形資產的使用權取得的收入。

例：某國有企業在中國境內設立機構用於生產 A 產品，2017 年度生產經營情況如下：銷售收入 5,000 萬元，銷售成本 3,000 萬元；銷售費用 800 萬元，其中廣告費 720 萬元，業務宣傳費 80 萬元；管理費用 500 萬元，財務費用 100 萬元，營業外支出 100 萬元。假設該企業不存在納稅調整項目、減免稅額以及抵免稅額。請計算該企業的應納所得稅額。

應納稅所得額＝5,000－3,000－800－500－100－100＝500（萬元）

應納所得稅額＝500×25%＝100（萬元）

(三) 其他稅種

1. 消費稅

該稅種是對在中國境內生產、委託加工和進口應稅消費品的單位和個人徵收的一種間接稅，可以對批發商或零售商徵收。它的徵收範圍是所有的消費品，包括生活必需品和日用品。消費稅實行價內稅，只在應稅消費品的生產、委託加工和進口環節繳納，在以後的批發、零售等環節不用再繳納消費稅，稅款最終由消費者承擔。

表 2-10　　　　　　　　　　消費稅稅率標準

稅目	稅率
鞭炮、菸火	15%
高爾夫球及球具	10%
高檔手錶	20%
木質一次性筷子	5%
實木地板	5%
化妝品	30%

消費稅的特點如下：

（1）徵稅環節的單一性。消費稅實行價內稅，一般在應稅消費品的生產、委託加工和進口環節繳納，在以後的批發、零售等環節中不再徵收消費稅。但以下兩類除外：從1995年1月1日起，金銀首飾由生產銷售環節改為零售環節徵稅；從2002年1月1日起，鑽石以及鑽石飾品由生產、進口環節改為零售環節徵稅。

（2）徵稅方法的多樣性或靈活性。一般來說，一種稅只有一種徵收方法，要麼從價定率徵稅，要麼從量定額徵稅。但消費稅兩者都有，還有複合計稅方法。消費稅法規定：黃酒、啤酒、成品油適用從量定額稅率；白酒、卷菸適用定額稅率和比例稅率相結合的複合計稅辦法；其他應稅消費品一律適用比例稅率，實行從價定率徵稅。

（3）稅負具有轉嫁性。消費稅無論從哪個環節徵收，也無論是實行價內稅還是價外稅，消費品中所含的消費額將會通過稅負轉嫁的方式落到消費者身上。

消費稅應納稅額的計算分為從價定率、從量定額和從價從量混合計算三種。

（1）從價定率的計算公式為：

應納稅額＝應納消費品的銷售額×適用稅率

（2）從量定額的計算公式為：

應納稅額＝應納消費品的銷售數量×單位稅額

（3）從價定率和從量定額混合計算公式：

應納稅額＝應稅銷售數量×定額稅率＋應稅銷售額×比例稅率

2. 城鎮土地使用稅

這是以城鎮土地為徵稅對象，以實際佔用的土地單位面積為計稅標準，按規定稅額對擁有土地使用權的單位和個人徵收的一種稅。城鎮土地使用稅的納稅人

就是在城市、縣城、建制鎮、工礦區範圍內使用土地的單位和個人，但外國企業和外商投資企業暫不繳納城鎮土地使用稅。城鎮土地使用稅按實際占用的土地面積等級劃分不同，繳納的稅款也不同。具體徵稅標準見表2-11。

表2-11　　　　　　　　　城鎮土地使用稅稅額標準

級別	人口（人）	每平方米稅額（元）
大城市	50萬以上	1.5~30
中等城市	20萬~50萬	1.2~24
小城市	20萬以下	0.9~18
縣城、建制鎮、工礦區		0.6~12

城鎮土地使用稅的應納稅額的計算公式為：

全年應納稅額＝實際占用應稅土地面積（平方米）×適用稅額

例：長江實業有限公司2017年占用土地情況如下：該公司單獨占用土地面積40,000平方米，其中企業自己辦的托兒所用地200平方米，企業自己辦的職工醫院占地2,000平方米，其餘為企業生產經營用地。當地人民政府核定每平方米稅額9元，那麼該公司應該繳納多少城鎮土地使用稅？

按規定，企業自辦的醫院、托兒所占用的土地免徵土地使用稅。

應納城鎮土地使用稅＝（40,000-200-2,000）×9＝340,200（元）

3. 印花稅

它是對經濟活動和經濟交往中書立、使用、領受具有法律效力憑證的單位和個人徵收的一種稅。印花稅由納稅人按應繳稅的比例和定額自行購買並粘貼印花稅票。購銷合同按購銷金額的0.03%貼花；租賃合同按金額0.1%貼花，貼花帳本按5元/本繳納（每年啟用時）；年度按「實收資本」與「資本公積」之和的0.05%繳納（第一年按全額繳納，以後按年度增加部分繳納）。公司成立後應繳納第一筆稅：資金印花稅。其計算方法為：

資金印花稅＝公司營業執照註冊資本金額×萬分之五

三、稅收優惠政策

稅收優惠政策是指稅法對某些納稅人和徵稅對象給予鼓勵和照顧的一種特殊規定。比如，免除其應繳的全部或部分稅款，或者按照其繳納稅款的一定比例給予返還等，從而減輕其稅收負擔。稅收優惠政策是國家利用稅收調節經濟的具體手段，國家通過稅收優惠政策，可以扶持某些特殊地區、產業、企業和產品的發展，進而促進產業結構的調整和社會經濟的協調發展。所得稅優惠的具體內容如表2-12所示。

> **知識小貼士：**
> 如果是新辦企業，在前三個月的時間裡如果沒有收入的情況下可以在納稅申報中實行零申報，也就是前三個月不用交一分錢稅款。

表 2-12　　　　　　　　　　　　稅收優惠項目表

所得稅稅收優惠	具體項目
免徵企業所得稅	蔬菜、穀物、薯類、油料、豆類、棉花、麻類、糖料、水果、堅果的種植；農作物新品種的選育；中藥材的種植；林木的培育和種植；牲畜、家禽的飼養；林產品的採集；灌溉、農產品初加工、獸醫、農技推廣、農機作業和維修等農、林、牧、漁服務業項目；遠洋捕撈
減半徵收企業所得稅	花卉、茶以及其他飲料作物和香料作物的種植；海水養殖、內陸養殖
三免三減半政策（自項目取得第一筆生產經營收入所屬納稅年度起，第1年至第3年免徵企業所得稅，第4年至第6年減半按25%稅率徵收企業所得稅）	企業從事國家重點扶持的「公共基礎設施」項目的投資經營所得，但是，企業承包經營、承包建設和內部自建自用的，不得享受上述企業所得稅優惠；企業從事符合條件的「環境保護、節能節水」項目的所得
轉讓技術所得	符合條件的居民企業技術轉讓所得不超過500萬元的部分，免徵企業所得稅；超過500萬元的部分，減半徵收企業所得稅
抵扣應納稅所得額	創業投資企業採取股權投資方式投資於「未上市的中小高新技術企業」2年以上的，可以按照其投資額的70%在股權持有滿2年的當年抵扣該企業的應納稅所得額；當年不足抵扣的，可以在以後納稅年度結轉抵扣
低稅率優惠	符合條件的小型微利企業：20% 國家需要重點扶持的高新技術企業：15%

其中免稅收入是指屬於企業的應稅所得但按照稅法規定免徵企業所得稅的收入。減計收入是指企業以《資源綜合利用企業所得稅優惠目錄》規定的資源作為主要原材料，生產國家非限制和非禁止並符合國家和行業相關標準的產品取得的收入，減按90%計入收入總額。「公共基礎設施」項目是指公共污水處理、公共垃圾處理、沼氣綜合開發利用、節能減排技術改造、海水淡化等項目。

四、企業避稅方略

避稅不同於偷稅、漏稅，它是企業以遵守稅法為前提，以對法律和稅收的詳盡理解、分析和研究為基礎，利用法律上的某些漏洞或含糊之處來安排自己的事務，以達到減少應納稅款的目的。避稅是合法的，而偷稅、漏稅卻是違法的。在市場經濟條件下，減少稅負是提高企業競爭力的一個重要手段，如何在國家法律允許的範圍內合理避稅，使企業稅負最輕，進而實現企業利潤最大化，成為企業最關注的問題。常見的避稅方法有以下幾種：

（一）轉移定價法

轉移定價，又叫「轉移價格」或「劃撥價格」，是公司集團內部或利益關聯方之間為了實現其整體戰略目標，有效協調集團內各個單位之間或利益關聯方之

間的關係，謀求整體最大限度的利潤而實現的一種交易定價。它不依照市場均衡價格進行交易。採取這種方法有兩個前提：一是兩個企業存在關聯關係，能夠分享避稅收益，二是兩個企業適用不同的稅率。一般只會發生在關聯企業的內部交易中，但也不排除有業務關係的企業互相勾結進行此類交易的可能。

例：甲公司生產單位成本為 1,000 元、市場售價為 2,000 元的產品，2017 年度共銷售 400 件，每件銷售費用為 500 元，其他費用不考慮。甲公司適用所得稅稅率為 33%。則甲公司 2017 年度應交所得稅額為：

[（2,000-1,000-500）×400]×33% = 66,000（元）

2018 年，甲公司設立了一個具有獨立法人資格的銷售公司乙，用來銷售甲的產品，其適用稅率為 27%。甲對乙的銷售價格為 1,350 元，銷售數量與去年相同。

則甲預計繳納所得稅額 =［（1,350-1,000）×400］×33% = 46,200（元）
乙預計繳納所得稅額 =［（2,000-1,350-500）×400］×27% = 16,200（元）
甲乙一共繳納的所得稅額 = 46,200+16,200 = 62,400（元）
比 2017 年少繳納的所得稅額 = 66,000-62,400 = 3,600（元）

（二）籌資方案避稅法

籌資方案避稅法是指利用一定的籌資技術使企業達到最大獲利水準和稅負減少的方法。此方法主要包括籌資渠道的選擇及還本付息方法的選擇兩部分內容。

（1）籌資渠道的選擇。一般來說，企業的籌資渠道包括財政資金、金融機構信貸資金、企業自我累積、企業間拆借、企業內部集資、發行債券和股票、商業信用、租賃等形式。從納稅角度看，這些籌資渠道產生的稅收後果有很大的差異，對某些籌資渠道的利用可有效地幫助企業減輕稅負，獲得稅收上的好處。從避稅角度看，企業內部集資和企業之間拆借方式效果最好，金融機構貸款次之，自我累積效果最差。其原因在於內部集資和企業之間的拆借涉及的人員和機構較多，容易使納稅利潤規模分散而降低，出現「削山頭」現象。同樣，金融機構貸款亦可實現部分避稅和較輕度避稅：一方面，企業歸還利息後，企業利潤有所降低；另一方面在企業的投資產生收益後，出資機構實際上也要承擔一定的稅收，從而使企業實際稅負相對降低。所以說，利用貸款從事生產經營活動是減輕稅負、合理避開部分稅款的一個途徑。企業自我累積資金由於資金所有者和占用者為一體，稅收難以分攤和抵銷，避稅效果最差。

（2）還本付息方法的選擇。金融機構貸款計算利息的方法和利率比較穩定，實行避稅的選擇餘地不大。而企業與經濟組織的資金拆借在利息計算和資金回收期限方面均有較大彈性和回收餘地，從而為避稅提供了有利條件。其方法主要是：提高利息支付，減少企業利潤，抵銷所得稅額；同時，再用某種形式將獲得的高額利息返還給企業或以更方便的形式為企業提供擔保等服務，從而達到避稅目的。

例：某公司實收資本 200 萬元，經營所需資本共 3,200 萬元，不足資金 3,000 萬元；每年有毛收入 6,000 萬元，不含利息的費用（成本）占 80%。不足

資金部分，該公司可以通過向銀行借款或吸收資金入股兩種方式解決。

情況一：向銀行借款解決資金缺口問題。

向銀行借款3,000萬元，按年利率6%計算，則每年需支付的利息為3,000×6%＝180萬元。

應納稅所得額＝毛收入－費用（成本）－利息支出
$$= 6,000 - 6,000 \times 80\% - 180 = 1,020（萬元）$$

實現節稅額＝180×33%＝59.4（萬元）

因為向銀行借款會支出180萬元的利息費用，即費用增加，相應利潤減少，減少額為利息費用的應納稅額，即少交了利息費用的稅，即節省了59.4萬元。

稅後淨收益＝1,020×（1－33%）＝683.4（萬元）

也就是說，用200萬元資本，取得了683.4萬元的稅後淨收益。

情況二：吸收資金入股解決資金缺口問題。

吸收3,000萬元股本（每股1元），不需要支付利息，但要參與分配。

應稅所得＝毛收入－費用（成本）
$$= 6,000 - 6,000 \times 80\% = 1,200（萬元）$$

稅後淨收益＝1,200×（1－33%）＝804（萬元）

每股淨收益＝804÷3,200＝0.25（元/股）

這就是說，用200萬元資本，取得50（0.25×200）萬元的稅後淨收益。同是原始股本200萬元，情況一比情況二取得的稅後淨收益多633.4萬元，同時情況一還產生了59.4萬元的節稅效應。因此，該企業可以採取向金融機構借款的方式彌補資金缺口。

例：某企業用10年時間累積起5,000萬元，用這5,000萬元購買設備進行投資，收益期為10年，每年平均盈利1,000萬元，該企業適用稅率為33%，則：年均納稅額為1,000×33%＝330（萬元），10年總納稅額為330×10＝3,300（萬元）；如果該企業從銀行貸款5,000萬元進行投資，年平均盈利仍為1,000萬元，假設利息年支付額為50萬元，扣除利息後，企業每年收入950萬元，則：年均納稅額為950×33%＝313.5（萬元），10年總納稅313.5×10＝3,135（萬元）。即運用銀行貸款實現的有效避稅額為3,300－3,135＝165（萬元）。

企業在初創籌資時期，如果將註冊資本限定得較小，而經營所需的資本較大，則可以採取向金融機構借款的方式彌補資金缺口，既能保證稅後淨收益的最大化，又能通過增加企業負債和支付利息的辦法，增加企業所得的扣除額，達到減輕稅負的目的。

(三) 投資方案避稅法

投資方案避稅法是指納稅人利用稅法中對投資規定的有關減免稅優惠，通過投資方案的選擇，以達到減輕其稅收負擔的目的。具體包括以下幾種：

1. 投資企業類型選擇法

投資企業類型選擇法是指投資者依據稅法對不同類型企業的稅收優惠規定，通過對企業類型的選擇，以達到減輕稅收負擔的目的的方法。中國企業按投資來

源分類，可分為內資企業和外資企業，對內、外資企業分別實行不同的稅收政策；同一類型的企業內部組織形式不同，稅收政策也不盡相同。因此，對不同類型的企業來說，其承擔的稅負也不相同。投資者在投資決策之前，對企業類型的選擇是必須考慮的問題之一。

例：某企業可選擇 A、B 兩個項目進行投資。預計投產後，年銷售收入均為 200 萬元，外購各種非增值項目含稅支出均為 180 萬元。A 項目產品適用 17% 的增值稅，B 項目適用 6% 的營業稅（現該收增值稅）。

A 項目：年應納增值稅額 =（200-180）÷（1+17%）×17% = 2.9（萬元）

稅後淨收入 =（200-180）÷（1+17%）= 17.1（萬元）

B 項目：年應納增值稅額 = 200×6% = 10（萬元）（原營業稅計算法）

稅後淨收入 = 200-180-10 = 10（萬元）

在其他條件一致的情況下，投資兩行業的淨收入由於稅負不同而相差 7.1 萬元。

2. 橫向聯合避稅法

橫向聯合避稅法指為了獲取稅收上的好處，以橫向聯合為名組成聯合經濟組織。這種做法在稅上有幾個好處：①橫向聯合後，企業與企業相互提供產品可以避開交易外表，消除營業額，從而避開增值稅；②經濟聯合組織實現的利潤，採用「先分後稅」的辦法，即由聯合各方按協議規定從聯合組織分得利潤，拿回原地並入企業利潤一併徵收所得稅。這就給企業在瓜分和轉移利潤上提供了機會。例如，為了鼓勵再投資，中國稅法規定，對向交通、能源、老少邊窮地區投資分得的利潤在 5 年內減半徵收所得稅，以分得的利潤再投資於上述地區的免徵所得稅。作為企業就可以通過盡可能掛靠「老少邊窮」和交通、能源，以達到避稅的目的。但在實踐中，橫向聯合避稅法有其局限性：一是聯合或掛靠本身有名無實，存在是否合法的問題；二是即使掛靠聯合合法，也能享受稅收優惠，但仍存在避稅成本高低的問題。應擇其優而選之。

3. 掛靠科研避稅法

中國稅法規定，對大專院校和專門從事科學研究的機構進口的儀器、儀表等，享受科研用品免稅方法規定的優惠，即免徵進口關稅以及增值稅。同時，為了促進高科技產業的發展，對屬於火炬計劃開發範圍內的高技術、新技術產品，國家給予相應的稅收優惠政策。由此產生了掛靠科研避稅法。該做法是指企業通過一系列手法向科研掛靠，爭取國家有關優惠，以達到避稅目的。例如：企業以高新技術企業的名義，努力獲取海關批准，在高新技術產業開發區內設立保稅倉庫、保稅工廠，從而按照進料加工的有關規定，享受免徵進口關稅和增值稅優惠。掛靠科研避稅法的採用應滿足三個條件：①獲取高新技術企業的稱號；②獲取稅務機關和海關的批文和認可；③努力掌握國家優惠政策項目，並使本企業進出口對象符合享受的條件。

4. 投資方式選擇法

投資方式是指投資者以何種方式投資。一般包括現匯投資、有形資產投資、無形資產投資等方式。投資方式選擇法是指納稅人利用稅法的有關規定，通過對

投資方式的選擇，以達到減輕稅收負擔的目的。

投資方式選擇法要根據所投資企業的具體情況來具體分析。以中外合資經營企業為例，投資者可以用貨幣方式投資，也可以用建築物、廠房、機械設備或其他物件、工業產權、專有技術、場地使用權等作價投資。為了鼓勵中外合資企業引進國外先進機械設備，中國稅法規定，按照合同規定，作為外國合營者出資的機械設備、零部件和其他物料，或者經審查批准，合營企業以增加資本形式，增加國內不能保證供應的、新進口的機械設備、零部件和其他物料，可免徵關稅和進口環節的增值稅。無形資產雖不具有實物形態，但能給企業帶來經濟效益，甚至可創造出成倍或更多的超額利潤。無形資產是指企業長期使用而沒有實物形態的資產，包括專利權、非專利技術、商標權、著作權、土地使用權、商譽等。投資者利用無形資產也可以達到避稅的目的。

例：假設投資者欲投資辦一個中外合資經營企業，該企業為生產高科技產品的企業，需要從合資外方購進一項專利權，金額為 100 萬美元；如果以該合資企業名義向外方購買這項專利權，該外商應按轉讓該項專利權的所得繳納預提所得稅 20 萬美元，其計算公式為：100 萬美元×20% = 20 萬美元。如果改為外商以該項專利權作為投資入股 100 萬美元，則可免繳 20 萬美元的預提所得稅。

那麼以貨幣方式進行投資能否達到避稅的效果呢？以中外合資企業為例，中外合資經營者在投資總額內或以追加投入的資本，引進進口機械設備、零部件等可免徵關稅和進口環節的增值稅。這就是說合資中外雙方均以貨幣方式投資，用其投資總額內的資本或追加投入的資本進口機械設備、零部件等，同樣可以享受免徵關稅和進口環節增值稅的照顧，達到避稅的效果。

由此可知，只要合理利用有關法規，無論採用何種方式投資入股，均可達到避稅的效果。但在具體運用時，還應根據投資的不同情況，綜合分析比較，以選擇最佳方案。

案例：假設有一個中外合資經營項目，合同要求中方提供廠房、辦公樓房以及土地使用權等，而中方又無現成辦公樓可以提供，這時中方企業面臨兩種選擇：一種是由中方企業投資建造辦公樓房，再提供給合資企業使用，其結果是，中方企業除建造辦公樓房投資外，還應按規定繳納固定資產投資方向調節稅。二是由中方企業把相當於建造樓房的資金投入該合資經營企業，再以合資企業名義建造辦公樓房，就可免繳固定資產投資方向調節稅。

5. 綜合利用避稅法

綜合利用避稅法即企業通過綜合利用「三廢」開發產品從而享受減免稅待遇。綜合利用減免稅的範圍：一是企業在產品設計規定之外，利用廢棄資源回收的各種產品；二是廢渣的綜合利用，利用工礦企業採礦廢石、選礦尾礦、碎屑、粉塵、粉末、污泥和各種廢渣生產的產品；三是廢液的利用，利用工礦企業生產排放的廢水、廢酸液、廢鹼液、廢油和其他廢液生產的產品；四是廢氣的綜合利用，利用工礦企業加工過程中排放的蒸氣、轉爐或鐵合金爐回收的可燃氣、焦爐氣、高爐放散氣等生產的產品；五是利用礦冶企業餘熱、餘壓和低熱值燃料生產的熱力和動力；六是利用鹽田水域或電廠熱水發展養殖所生產的產品；七是利用

林木採伐、造林截頭和加工剩餘物生產的產品。

企業採用綜合利用避稅法，應具備兩個前提：一是自己的產品屬於減免稅範圍，並且得到有關方面認可；二是避稅成本不是太大。否則，如果一個企業本不是綜合利用型企業，僅僅為了獲得減免稅好處而不惜改變生產形式和生產內容，可能會導致更大的損失。

（四）成本費用避稅法

成本費用避稅法是通過對企業成本費用項目的組合與核算，使其達到一個最佳值，以實現少納稅或不納稅的避稅方法。採用成本費用避稅法的前提，是在政府稅法、財務會計制度及財務規定的範圍內，運用成本費用值的最佳組合來實現最大限度地抵銷利潤，擴大成本計算。可見，在合法範圍內運用一些技巧，是成本費用避稅法的基本特徵。具體包括以下兩種：

1. 折舊計算避稅法

折舊是固定資產在使用過程中，通過逐漸損耗（包括有形損耗和無形損耗）而轉移到產品成本或商品流通費中的那部分價值。折舊的核算是一個成本分攤的過程，即將固定資產取得成本按合理而系統的方式，在它的估計有效使用期間內進行攤配。這不僅是為了收回投資，使企業在將來有能力重置固定資產，還是為了把資產的成本分配到各個受益期，實現期間收入與費用的正確配比。

最常用的折舊方法有年限平均法、工作量法、雙倍餘額遞減法和年數總和法。

年限平均法又叫直線法，它是以固定資產的預計使用年限為分攤標準，將固定資產的應計提折舊額等額地分攤到各使用年度的一種折舊方法。其計算公式為：

固定資產年折舊率＝（1－預計殘值率）÷預計使用壽命（年）×100%

固定資產年折舊額＝固定資產原價×年折舊率

工作量法是以固定資產預計可完成的工作總量為分攤標準，根據各期固定資產的實際工作量計算每期應計提折舊額的一種方法。其計算公式為：

單位工作量折舊額＝（固定資產原始價值－預計殘值＋預計清理費用）÷預計總工作量

固定資產年折舊額＝當年產量×單位工作量折舊額

雙倍餘額遞減法是在不考慮固定資產預計淨殘值的情況下，根據每期期初固定資產帳面餘額和雙倍直線折舊率計算固定資產折舊的一種方法。其計算公式為：

固定資產年折舊率＝（1÷預計使用壽命）×2×100%

固定資產年折舊額＝每年初固定資產餘額×年折舊率

年數總和法又稱合計年限法，是指以固定資產的原值減去其預計淨殘值後的餘額為基數，乘以一個以固定資產尚可使用壽命為分子、以預計使用壽命逐年數字之和為分母的逐年遞減的分數來計提各期折舊的一種方法。其計算公式為：

固定資產年折舊率＝固定資產尚可使用年限÷預計使用壽命的年限之和×100%

固定資產年折舊額=（原始價值-預計淨殘值）×年折舊率

從各個具體年份來看，由於採用加速折舊方法（雙倍餘額遞減法和年數總和法），使應計提的折舊額在固定資產使用前期攤提較多而後期攤提較少，必然使企業前期淨利相對較少而後期相對較多，因而對納稅企業會產生不同的稅收影響。企業可以對其進行比較和分析，從中選擇出最好的折舊方法，達到最佳的稅收效益。

2. 費用分攤避稅法

企業生產經營過程中發生的各項費用要按一定的方法攤入成本。費用分攤就是指企業在保證費用必要支出的前提下，想方設法從帳目找到平衡，使費用攤入成本時盡可能地最大攤入，從而實現最大限度的避稅。常用的費用分攤法一般包括實際費用分攤、平均攤銷和不規則攤銷等。只要仔細分析一下折舊計算法，我們就可總結出普遍的規律：無論採用哪一種分攤方式，只要讓費用盡早地攤入成本，使早期攤入成本的費用越大，那麼就越能夠最大限度地達到避稅的目的。至於哪一種分攤方法最能夠幫助企業實現最大限度的避稅，需要根據預期費用發生的時間及數額進行計算、分析和比較後確定。通常所用的費用分攤方法主要有三種。

（1）平均費用分攤法，即把一定時間內發生的費用平均攤到每個產品的成本中。它使費用的發生比較穩定、平均。平均費用分攤法是抵銷利潤、減輕納稅的最佳選擇，只需生產經營者不是短期經營而是長期從事某一種經營活動，那麼將一段時期內（如1年）發生的各項費用進行最大限度的平均，就可以將這段時期獲得的利潤進行最大限度的平均，這樣就不會出現某個階段利潤額及納稅額過高的現象。

（2）實際費用攤銷法，即根據實際發生的費用進行攤銷，多則多攤，少則少攤，沒有就不攤，任其自然，這樣就可以達到避稅的目的。

（3）不規則攤銷法，即根據經營者需要進行費用攤銷，可能將一筆費用集中攤入某一產品成本中，也可能在另一批產品中一分錢費用也不攤。這種方法最為靈活。企業如果運用得好，可以達到事半功倍的效果。特別是當企業的經營不太穩定，造成利潤每月差別很大時，該方法可以起到平衡的作用，利潤高時多攤，利潤低時少攤，從而有效地進行避稅。

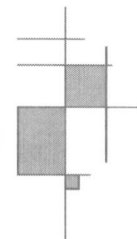

第三章　人力資源管理

第一節　人力資源管理的定義及發展趨勢

我們經常在電視上看到或在現實生活中聽到 HR 這個詞，其實 HR 就是 Human Resource，即人力資源的簡稱。那什麼是人力資源呢？它就是指在一定時期內組織中的人所擁有的、能夠被企業所用的、對企業創造價值起貢獻作用的教育、能力、技能、經驗、體力等的總稱。總結來說人力資源就是指人身上可開發的、對企業發展有利的資源。把具備這些特點的人招募到公司中，就必然需要一個甚至多個管理者來管理這些資源，即對人力資源的管理。

一、人力資源管理的定義

管理，對其最通俗的解釋就是督促人把事做好。所以人力資源管理就是管理者對企業內部員工進行管理，同時結合企業發展的戰略要求，有計劃地對人力資源進行合理配置的過程。

人力資源管理是隨著現代企業制度的產生而產生的，並且隨著社會和企業的發展，人力資源管理已漸成體系。當前的人力資源管理不僅包括對企業中員工的招聘、培訓、使用、考核、激勵、調整等一系列過程，同時還包括對人的思想、心理和行為進行恰當的誘導、控制和協調，進而調動員工的積極性，不斷地為企業創造價值、帶來經濟效益，最終確保企業戰略目標的實現。因此人力資源管理表面上是對人的管理，但本質上卻是為企業的現代化發展服務的。

二、人力資源管理的重要發展趨勢

20 世紀 80 年代以來，人力資源管理理論不斷成熟。在之後的幾十年間，全球的社會經濟環境發生了巨大的變化，特別是以計算機技術和現代通信技術為代表的信息科技正在改變我們生活、工作的方方面面。企業賴以生存的外部環境和競爭方式也在進行著深入的變革，所以企業的各種管理職能只有適應潮流、改變自身才能應對不斷改變著的世界。那麼，人力資源管理將以怎樣的趨勢發展呢？

1. 人力資源管理進入戰略管理階段

隨著企業間競爭方式的不斷變革，人才競爭逐漸成為企業間競爭的核心。這使得企業的人力資源管理面臨著前所未有的挑戰。如何使人力資源發展戰略與企

業發展戰略更好地配合，使人力資源更好地服務於企業的整體戰略，是人力資源管理者必須思考的問題。

2. 人才本土化

隨著經濟全球化的發展，跨國公司迅速崛起，同時該類公司對技術人才和管理人才的需求也大幅度增加，因此出現了雇傭本國人才還是本土人才的問題。由於本土人才的雇傭費用往往不到本國管理人員成本的一半，並且本土人才同樣具有良好的技術，所以出於戰略成本的考慮，越來越多的跨國公司傾向於實施人才本土化戰略。

3. 人力資源管理邊界呈現出日益模糊狀態

隨著信息技術的廣泛應用，人們的生活、工作和思維方式都發生了改變，同時人力資源管理職能的工作方式也發生了改變。隨著業務外包、戰略聯盟、虛擬企業等各種形式的網絡企業的出現，人力資源管理邊界日益模糊，它已跨越組織邊界，不再僅僅局限於企業內部的管理事務，而是面向更為廣闊的管理空間。

4. 人力資源管理的職業化和專業化進一步加強

人力資源管理者將是具備人力資源專業知識和經營管理知識的通才，人力資源的經理職位也將成為通向人力資源總監的重要渠道。因此，未來的人力資源管理者必須瞭解企業的財務知識、經營理念、核心技術等基本情況，才能享有擔任本職位的權力。

5. 培訓進一步深化

培訓是企業所有投資中風險最小、收益最大的戰略性投資。從企業的角度看，培訓是企業儲備和提升人才隊伍素質的過程，企業能通過員工技能的提高而得到發展，也能留住優秀的人才。從員工角度看，培訓是繼續學習的過程，是為了提高自身價值而進行的投資，員工能通過企業的發展和自身努力獲得收益。

6. 管理制度的趨向——以人為本

管理的目的是通過有效的激勵手段使員工完成各項任務，從而使組織目標得以實現。大部分企業制定的管理制度都是對員工的約束，忽略了對員工的激勵與引導。這些企業管理者信奉「人性本惡」的假設，認為員工工作的目的是獲取報酬，工作過程中只有受到監督、約束、要求才能完成自己的工作。這種假設片面地強調了制度的監督與約束作用，忽略了人性需求的複雜性、多樣性，抑制了人性發展中積極的因素。隨著企業人才競爭的不斷加劇，大部分企業意識到為員工創造寬鬆、方便的辦公環境是企業的責任，只有在寬鬆和諧的環境中工作，員工才能夠創造更大的價值。

第二節　員工招募與配置

吸引、選擇、保留高素質的人力資源是企業賴以生存和發展的基礎，尋覓到合適的員工並吸納到企業中來，是企業不懈的追求目標。而企業對人力資源的獲取，則需要通過員工的招聘、選擇和錄用程序來實現。那麼對員工進行招聘，都需要哪些程序呢？

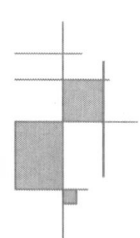

一、職位分析

職位分析是員工招聘的第一個環節，也是人力資源管理的基石之一，更是開展人力資源工作的基礎。

1. 職位分析的基礎知識

職位分析就是對組織中某個特定工作職務的目的、任務、職責、權利、隸屬關係、工作條件、任職資格等相關信息進行收集與分析，以便對工作做出明確的規定，並確定完成該工作所需要的行為、條件、人員的過程。

它的成果主要包括職位說明書和職位分析報告。

職位說明書，也稱職務說明書，是對企業崗位的任職條件、崗位目的、指揮關係、溝通關係、職責範圍、負責程度和考核評價內容給予的定義性說明。職位說明書主要包括兩個部分：一是職位描述，主要對職位的工作內容進行概括，包括職位設置的目的、基本職責、組織圖、業績標準、工作權限等內容；二是職位的任職資格要求，主要對任職人員的標準和規範進行概括，包括該職位的行為標準、勝任職位所需的知識、技能、能職位說明書力、個性特徵及對人員的培訓需求等內容。

職位分析報告是對職位分析過程中所發現的組織與管理上的問題和矛盾的闡述，以及為這些矛盾和問題提供的解決方案。具體包括：組織結構與職位設置中的問題與解決方案、流程設計與流程運行中的問題與解決方案、組織權責體系中的問題與解決方案、工作方式和方法中的問題與解決方案、人力資源管理中的問題與解決方案。

2. 收集職位分析信息的方法

職位分析信息的方法有很多，主要有以下幾種：

（1）工作實踐法。該方法又稱參與法，是指分析者參與某一職位或從事所研究崗位的工作，從而收集信息的方法。這種方法可以準確瞭解工作的實際任務和對體力、環境、社會方面的要求，獲得的數據資料更真實可靠，適合那些短期內可以掌握的工作，不適用於對操作技術難度、工作頻率、質量要求高及有危險性的職務。

（2）觀察法。該方法是指有關人員直接到現場，通過親自對一個或多個工作人員的操作進行觀察，來獲得工作信息的過程。如保潔員的工作基本上是以一天為一個週期，職位分析人員可以一整天跟隨著保潔員進行直接工作觀察。這種方法所用時間短，得到的信息比較直接，但是要求觀察者有足夠的實際操作經驗，不適用於循環週期長、腦力勞動的工作，偶然、突發性的工作也不易觀察。

（3）訪談法。該方法是通過個別談話或者小組訪談的形式來獲取工作信息，適合工作複雜、無法直接觀察和親身實踐的工作，能夠直接迅速地收集大量工作分析資料。但在此過程中，員工容易誇大承擔的責任和工作難度，導致工作分析資料不能完全反應真實情況。

（4）問卷調查法。它是以書面形式收集工作信息的方法，其效果取決於問卷的結構化程度。一份問卷最好有結構化問題，也有開放式問題。這種方法費用

低、速度快、調查範圍廣，但是問卷設計複雜，在調查時還需要調查人員解釋說明，否則被調查者可能會扭曲信息，造成較多的人力成本和時間成本的浪費。

（5）關鍵事件法。分析人員將工作過程中的「關鍵事件」加以詳細記錄，在收集大量信息後，對崗位特徵和要求進行分析。該方法為向下屬解釋績效評價結果提供了確切的事實證據，但缺點是調查費時、過程較長，只有在關鍵事件達到一定數量後才能滿足要求。

3. 編寫職位描述

職位描述又稱職位界定，是經過職位分析後得到的關於某一特定職位的職責和工作內容進行的一種書面記錄，其成果是工作說明書，見表3-1。

表 3-1　　　　　　　　　　工作說明書簡表

職位名稱	招聘專員	所屬部門	人力資源部	崗位編碼	00000
職位描述：（按重要程度一次排列）			任職要求：（按重要程度一次排列）		
1. 負責某地區的人員招聘			1. 兩年以上經驗		
			2. 本科以上學歷，人力相關專業		
工作條件	良好	工作程序	各部門招聘計劃—本部門制訂計劃—招聘		

二、人員規劃與招募

人員規劃就是確定哪些工作崗位需要填充及如何填充的過程。企業在進行人員規劃之後，就開始對內部候選人和外部候選人進行招募。企業在員工招募前必須明確以下問題：確實需要招人嗎？確實需要招固定職位的人嗎？什麼時候需要新人？有什麼要求？同時在招募過程中必須公平、公正、公開，在對應聘者全面考察的基礎上，擇優錄取。

1. 招募的程序

（1）制訂招募計劃。制訂人員招募計劃時應該完成以下任務：明確人力資源需求，即目前公司各崗位人數、各崗位需招募人數、招募人才的質量等；要對時間、成本和人員進行估算，即組織一次招募大概要花費多少成本；進行內、外部的信息分析，包括環境、市場情況等；挑選和培訓招募人員；確定招募的範圍和渠道，即在全國還是本市招募、是通過網上招募還是校園招聘等問題。

（2）招募計劃的實施。招募計劃的實施包括以下幾個步驟：發布招募消息、應徵者受理、初步篩選、初步面試。

（3）評價和控制。在招募工作進行中如果發現問題應隨時修改實施方案。

招募流程見圖3-1。

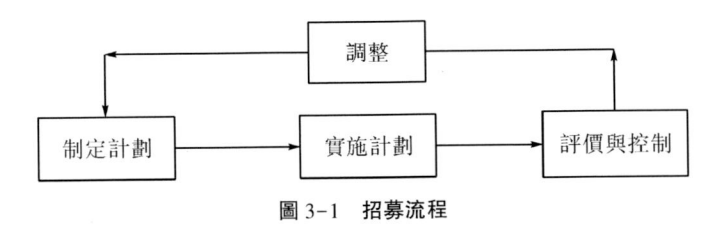

```
        ┌─────────→ 調整 ─────────┐
        │                          │
        │                          ↓
    制定計劃 ──→ 實施計劃 ──→ 評價與控制
```

圖 3-1　招募流程

2. 甄選的步驟

甄選作為企業獲得優秀人才的重要途徑，是獲得人力資本的關鍵步驟，對整個企業人力資源建設和管理起著至關重要的作用。甄選的步驟主要包括八步。

（1）初步篩選：剔除求職材料不實者和明顯不合格者。

（2）初步面試：根據經驗和崗位要求剔除明顯不合格者。

（3）心理和能力測試：根據測試結果剔除心理健康程度和能力明顯不合格者。

（4）診斷性面試：是整個甄選的關鍵，為最後決策提出決定性的參考意見。

（5）背景材料的收集和核對：根據核對結果剔除資料不真實或品行不良者。

（6）能崗匹配分析：根據具體崗位需求剔除明顯不匹配者。

（7）體檢：剔除身體狀態不符合崗位要求者。

（8）決策和錄用：根據招聘職位的高低而在不同的決策層中進行決策，決策之後就交給相關部門做錄用處理。

3. 人員規劃和預測

人員規劃是一個預測和分析的過程，是指根據組織的發展戰略與目標的要求，科學地預測、分析組織在變化的環境中的人員的供給和需求狀況，制定必要的政策和措施，以確保組織在需要的時間和需要的崗位上獲得各種需要的人力資源，並使組織和個人得到長期的利益。具體內容見圖 3-2。

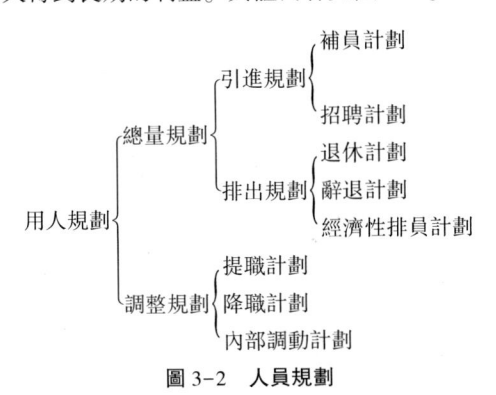

```
                        ┌─ 引進規劃 ┬─ 補員計劃
                        │           └─ 招聘計劃
            ┌─ 總量規劃 ┤
            │           │           ┌─ 退休計劃
用人規劃 ───┤           └─ 排出規劃 ┼─ 辭退計劃
            │                       └─ 經濟性排員計劃
            │           ┌─ 提職計劃
            └─ 調整規劃 ┼─ 降職計劃
                        └─ 內部調動計劃
```

圖 3-2　人員規劃

企業怎樣進行合理的人力資源規劃？進行人力資源規劃時要注意什麼問題？這是大多數企業面臨的難題。下面就這些問題分別講述。

企業進行人力資源規劃時一般要經過以下幾步：

（1）信息的收集、整理。收集和整理的內容包括企業自身整體狀況及發展規劃、人力資源管理的外部環境、企業現有人力資源狀況等。

（2）決定規劃期限。根據收集企業經營管理狀況和外部市場環境的信息分析，確定人力資源規劃期限（表3-2）。

表3-2　　　　　　　　　　　　　人力資源規劃期限

短期規劃　　不確定/不穩定	長期規劃　　確定/穩定
組織面對諸多競爭者	組織居於強有力的市場競爭地位
飛速變化的社會、經濟環境	漸進的社會、經濟環境
不穩定的產品/勞動需求	穩定的產品/勞動需求
政治法律環境經常變化	政治法律環境較穩定
管理信息系統不完善	完善的管理信息系統
組織規模小	組織規模大
管理混亂	規範化、科學化的管理

（3）根據企業整體發展規劃，運用各種科學方法，制定出人力資源管理的總體規劃和各項目的計劃。

（4）對其過程及結果必須進行監控。評估過程要重視信息反饋，不斷調整企業人力資源的整體規劃和各項計劃，使其更切合實際，更好地促進企業目標的實現。

4. 招募渠道

招聘渠道是組織招聘行為的輔助之一。一個好的招聘渠道應該具備以下特徵：招聘渠道具有目的性，即招聘渠道的選擇是否能夠達到招聘的要求；招聘渠道的經濟性，即在招聘到合適人員情況下所花費的成本最小；招聘渠道的可行性，即選擇的招聘渠道符合現實情況，具有可操作性。招募的渠道主要有兩種，外部招聘和內部招聘。

（1）外部招聘，顧名思義，是從公司以外的人才中進行選拔，包括人才交流中心的人才招聘會、媒體廣告、網上招聘、校園招聘、獵頭公司等。外部招聘的招聘範圍廣，有機會招聘到一流人才，還能避免近親繁殖，給組織注入新鮮血液，同時還能避免內部人員因嫉妒引起的不快情緒和不團結，但是它又影響內部人員士氣，而且由於對外部人員不夠瞭解，可能招聘到不合格員工。企業應權衡利弊，選擇對企業最有利的方式進行招聘。

（2）內部招聘，是將招聘信息公布給公司內部員工，員工自己來參加應聘。許多組織都贊成從內部選拔提升人員，因為他們認為，內部提升有許多優點，有利於組織目標的實現。這些優點主要有：①組織中人員有比較充實和可靠的資料供分析比較，候選人的長處和弱點都看得比較清楚，因此，一般來說，人選比較準確。②被提升的組織內成員對組織的歷史、現狀、目標以及現存的問題比較瞭

解，能較快地勝任工作。③可激勵組織成員的上進心，努力充實和提高其本身的知識和技能。④使組織成員感到有提升的可能，工作有變換的機會，從而提高員工的興趣和士氣，使其有一個良好的工作情緒。⑤可使組織對其成員的培訓投資獲得比當初投資更多的培訓投資效益。

儘管「內升制」有許多優點，但它也存在一些不可忽視的缺點：①當組織存在較多的主管空缺職位時，組織內部的主管人才儲備或者是在量上不能滿足需要，或者是在質上不符合職務要求時，如果仍堅持從內部提升，就將會使組織既失去得到一流人才的機會，又使不稱職的人占據主管職位，這對組織活動的正常進行以及組織的發展是極為不利的。②容易造成「近親繁殖」。由於組織成員習慣了組織內的一些既定的做法，不易帶來新的觀念，而不斷創新則是組織生存與發展不可缺少的因素。③因為提升的人員數量畢竟有限，若有些人條件大體相當，但有的被提升，而有的仍在原來的崗位，這樣，沒有被提升的人的積極性將會受到一定程度的挫傷。

案例：本田妙用「鯰魚效應」

如何才能使自己的企業充滿活力，永葆青春呢？日本本田公司總經理本田先生陷入了沉思。上次自己對歐美企業進行考察，發現許多企業的人員基本上由三種類型組成：一是不可缺少的干才，約占兩成；二是以公司為家的勤勞人才，約占六成；三是終日東遊西蕩，拖企業後腿的蠢材，約占兩成。而自己公司的人員中，缺乏進取心和敬業精神的人員也許還要多些。那麼如何使前兩種人增多，使員工更具有敬業精神，減少第三種人呢？如果對第三種類型的人員實行完全的淘汰，一方面會受到工會方面的壓力；另一方面，又會使企業蒙受損失。其實，這些人也能完成工作，只是離公司的要求和發展目標遠一些，如果全部淘汰，這顯然行不通。

於是他找來了自己的得力助手——副總裁宮澤。宮澤先生認為，企業的活力根本上取決於企業全體員工的進取心和敬業精神，取決於全體員工的活力，特別是企業各級管理人員的活力。公司必須想辦法使各級管理人員充滿活力，即讓他們有敬業精神和進取心。

宮澤給本田講了一個挪威人捕沙丁魚的故事，引起了本田極大的興趣。故事講的是：挪威漁民出海捕沙丁魚，如果抵港時魚仍活著，賣價要比死魚高出許多倍。因此，漁民們千方百計地讓魚活著返港，但都失敗了。有一艘漁船卻總能帶著活魚回到港內，因此船主收入豐厚，但原因一直未明，直到這艘船的船長死後，人們才揭開了這個謎。原來這艘船捕了沙丁魚，在返港之前，每次都要在魚槽裡放一條大鯰魚。放鯰魚有什麼用呢？原來鯰魚進入魚槽後由於環境陌生，自然向四處遊動，到處挑起摩擦，而大量沙丁魚發現多了一個「異己分子」，自然也會緊張起來，加速遊動。這樣一來，就一條條活蹦亂跳地回到了漁港。本田聽完了宮澤的故事，豁然開朗，連聲稱贊這是個好辦法。

宮澤說道：「其實人也一樣，一個公司如果人員長期固定不變，就會缺乏新鮮感和活力，容易養成惰性，缺乏競爭力。只有存在壓力、競爭氣氛，員工才會有緊迫感，才能激發進取心，企業才有活力。」這時本田接著說：「那我們就找一些外來的『鯰魚』加入公司的員工隊伍，製造一種緊張氣氛，發揮鯰魚效應。」

於是，本田先生決定進行人事方面的改革。特別是銷售部經理的觀念與公司的精神相距太遠，而且銷售部經理的守舊思想已經嚴重影響了他的下屬，因此必須找一條「鯰魚」來盡早打破銷售部只會維持現狀的沉悶氣氛，否則公司的發展將會受到嚴重影響。經過周密的計劃和努力，本田終於把松和公司銷售部副經理、年僅35歲的武太郎挖了過來。武太郎接任本田公司銷售部經理後，憑著自己豐富的市場行銷經驗和過人的學識，以及驚人的毅力和工作熱情，受到了銷售部全體員工的好評，員工的工作熱情被極大地調動起來，活力大為增強。公司的銷售出現了轉機，月銷售額直線上升，公司在歐美及歐洲市場的知名度不斷提高。本田先生對武太郎上任以來的工作非常滿意，這不僅在於他的工作表現，而且銷售部作為企業的龍頭部門帶動了其他部門經理人員的工作熱情和活力。本田深為自己有效地利用「鯰魚效應」的作用而得意。

從此，本田公司每年都會從外部「中途聘用」一些精干利索、思維敏捷的30歲左右的生力軍，有時甚至聘請常務董事一級的「大鯰魚」，這樣一來，公司上下的「沙丁魚」都有了觸電式的感覺。

把憂患意識注入競爭機制之中，使組織保持恆久的活力，這是日本本田公司取得成功的關鍵。本田先生營造了一種充滿憂患意識的競爭環境，激發起每一個人的進取心、榮譽感，調動了員工的工作熱情，使得本田公司又重新充滿了活力。本田先生的高明之處在於巧妙地運用了「鯰魚效應」，牽一髮而動全身，在公司上下形成了百舸爭流、萬馬奔騰的局面，達到了「不待揚鞭自奮蹄」的理想效果。

第三節　員工測試與甄選

人力是企業最珍貴的資產，組織在決定人力需求時，應對所需員工進行最有效的測試和甄選。所謂測試與甄選，是指企業機構為了尋找符合待補所需條件的人員，吸引他們前來應徵，並從中挑選出適合的人員，且加以任用的過程。有效的員工測試與甄選，必須是符合工作要求的員工，而且能滿足組織當前與未來持續發展的需要。

一、各種類型的測試

人員素質測評的類型按不同的標準可劃分為不同的種類。具體劃分標準見圖3-3。

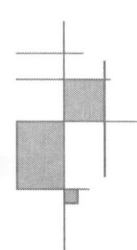

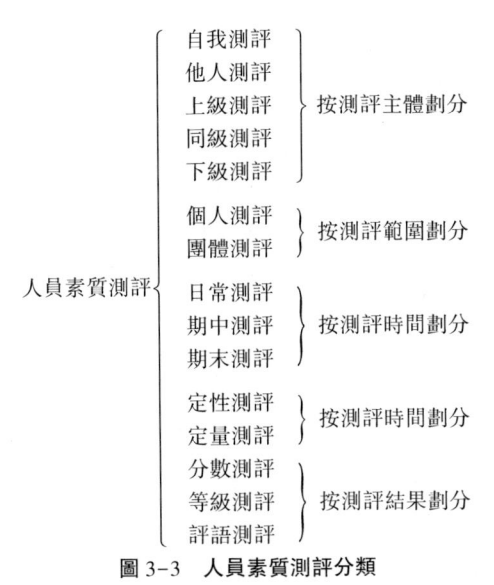

$$
人員素質測評\begin{cases}
\left.\begin{array}{l}自我測評\\他人測評\\上級測評\\同級測評\\下級測評\end{array}\right\} 按測評主體劃分\\
\left.\begin{array}{l}個人測評\\團體測評\end{array}\right\} 按測評範圍劃分\\
\left.\begin{array}{l}日常測評\\期中測評\\期末測評\end{array}\right\} 按測評時間劃分\\
\left.\begin{array}{l}定性測評\\定量測評\end{array}\right\} 按測評時間劃分\\
\left.\begin{array}{l}分數測評\\等級測評\\評語測評\end{array}\right\} 按測評結果劃分
\end{cases}
$$

圖 3-3　人員素質測評分類

本節主要講述按人員素質的性質劃分的測試。它是一種常用的分類方法，與人員素質結構有關，具體有以下三種測評類型。

1. 生理素質測評

這主要是指對體質、體力及精力的測評，多數以借用醫學儀器設備測量為主。但有些生理素質（如心理健康狀況）測評，也可以運用觀察、自評、筆試等方式來完成。

2. 心理素質測評

這是對個體心理特徵及其傾向性的測評，按人員素質結構又可細分為能力測評和人格測評。其中，能力測評包括一般智力測評、職業能力測評和創造能力測評。

> **知識小貼士：**
> 為大家推薦一個智力測驗運用較廣泛的工具——比內—西蒙量表。

3. 知識素質測評

知識素質測評是對人員已掌握知識的測評，包括測評對知識掌握的深度、廣度和靈活運用的程度。在實際工作中，要想初步、大體地瞭解員工的知識素質，可以通過查閱學籍檔案或面試的方式；若要深入地瞭解員工的知識素質，則可以運用筆試或實際操作等方式。

二、工作樣本與工作模擬

1. 工作樣本

工作樣本是指具有明確目的操作性的活動，活動的內容可模擬一個或一群真實工作裡所用到的工具、材料以及作業步驟。其目的是要評估個案的職業性向、工人特質、工作習慣與行為、學習模式、瞭解指令（口頭或書面）的能力與職業興趣。工作樣本的種類可分為：單一特質（只評量一種工作特質，如手指靈巧度）和多重特質（測量一群工作特質，如力量、耐力、關節活動度、速度與靈巧

度等）。手功能測驗是最常見的單一特質的工作樣本，它借著小零件或小工具的操作來評量手指靈巧度和手眼協調度。

工作樣本的優點有如下幾項：第一，由於其內容和真實工作相近，因此能提高個案的受測動機；第二，因為是實際操作，所以更瞭解本身的技能與興趣；第三，評估者能觀察到員工的實際工作行為；第四，許多項目能同時被檢測，如工作技巧、興趣、體能和工作行為；第五，真正的興趣和興趣測驗的分數可通過實際操作得到驗證。

當然，工作樣本方法的缺點也有很多，比如：①評估過程較為耗時；②可能會遭遇工作樣本有內容過時的問題，不符合目前的工作現狀；③只看工作樣本的結果，較難有效預估員工日後在正式工作中的表現，因為真實的工作是每天發生的；④工作環境和工作樣本的環境有極大的不同。

2. 工作模擬

工作模擬是典型的側重於衡量學習結果的測試技術。該方法針對具體培訓內容，在現實任務背景下，有技巧性地轉換為模擬工作場景，並要求受訓學員通過問題的解決展示其培訓收穫。

三、背景調查和其他甄選方法

1. 背景調查

背景調查是指通過從外部求職者提供的證明或以前工作單位那裡搜集資料，來核實求職者的個人資料的行為，是一種能直接證明求職者情況的有效方法。

背景調查可以證實求職者的教育和工作經歷、個人品質、交往能力、工作能力等信息。背景調查的資料來源主要有：來自校方的推薦材料、有關原來工作情況的介紹材料、關於申請人財務狀況的證明信、關於申請人所受法律強制方面的記錄、來自推薦人的推薦材料等。

2. 其他甄選方法

現代人力資源管理中，招聘時所採用的甄選方法主要有三大類：筆試法、面試法和測評法。

（1）筆試法。筆試法的考核較全面，可對應聘者的多種知識進行測量。用時較少，效率較高，成績評定也比較客觀。但是筆試法無法考察應試者的工作態度、品德修行以及組織管理能力、口頭表達能力和操作技能等。一般來說，專業知識考試和一般知識測試可採用筆試法。

（2）面試法。面試法是由一人或多人發起的搜集信息和評價求職者是否具備被雇傭資格而進行的一個對話過程。程序依次如下：確定面試成員、制定面試提綱、確定面試的時間、地點、制定面試評價表。

（3）測評法。它包括能力測評、人格測評、工作情景模擬測試等。能力測評是指身體能力測試、認知能力測試、言語理解和表達測驗、數量關係測驗、判斷推理測驗。人格測評是為了按照人的性格對人進行分類。掌握員工的個性，有利於良才使用，用其所長，避其所短。工作情景模擬測評是指把被測評者置於其未來可能任職的模擬工作情景中，對他的實際工作能力進行全面的觀察、分析、判斷和評價。

第四節　員工培訓與開發

培訓與開發兩個詞經常被混用，實際上兩者是有差異的。員工培訓是指企業有計劃地實施有助於員工學習與工作相關能力的活動。這些能力包括知識、技能和對工作績效起關鍵作用的行為。員工開發是指為員工未來發展而開展的正規教育、在職實踐、人際互動以及個性和能力的測評活動。開發活動以未來為導向，要求員工學習與當前從事的工作不直接相關的內容。

一、分析培訓需求並設計培訓項目

企業在面臨全球化、高質量的工作系統挑戰中，對員工的培訓顯得越來越重要。有些企業的員工也體現出被培訓的需求，此時企業就要做好培訓需求分析，幫助企業和員工共同發展。

培訓需求分析是由有關企業人員收集有關組織和個人的各種信息，找出實際工作績效與績效標準之間的差距，分析產生差距的原因，以確定是否需要培訓、誰需要培訓等。培訓需求的原因主要有：法規、制度、基本技能欠缺、工作業績差、新技術的應用、客戶要求、高績效標準等。在對培訓需求分析之後，就要評估需求結果，比如是否需要培訓、在哪些方面需要培訓、誰接受培訓、受訓者要學到什麼、培訓的類型和次數等，然後根據分析結果設計培訓方案。設計培訓方案的過程如圖 3-4 所示。

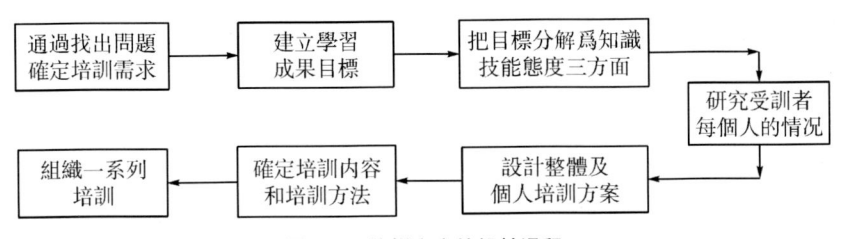

圖 3-4　培訓方案的設計過程

二、實施培訓方案

（一）前期準備階段

前期準備階段主要分為兩個步驟：培訓需求分析和確立目標。

（1）培訓需求分析。培訓需求分析是企業培訓的出發點，也是最重要的一步工作。如果需求分析不準確，就會讓接下來的培訓偏離軌道，做無用功，浪費企業的人力、物力和財力，卻收不到應有的效果。培訓需求分析是指瞭解員工需要參加何種培訓的過程，這裡的需要包括企業的需要和員工本人的需要。

（2）確立目標，是指確立培訓目標。企業可以根據培訓需求分析來確立目標，確立目標時應注意以下幾點：①要和組織長遠目標相吻合；②一次培訓的目

標不要太多；③目標應訂得具體，可操作性強。

(二) 培訓實施階段

培訓實施階段主要可以分為兩個步驟：設計培訓計劃和實施培訓。

1. 設計培訓計劃

培訓計劃可以是長期的計劃，例如年度培訓計劃，但這裡主要指一次具體的培訓計劃，其主要包括以下幾個方面：①希望達到的結果；②學習的原則，例如脫產、不脫產等；③組織的制約，例如部門經理必須參加等；④受訓者的特點，例如新進員工、大學剛畢業、年齡在30歲以下等；⑤具體的方法，包括時間、地點、培訓教材、培訓的方法（例如：講授、個案討論、角色扮演等）；⑥預算，要根據培訓的種類、內容等各方面因素，每人每天的預算可從100至5,000元不等。

2. 實施培訓

這是整個實施模型中的關鍵步驟。實施培訓主要涉及以下幾個方面：

(1) 確定培訓師。雖然企業培養一位合格的培訓師成本很高，但培訓師的好壞直接影響到培訓的效果。所以此時企業要站在長遠的角度考慮成本問題。

(2) 確定教材。一般由培訓師確定教材，教材來源主要有四種：公開出售的教材、企業內部的教材、培訓公司開發的教材和培訓師編寫的教材。

(3) 確定培訓地點。培訓地點的選擇也會影響到培訓的效果。培訓地點一般有以下幾種：企業內部的會議室、企業外部的會議室、賓館內的會議室。要根據培訓的內容來布置培訓場所。

(4) 備好培訓設備。例如：電視機、投影儀、屏幕等。

(5) 決定培訓時間。要考慮是在白天，還是晚上，工作日還是週末，旺季還是淡季，何時開始，何時結束等。

(6) 發通知。要確保每一個應該來的人都收到通知，使每一個人都知曉時間、地點與培訓基本內容。

(三) 評價培訓階段

主要可以分為五個步驟：確定標準、受訓者測試、培訓控制、針對標準評價培訓結果和評價結果的轉移。

(1) 確定標準。原則有：①要以目標為基礎；②要與培訓計劃相匹配；③要具體、要可操作。

(2) 受訓者測試。該測試是指讓受訓者在培訓以前先進行一次相關的測試，以瞭解受訓者原有的水準。

(3) 培訓控制。要注意以下幾點：①要注意觀察，要善於觀察；②要與培訓師進行溝通；③要抓住培訓目標的大方向；④要與受訓者及時交流，瞭解真實反應；⑤要運用適當的方式。

(4) 針對標準評價培訓結果。經常用的方法是請受訓者在培訓結束後填寫一份培訓評價表。培訓評價表應該具有以下特點：①與培訓目標緊密聯繫的；②以

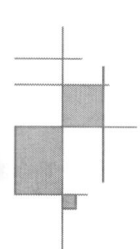

標準為基礎的；③與受訓者測試內容有關的；④培訓結果、受訓者得益等。

（5）評價結果的轉移。這是最重要的步驟，也是許多培訓項目易忽視的步驟。結果的轉移是指把培訓的效果轉移到工作實踐中去，即用工作效率提高多少等來評價培訓效果。

三、培訓效果評估

培訓效果評估是對整個培訓活動及其成果的評價和總結。評估的內容主要有：①對整個培訓活動的評估，即從培訓需求分析、方案設計，到培訓活動的組織實施的整體效果的評估；②檢驗培訓活動的成果，即經過培訓，受訓者獲得的知識、技能和能力及其應用於工作的程度和效果。

培訓效果的量化測定方法較多，其中運用較廣泛的是下列公式：

$$TE = (E_2 - E_1) \times TS \times T - C$$

其中 TE = 培訓效益；E_1 = 培訓前每個受訓者一年產生的效益；E_2 = 培訓後每個受訓者一年產生的效益；TS = 培訓的人數；T = 培訓效益可持續的年限；C = 培訓成本。

第五節　績效管理

所謂績效管理，是指各級管理者和員工為了達到組織目標，共同參與的績效計劃制訂、績效輔導溝通、績效考核評價、績效結果應用、績效目標提升的持續循環過程。它的目的是持續提升個人、部門和組織的績效。員工績效考核是公司人力資源管理的重要一環，它是對員工進行任用、晉升、調薪、獎懲、培訓的客觀依據。

案例：

位於上海市的光明公司是一家IT企業，公司的主要產品是管理軟件。小王與小謝是光明公司的技術骨幹，他們兩個人以前是大學同學，後來又一起進入光明公司工作，技術水準一樣。

小王和小謝分別負責不同的產品研發，小王負責A產品，小謝負責B產品。經過一年的艱苦努力，A、B兩個產品同時完成並推向市場，但市場的表現卻完全不同，A產品很快被市場所接受，為公司帶來了很大的經濟效益，而B產品卻表現平平。

由於A產品帶來了經濟效益，年底公司決定為小王加工資；而小謝負責的產品表現不好，沒有增加工資。公司的決定迅速在員工中流傳開來，很快傳到了小謝的耳朵裡。於是，小謝找公司領導談話，他認為自己受到了不公正的評價，因為B產品表現不好，不是產品本身的原因，而是B產品被市場接受需要一定的時間。而公司領導認為市場可以評價一切，沒有接受小謝的意見。

很快，小謝離開了光明公司加入了競爭對手Y公司，依然負責與B產品類似的產品。半年後，市場開始接受該產品，Y公司在該產品上取得了良好的經濟效益。

一、績效管理流程

績效管理流程是一個完整的系統，它由績效計劃、績效管理、績效評估、績效反饋、績效改進五個環節構成。

各流程具體內容如下：

（1）制訂考核計劃。該計劃中應明確考核的目的和對象、考核內容和方法以及確定考核時間。

（2）技術準備。績效考核是一項技術性很強的工作，其技術準備主要包括確定考核標準、選擇或設計考核方法以及培訓考核人員。

（3）選拔考核人員。

（4）收集資料信息。收集資料信息要建立一套與考核指標體系有關的制度，並採取各種有效的方法來進行。

（5）做出分析評價。此評價中要確定單項的等級和分值，然後對同一項目的各考核來源的結果進行綜合，最後對不同項目考核結果進行綜合評價。

（6）考核結果反饋。將結果公開反饋給被考核者，允許提出異議和改進意見，或重新進行考核，或為下一次的考核辦法的改進做鋪墊。

績效管理的具體流程如圖3-5所示。

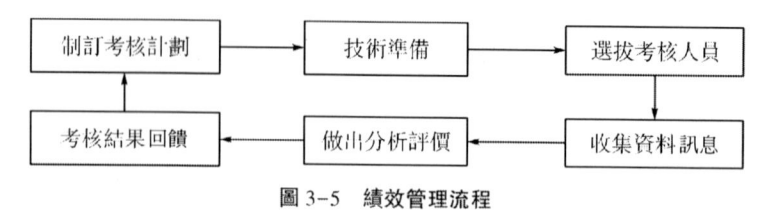

圖3-5 績效管理流程

二、目標管理法[①]

引入案例：愛麗絲和貓的對話

「請你告訴我，我該走哪條路？」愛麗絲說。

「那要看你想去哪裡？」貓說。

「去哪兒無所謂。」愛麗絲說。

「那麼走哪條路也就無所謂了。」貓說。

——摘自劉易斯·卡羅爾《愛麗絲漫遊奇境記》

這個故事告訴我們，一個人，無論做什麼事情，都要有一個目標。有目標，你才知道自己想要到哪裡去，才能獲得別人的幫助。如果一個人連自己想要去哪裡都搞不清楚，那麼再高明的人也無法給你指明出路。

天助先要自助，當一個人沒有清晰的目標或方向的時候，別人說的建議再好也是別人的觀點，不能轉化為自己的有效行動。企業也是如此。企業要生存、要發展，首先要制定組織的目標，用組織的目標指導員工制定自己的個人目標，並

---

① 趙日磊．從七個經典故事看目標管理［J］．中國電力教育，2010（5）：70-72．

把個人目標和組織目標結合起來，然後在目標的指引下統一員工的思想和行動。如果沒有目標或者目標不清晰，員工即便想努力，也會有無從下手的無力感。

目標管理源於美國管理專家德魯克，他在 1954 年出版的《管理的實踐》一書中，首先提出了目標管理和自我控制的主張，認為企業的目的和任務必須轉化為目標。目標管理法的一般步驟為制定目標、實施目標、信息反饋處理、檢查實施結果及獎懲（見圖 3-6）。其中制定目標這一步包括了制定目標的依據、對目標進行分類、符合 SMART 原則、目標須溝通一致等。

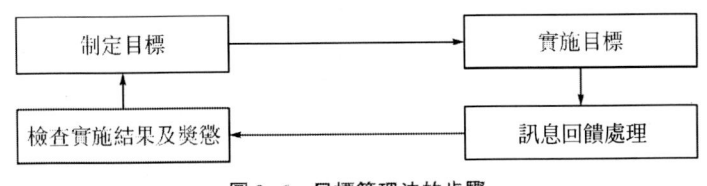

圖 3-6 目標管理法的步驟

案例：

一家大的快餐連鎖店總部決定要對每個分店經理實行目標管理法，於是對各分店經理分別制定了目標，要比上一年銷售額增加某個固定的值。

儘管每個分店經理同意了這個固定的目標，可是到了年底，這一方案卻引起了許多分店經理的強烈不滿和工作積極性的下降。原因在於這些經理們抱怨單一的衡量指標（增加銷售額）並不是他們能直接憑努力就能達到的。會有很多外在的客觀因素影響目標的達成，比如附近其他餐館的狀況、肉的價格、市場情況以及總部的廣告水準等。單純地追求銷售量的增加的舉措，只能導致這樣的後果：有一些經理費了很大力氣，卻未達到目標，相反有些人未付出很大努力，卻輕易地實現了這一目標。

為了解決這一問題，一位管理顧問建議應把銷售額同其他與個人技術、知識、能力等相關的指標結合起來作為評估標準（比如人事管理方面、快餐店的衛生環境等）。這一案例說明了目標管理法儘管在理論上比較合理，但在實施過程中會面臨很多具體的操作問題。

三、關鍵績效指標（KPI）考核法

關鍵績效指標（Key Performance Indicator，KPI）是通過對組織內部流程的輸入端、輸出端的關鍵參數進行設置、取樣、計算、分析，衡量流程績效的一種目標式量化管理指標。KPI 可以使部門主管明確部門的主要責任，並以此為基礎，明確部門人員的業績衡量指標。建立明確、切實可行的 KPI 體系，是做好績效管理的關鍵。

KPI 考核法符合一個重要的管理原理──「八二原理」。在一個企業的價值創造過程中，存在著「80/20」的規律，即 20%的骨幹人員創造企業 80%的價值；而且在每一位員工身上「八二原理」同樣適用，即 80%的工作任務是由 20%的關鍵行為完成的。因此，必須抓住 20%的關鍵行為，對之進行分析和衡量，這樣才能抓住業績評價的重心。

圖 3-7 為 KPI 指標體系的構建思想。

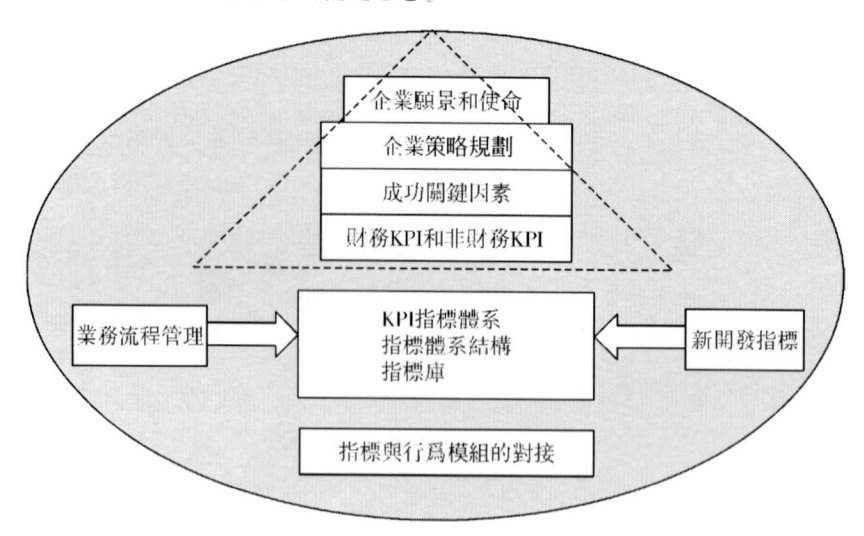

圖 3-7 KPI 指標體系的構建思想

1. 建立評價指標體系

企業可按照從宏觀到微觀的順序，依次建立起各級的指標體系。首先明確企業的戰略目標，找出企業的業務重點，並確定這些關鍵業務領域的關鍵業績指標（KPI），從而建立企業級 KPI。其次，各部門的主管需要依據企業級 KPI 建立部門級 KPI。最後，各部門的主管和部門的 KPI 人員一起再將 KPI 進一步分解為更細的 KPI。這些業績衡量指標就是員工考核的要素和依據。

2. 設定評價標準

標準指的是在各個指標上分別應達到什麼樣的水準。指標解決的是我們需要評價「什麼」的問題，標準解決的是要求被評價者做得「怎樣」、完成「多少」的問題。

3. 審核關鍵績效指標

對關鍵績效指標進行審核的目的主要是確認這些關鍵績效指標是否能夠全面、客觀地反應被評價對象的工作績效以及是否適合於評價操作。

確定關鍵績效指標有一個重要的 SMART 原則。SMART 是五個英文單詞首字母的縮寫：S 代表具體（Specific），指績效考核要切中特定的工作指標，如銷售業績、完成任務量情況等；M 代表可度量（Measurable），指績效指標是數量化或者行為化的，驗證這些績效指標的數據或者信息是可以獲得的；A 代表可實現（Attainable），是指績效指標在付出努力的情況下可以實現，避免設立過高或過低的目標；R 代表關聯性（Relevant），指績效指標是與上級目標具有明確的關聯性，最終與公司目標相結合；T 代表時限（Time bound），注重完成績效指標的特定期限。

四、360 度考核法

360 度考核法又稱為全方位考核法，最早被英特爾公司提出並加以實施運用。

該方法是指通過員工自己、上司、同事、下屬、顧客等不同主體來瞭解自己的工作績效，通過評論知曉各方面的意見，清楚自己的長處和短處，從而達到提高自己的目的。設計出360度，是為了避免在考核中出現人為因素的影響。這種考核是背對背的，強調這只是一種方式，最終結果重在自己的提高。

360度考核法共分為被考核員工有聯繫的上級、同級、下級、服務的客戶這四組，每組至少選擇六個人。然後公司用外部的顧問公司來做分析、出報告交給被考核人。比如員工如果想知道別人對自己是怎麼評價的，就可以提出來做一個360度考核。當然這種考核並不是每個員工都必須要做的，一般是工作時間較長的員工和骨幹員工。考核的內容主要是與公司的價值觀有關的各項內容。四組人員根據對被考核人的瞭解來看他符不符合價值觀的相關內容，除了劃圈外，再給出被考核人三項最強的方面。分析表是很細的，每一項同級、上級、下級會有不同的評價，通過這些專門顧問公司的分析，從而得到對被考核人的評價結果。被考核人如果發現在任一點上有的組比同級給的評價較低，他都可以找到這個組的幾個人進行溝通，提出「希望幫助我」，大家敞開交換意見。這就起到幫助員工提高的效果。實施步驟如下：

1. 確定360度考核法的使用範圍

只有確定了360度考核法的使用範圍，才能將這有限的資源在已經確定的範圍內發揮出最大的作用。如員工、經理等。

2. 設計考核問卷

設計考核問卷主要通過三個步驟完成。

（1）評價者提供5分等級或者7分等級的量表（稱之為等級量表），由主評價者選擇相應的分值。表3-3為教師對班級的態度打分的等級量表。

表3-3　　　　　　　　　班級態度等級量表

非常好	大部分時間很好	不好不壞	偶爾不好	很不好
5	4	3	2	1

（2）讓評價者寫出自己的評價意見（稱之為開放式問題）。

（3）綜合以上兩種形式。

3. 確定由誰來實施評價

一般情況下，企業在採用360度考核法進行考核時，大都由多個評價者進行匿名評價。比如，通用公司在實施360度考核法時，將與被考核員工有聯繫的人分成四組，每組至少選擇六個人。多名評價者參與對被考核者的評價，擴大了信息搜集的範圍。

> **知識小貼士**
>
> 這裡給大家介紹一款好用的評估軟件——Beisen360評估軟件，希望對大家有所幫助。

4. 利用好結果反饋

360度考核法最後能否改善被考核者的業績，在很大程度上取決於評價結果的反饋。評價結果的反饋包括兩方面：一方面，應該就評價的公正性、完整性和

準確性向評價者提供反饋，指出他們在評價過程中所犯的錯誤，以幫助他們提高評價技能；另一方面，應該向被考核者提供反饋，以幫助被考核者提高能力水準和業績水準。

五、平衡計分卡績效考核

平衡計分卡（Balance Score Card，BSC）的核心思想就是通過財務、客戶、內部的經營過程、學習與成長四個指標之間相互驅動的因果關係，展現組織的戰略軌跡，實現績效考核—績效改進以及戰略實施—戰略修正的目標。

平衡計分卡反應了財務與非財務衡量方法之間的平衡、長期目標與短期目標之間的平衡、外部和內部的平衡、結果和過程的平衡、管理業績和經營業績的平衡等多個方面的內容。所以，平衡計分卡能反應組織綜合經營狀況，使業績評價趨於平衡和完善，有利於組織的長遠發展。除此之外，它還有如下幾個作用：

第一，為企業戰略管理提供強有力的支持。平衡計分卡的評價內容與相關指標和企業戰略目標緊密相連，企業戰略的實施可以通過對平衡計分卡的全面管理來完成。

第二，通過平衡計分卡所提供的管理報告，將看似不相關的要素有機地結合在一起，可以大大節約企業管理者的時間，提高企業管理的整體效率，為企業未來的成功發展提供堅實的基礎。

第三，平衡計分卡通過對企業各要素的組合，讓管理者能同時考慮企業各職能部門在企業整體中的不同作用與功能，使他們認識到某一領域的工作改進可能是以其他領域的退步為代價換來的，促使企業管理部門進行決策時考慮從企業出發，慎重選擇可行方案。

第四，平衡計分卡強調目標管理，鼓勵下屬創造性地（而非被動）完成目標，這一管理系統強調的是激勵動力。

第五，平衡計分卡可以使企業管理者僅僅關注少數而又非常關鍵的相關指標，在保證滿足企業管理需要的同時，盡量減少信息負擔成本。

平衡計分卡實施流程見圖 3-8。

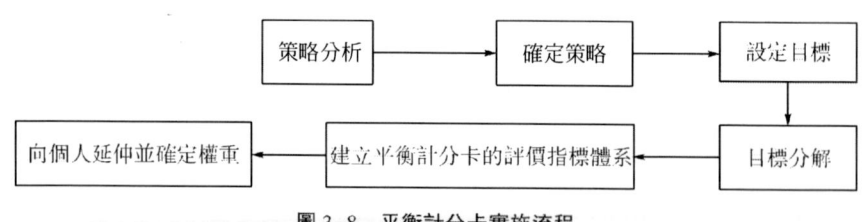

圖 3-8 平衡計分卡實施流程

各個流程的具體內容如下：

（1）戰略分析。日益激烈的競爭抗衡以及與日俱增的客戶期望使企業高層面臨的關鍵問題是：如何在充滿挑戰的動態環境中立於不敗之地。管理委員會需要全面分析所有的內外部因素，制定清晰的公司戰略。

（2）形成並確定戰略。高級管理層（項目組）應該基於以上的分析結果，確

定公司的願景、使命和戰略。

（3）公司目標的設定。高級管理層制定公司的戰略績效目標，通常從四個角度展開：財務、客戶、流程、學習和成長。項目組應該把公司戰略和平衡計分卡用兩組指標聯繫起來，即財務和非財務目標、領先績效指標和滯後績效指標。高級管理層在開發平衡計分卡時應運用戰略圖。戰略圖可以反應出高層對公司戰略要素中因果關係的假設。項目組要制定具體的指標、目標值和行動方案，以實現關鍵目標。最後應該定出每個行動方案的任務，對每一項任務進行跟蹤，確保落實和執行。

（4）目標分解。項目組負責把戰略傳達到整個組織，並把績效目標逐層分解到下級單位，直至個人。在分解公司平衡計分卡的過程中，要注重構建組織內部的協調統一。如前所述，必須精心設計公司的結構、系統和流程，使它們相互之間協作有方，並適用於公司的戰略。各分支或部門首先應該考慮公司的戰略、目標、指標和目標值，然後把公司目標分解到分支或部門的平衡計分卡，並把內部客戶的需求包括在內，以建立橫向的聯繫。

（5）建立平衡計分卡的部門評價指標體系。評價指標體系的選擇應該根據不同行業和企業的實際情況，按照企業的戰略目標和遠景來制定。

（6）將公司與部門平衡計分卡向個人延伸並確定權重。按照設計部門平衡計分卡同樣的原理與程序設計個人的平衡計分卡。個人平衡計分卡包含三個不同層級的衡量信息，從而使得所有員工在日常工作中都能輕易看到這些戰略目標、測評指標和行動計劃。指標的權重是指該指標在本層指標中所占的相對其他指標的重要性程度，一般以100%為最高值，對本層指標內各項指標的重要性程度進行分配。確定權重的一個較為簡便和合理的方法就是專家打分。專家的組成結構要合理，要有本企業的中高層管理人員、技術人員，也要有基層的技術和管理人員，還要有企業外的對本企業或本行業熟悉的專家，如行業協會的成員、大學或研究機構的成員等。同時，對不同企業的權重選擇應根據不同行業、不同企業的特點進行打分。如高科技企業，由於其技術更新快，因而學習創新成長性指標所占的權重就較大；對大型企業而言如美國通用公司，運作流程的順暢就顯得很重要，因而該指標所占權重也相對較大；對銀行等金融企業而言，財務指標事關重大，該指標的權重自然也較大。

當然，平衡計分卡也並不是那麼完美，它也有很多缺點，比如：①沒有明確的組織戰略、高層管理者缺乏分解戰略的能力和意願、中高層管理者缺乏指標創新的能力和意願等，這樣的組織不適合使用平衡計分卡；②計分卡的工作量極大，除了對戰略的深刻理解外，還需要消耗大量精力和時間把它分解到部門，並找出恰當的指標，而落實到最後，指標可能會多達15~20個，在考核與數據收集時，也是一個不小的負擔；③對個人而言，往往要求績效考核易於理解，易於操作，易於管理，而平衡計分卡並不具備這些特點。

總而言之，對於管理與考核的工具，首先，企業一定要慎用，盲目跟風是毫無意義的。其次要會用，要對工具有足夠的認識和理解，而不是一知半解，淺嘗輒止。最後要善用，在深刻理解工具內涵的基礎上，能夠與自身情況相結合，知道什麼適用於自己，什麼不適用，如何加以調整。

第六節　薪酬福利管理

薪酬是指員工因被雇傭而獲得的各種形式的經濟收入、有形服務和福利。它的實質是一種公平的交易或交換關係，是員工在向單位讓渡其勞動或勞務使用權後獲得的報償。

一、決定薪酬水準的基本要素

根據貨幣支付的形式，可以把薪酬分為兩大部分：一部分是以直接貨幣報酬的形式支付的工資，包括基本工資、獎金、績效工資、激勵工資、津貼、加班費、佣金、利潤分紅等；一部分則體現為間接貨幣報酬的形式，即間接地通過福利（如養老金、醫療保險）以及服務（帶薪休假等）支付的薪酬。其實不同的公司薪酬的水準不同。決定薪酬水準的主要因素有：

（1）勞動力市場競爭狀況。通常勞動力供大於求時，市場薪酬水準會趨於下降；勞動力供不應求時，市場薪酬水準會趨於上升。

（2）產品市場競爭狀況。一般來說，如果產品市場對企業產品或服務的需求增加，則企業能夠完成更多的產銷量，並保持較高的銷售價格，使得企業的支付實力增強，員工薪酬水準提高。如果產品市場萎縮，企業就難以提高價格，提高薪酬水準的能力同樣也會受到限制。

（3）企業特徵。企業特徵中又細分為以下四個方面：①企業所處的地區：經濟發達地區的薪酬水準要高於經濟欠發達地區的薪酬水準；②企業所處的行業：資本密集型行業的薪酬水準要高於勞動密集型行業的薪酬水準；③企業的規模：大企業的員工薪酬水準比中小企業的要高；④企業的經營戰略：如採用成本領先型戰略，則其薪酬水準很可能受到嚴格的控制。

（4）經濟與政策環境。其主要包括三個部分的影響：①物價水準：物價的提高一般帶動薪酬水準的上漲；②工會的力量：如果工會組織力量夠強大，員工的薪酬水準也能得到較高層次的實現；③政策法規的保障：如果國家出抬比較完善的政策法規來保障勞動者權益，薪酬水準通常不會很低。

二、管理類職位和專業類職位的定價

職位不同，定價必然不同。下面我們來具體瞭解一下公司中管理類職位和專業類職位各自的定價的影響因素。

1. 管理類職位定價

管理人員，也稱為經營者、經理人。它具體指執行日常管理的最高負責人及其主要助手，如：總經理、副總經理、總會計師、董事長秘書等，或與這些職務相當的主要負責人。影響管理類職位定價的因素主要包括：

（1）管理者個人因素。第一，管理者的人力資本投入。高層管理者想要勝任其位置，必然需要具備良好的文化知識素質、思想素質以及出色的經營管理能力和技巧，這些就是管理者長期投資形成的人力資本。第二，管理者的業績。對企

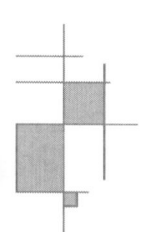

業來說就是高層管理者通過組織管理工作為企業帶來的收益。第三，管理者承擔的風險。其主要指企業經營風險，即由於管理者可控的或不可控的因素導致企業經營失敗的可能性。一般來說，企業規模越大，經營環境越複雜、變動越快，管理者的風險就越大。為了保證企業家能夠承擔這些風險，激發其創新與冒險熱情，就應該給予其一定的風險補償。

（2）企業內部因素。第一，企業所處的行業及規模。企業處於競爭激烈、高風險性行業，高層管理者所承擔的風險、責任就越大，其薪酬水準也較其他行業偏高。比如，金融行業高層管理者薪酬水準普遍高於製造業。第二，企業薪酬戰略。它決定了企業的薪酬導向，高層管理者作為總體薪酬中的一部分也必然要符合企業薪酬戰略的要求。第三，企業盈利狀況。企業是營利性組織，企業家的薪酬對於所有者來說是企業的經營成本。因此，企業家的薪酬不應該超出企業支付能力的範圍。

（3）企業外部因素。第一，企業高管薪酬的確定必須參考勞動力的市場價格，以保持企業高層管理者薪酬的競爭力，吸引到優秀的人才。第二，政府的法律法規。薪酬給付內容和數額大小要符合政府的法律法規。

2. 專業類職位的定價

專業類職位又具體細分為技能取向型職位和價值取向型職位，兩種又分別對應著不同的薪酬定價。

（1）技能取向型薪酬。它是指根據專業技術人員的專業技術職務設計薪酬，而專業技術人員的專業技術職務提升與其專業技能成長密切相關。

（2）價值取向型薪酬激勵。它是指企業將體現專業技術人員的技能和業績因素價值化。員工按其所擁有的技能和業績因素的多少或者等級確定其組合薪酬待遇。這是目前很多企業特別是專業技術人員薪資體制改革中採用較多的一種薪資體系。

表 3-4 為專業技術職務與管理職務等級對應表。

表 3-4　　　　　　　　專業技術職務與管理職務等級對應表

職等	管理職位	學歷	薪資標準	系數	技術職務	學歷	薪資標準	系數
一	總裁							
二	副總裁				資深專家			
三	總監				高級專家			
四	副總監				專家			
五	經理				主任工程師			
六	副經理				高級工程師			
七	主管				工程師			
八	副主管				一級專業助理			
九	主辦				二級專業助理			

表3-4(續)

職等	管理職位	學歷	薪資標準	系數	技術職務	學歷	薪資標準	系數
十	副主辦				三級專業助理			
十一	一級助理				四級專業助理			
十二	二級助理				五級專業助理			
十三	三級助理							
十四	四級助理							
十五	五級助理							

三、勝任素質薪酬

勝任素質又稱能力素質，是從組織戰略發展的需要出發，以強化競爭力，提高實際業績為目標的一種獨特的人力資源管理的思維方式、工作方法、操作流程。勝任素質模型包括三個層級：全員核心勝任力、通用勝任力和專業勝任力。其中全員核心勝任力包括企業價值觀和企業戰略；通用勝任力包括基本管理知識、基本質量知識和基本安全知識；專業勝任能力包括專業理論知識和專業操作技能。

圖3-9為勝任力的冰山模型。所謂「冰山模型」，就是將人員個人素質的不同表現方式劃分為「冰山以上的部分」和深藏在「冰山以下的部分。」

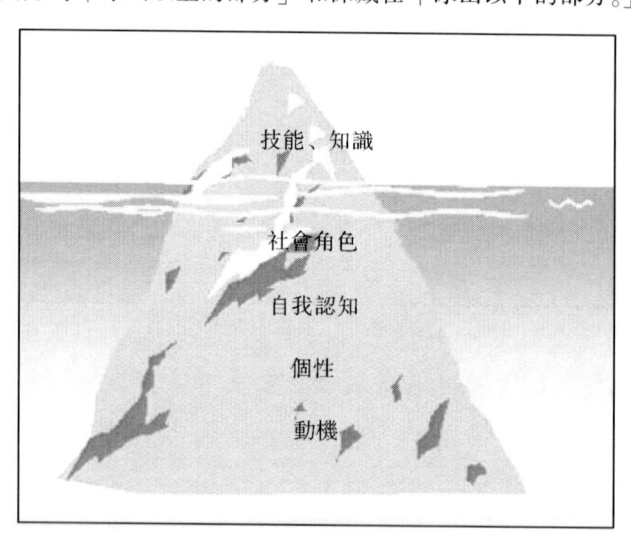

圖 3-9　素質體系的冰山模型

由圖3-9可知，勝任素質構成要素包括兩個部分：表象部分和潛能部分。表象部分包括技能、知識；潛能部分包括社會角色、自我認知、個性、動機。潛能部分是最複雜、最難測量的，並且難以評價和培養。其中，動機是推動個體為達到目標而採取行動的內驅力；個性是個體對外部環境及各種信息等的反應方式、

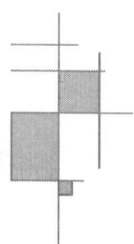

傾向與特性；自我認知是指個體對其自身的看法與評價；社會角色是個體在公共場合所表現出來的形象、氣質和風格；知識是個體在某一特定領域所擁有的事實型與經驗型信息；技能是個體結構化地運用知識完成某項具體工作的能力。

從圖 3-10 可以看出，員工通過個人知識技能、自我形象等原有素質的提升，可逐漸獲得更深層次的技能，然後運用這些素質能力採取特定的行動，就可以為企業帶來產品質量的提升、客戶的滿意等，從而使個人績效得到大幅度提升，薪酬水準自然也會相應提升。

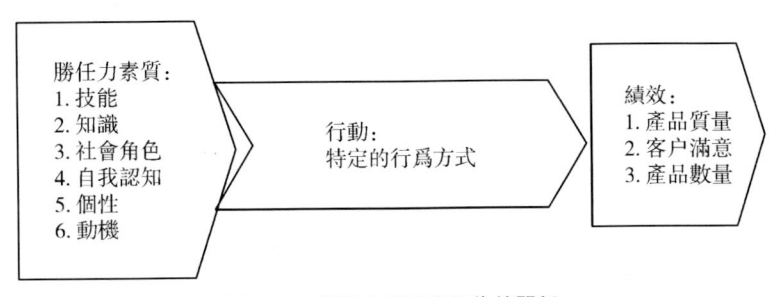

勝任力素質：
1. 技能
2. 知識
3. 社會角色
4. 自我認知
5. 個性
6. 動機

行動：
特定的行為方式

績效：
1. 產品質量
2. 客戶滿意
3. 產品數量

圖 3-10　勝任力素質與行為的關係

四、薪酬增長機制

薪酬增長機制是指工資的增長隨著 CPI 的變化以及企業利潤的增加而動態變化，然後再配合稅收政策，如個人所得稅、企業所得稅、增值稅及消費稅的變化來調整實際收入的一種機制。建立正常薪酬增長機制的方法包括：

（1）建立投資者、經營者、勞動者三方面利益的制衡機制。一方面以建立產權約束機制為前提，實行政企分開、政資分開。另一方面建立工資集體協商機制，打破以往由企業單方決定勞動報酬的機制，建立起適應市場，由企業和勞動者雙方通過集體協商共同決定勞動報酬的機制。

（2）建立政府對企業工資分配增長指導性的宏觀調控機制。建議政府採用行業工資增長指導線的調控辦法，取代原有的薪酬管理模式，使企業能進行合理的自主分配，使企業可根據效益的增加或減少來調整職工的收入水準。

（3）建立職工擁有財產性收入的機制。在企業的改制過程中，應認真將職工在企業中創造的價值核算出來，量化為職工在改制後的企業中的股份，讓本該屬於職工所有的權益轉化為職工的財產權。

（4）完善企業領導年薪制。企業領導者的年薪由投資者或上級主管部門來確定，並承擔監督檢查的責任，實施結果應公開透明。

一個社會的進步，最終取決於社會個體物質利益實現的程度。如果勞動者的工資收入長期在低水準徘徊，就背離了社會發展的目標。創新國企薪酬管理模式，確保職工收入的正常增長，是減輕貧富分化，構建和諧社會的必要之舉。

五、經濟性激勵

企業對部分員工進行經濟性激勵可以促進其工作的積極性。具體措施如下：

1. 針對員工實施個人的獎勵和認可計劃

員工獎勵計劃是企事業單位為了留住人才、提升員工的忠誠度而設計實施的一整套涵蓋激勵原則、獎勵規則、獎勵流程、效果評估等在內的計劃體系。在實施前，有三個條件：第一，從工作角度來看，員工個人工作任務的完成不取決於他人的績效；第二，從組織狀況來看，企業所處的經營環境以及所採用的生產方法必須是相對穩定的；第三，企業必須在整體的人力資源管理制度上強調員工個人的專業性，以及優良績效。滿足這三個條件之後，才可以實施，實施模式如下：

（1）企事業單位應當建立一個記錄員工獎勵的門戶網站。須讓員工感受到企業對於員工的忠誠度是嚴肅且慎重考慮的。同時，員工也可以在這個門戶網站上隨時看到因為何種原因獲得的獎勵。

> **知識小貼士：**
> 現代企業在實施員工忠誠度獎勵計劃的時候，不必費力地去建立自己的一整套獎勵IT系統，市場上有成熟的獎勵工具如IRewards員工忠誠度獎勵平臺等，可以幫助企業進行獎勵積分發放、規則設定、獎勵品管理等全程服務。

（2）將員工的行為根據組織希望的發展方向，設定多種獎勵項。如「全勤獎」「優秀員工獎」「最佳新人獎」「生日獎」等，讓全體員工在日常工作中的每一個行為都有奮鬥的目標和方向。

（3）對於員工達成的任何一項目標，不論大小，都會有認可和相對應的獎勵積分。

（4）積分累積到一定程度後，員工就可以用積分兌換自己一直心儀的東西。比如，一個數碼相機、一次旅遊套票、一張演唱會的門票等。以此來激勵員工繼續完成組織的績效，為下一個目標而努力。

2. 銷售人員的獎勵計劃

銷售人員薪酬結構為底薪+提成（銷售及項目類崗位適用），它的計劃過程如下：

（1）制定員工的等級劃分。等級的劃分依據為：工作年限、以往業績、以往工作經歷。劃分結果如下：促銷員、銷售代表、高級銷售代表、小區銷售經理、大區銷售經理、區域銷售總監。

（2）根據員工等級，確定底薪。底薪一般不低於當地最低工資標準，屬於固定支出的成本。底薪占總薪酬（底薪+目標獎金）的比例可以參考行業一般標準，一般不多於總薪酬的1/2。

（3）和員工簽訂績效任務書。根據員工的等級，在績效任務書中約定員工月度任務目標以及目標獎金（100%完成任務應得的獎金）。一般員工月度任務目標的確定與公司的銷售目標掛鉤，這部分薪酬屬於浮動支出的成本，與公司利潤有聯繫。

（4）每月定期由員工直屬主管給員工的銷售情況打分。每月可以由直屬主管給員工核算銷售業績，同時，還可以請直屬主管反饋員工工作表現，比如工作積極性、態度、解決問題的能力等。這些情況也可以與員工績效掛鉤。

（5）根據員工每月銷售情況計算員工每月銷售獎金（提成）。提成由目標獎金的完成率決定。

3. 中高層管理人員的獎勵計劃

企業中高層管理人員薪酬結構為年薪制，主要包括有福利成本支出的獎勵和無福利成本或福利成本支出較小的福利。

（1）福利成本支出的獎勵包括補充醫療保障、節日或生日禮物、員工活動（比如運動會、電影票、春遊秋遊、部門聚會）、帶薪年假、帶薪病假、費用報銷（通信費、供暖費、交通費等）、企業年金和股權激勵。

（2）無福利成本或福利成本支出較小的福利主要包括表彰、為員工樹立榜樣、企業內部培訓、適度授權、企業內部加強溝通、領導鼓舞士氣、提拔內部人才、創造內部良性競爭的環境、良好的內部員工職業生涯規劃等。

案例：

遠行公司楊總經理介紹，公司非常注重員工的激勵管理，尤其在年終時正是總結過去冀望未來的時候。公司的激勵措施主要有物質和精神兩個方面的。

每年年終時，公司會組織一次「尾牙」活動，召集全體員工辦一次盛宴。在「尾牙」的時候，高層管理人員都要跟員工敬酒，感謝員工一年來的辛勤勞動以及對公司的支持。這一慣例活動舉辦了很多年，效果很好。

4. 團隊和組織績效獎勵計劃

團隊和組織績效容易衡量，能高度體現合作的價值，但是容易造成搭便車問題，還可能造成員工的流動率上升或員工薪酬風險上升等問題。團隊和組織的獎勵計劃主要適用於以下情況：①績效衡量。產出是集體合作的結果或無法衡量出個人對產出的貢獻。②組織適應性。個人的績效標準需要針對環境的壓力而變化或生產方法和勞動力組合必須適應壓力的要求變化。③組織承諾。須建立在對組織目標以及績效標準進行良好溝通的基礎之上。

第七節　用人單位人力資源法律風險防範

一、勞動爭議

勞動爭議是指勞動關係當事人之間因勞動的權利與義務發生分歧而引起的爭議，又稱勞動糾紛。其主要包括：

（1）因確認勞動關係發生的爭議。
（2）因訂立、履行、變更、解除和終止勞動合同發生的爭議。
（3）因除名、辭退和辭職、離職發生的爭議。
（4）因工作時間、休息休假、社會保險、福利、培訓以及勞動保護發生的爭議。
（5）因勞動報酬、工傷醫療費、經濟補償或者賠償金等發生的爭議。
（6）法律、法規規定的其他勞動爭議。

預防勞動爭議的措施有：

（1）企業領導者要加強學習，轉變觀念。
（2）加強員工特別是人力資源管理人員的培訓，提高企業人力資源管理水準。
（3）建立和完善工會組織及其運行機制，構建企業民主化管理制度及員工溝通渠道。
（4）健全企業管理規章制度。
（5）加強勞動合同管理。

二、勞動合同

勞動合同，是指勞動者與用工單位之間確立勞動關係，明確雙方權利和義務的協議。其變更應當遵循平等自願、協商一致的原則，不得違反法律、行政法規的規定。勞動合同依法訂立後即具有法律約束力，當事人必須履行勞動合同規定的義務。

勞動合同訂立時可能存在的問題包括用人單位與勞動者的地位不平等、企業為了減少訂約成本和增進效率而簡化締約程序等。為避免問題出現，可採取的防範措施有：

（1）從立法上盡量縮小勞動者與企業的不平等地位，給勞動者更多的權利，使勞動者在法律支持上更有利，能夠真正體現平等原則。
（2）不斷健全社會保障體制，進一步擴大社會保險覆蓋面，加大強制力度，消除勞動者的後顧之憂。
（3）對企業適當增加稅收，用於加大職業培訓的力度，提高普通勞動者的就業競爭力。
（4）通過進一步立法來防止企業控制權的膨脹。
（5）強化集體談判和集體合同，加強工會對簽訂勞動合同的監督作用。

要想徹底規避由合同產生的問題，個體在簽訂勞動合同時應注意以下幾點：
（1）合同必備條款不能缺少，勞動合同文本雙方各執一份。
（2）必須訂立書面勞動合同。
（3）合同關於試用期的約定必須合法。
（4）用人單位不能扣押勞動者身分證等證件。
（5）用人單位不能違法解除或者終止勞動合同，依法解除勞動合同時，應出具解除或終止合同的書面證明。

三、各類保險

企業保險是指企業在日常經營中所需要的包括各種責任險、財產險、老板和職工的個人壽險以及企業應急資金帳戶等在內的一攬子的保險規劃。同時也是為使企業永續經營或留住人才而設計的保險制度。企業保險主要有五種。

（1）財產保險：對國內企事業單位、團體具有保險利益的財產進行承保的保險。
（2）責任保險：以被保人的民事賠償責任為保險標的的財產保險。

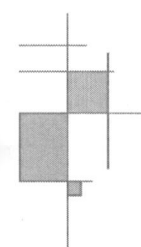

（3）國內貨物運輸保險：以運輸貨物為保險標的，保險公司承擔賠償運輸過程中自然災害和意外事故造成損失的一種保險。

（4）運輸工具保險：以載人、載物或從事某種特殊作業的運輸工具為保險標的的保險合同。

（5）工程保險：保險人根據權利人（投保人）的要求，擔保債務人信用，萬一債務人發生信用危機對權利人造成損失的，由保險人進行理賠。

企業通常要給員工提供三險一金。三險是基本的社會保險，包括：養老保險、醫療保險、失業保險。現在通常說的「五險一金」指：養老保險、醫療保險、失業保險、工傷保險和生育保險；一金即住房公積金。

第四章 生產管理

第一節 改變世界的機器：精益生產之道

一、初識生產管理

在計劃經濟向市場經濟的轉化階段，質量是決定生產型企業生產能力的唯一要素。如今，隨著市場經濟的發展，生產能力的大小越來越取決於企業生產管理水準的高低，生產管理的水準越高，生產能力越強，企業獲利越多。那麼，為什麼生產管理在市場經濟的發展中顯得越來越重要？生產管理具體指哪些方面的管理？它是通過哪些方式來影響企業的利潤水準的？本節將對上述問題進行探討。

（一）為什麼生產管理如此重要

生產管理，又稱生產控制，是對企業生產系統的設置和運行的各項管理工作的總稱。它在企業中的任務是根據企業的經營方針、目標，把投入生產過程的各種生產要素有效地結合起來，形成一個按預期質量、數量、成本等相結合的有機整體，最後生產出滿足社會需要的產品或服務。生產管理的運行過程如圖 4-1 所示。

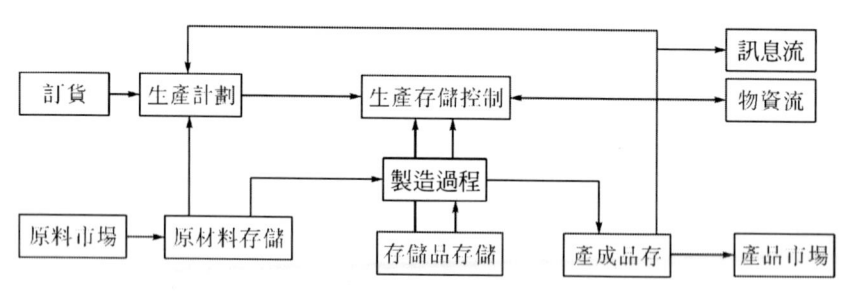

圖 4-1　生產管理運行過程

生產管理在其運行過程中，能為企業帶來很多實用價值，主要有：①使採購、銷售、庫存、生產數據等高度統一，進而幫助企業在物流、現金流和信息流等管理方面變得簡單、高效；②能夠即時掌握終端銷售、庫存等信息，幫助企業進一步優化商品庫存結構，避免出現商品積壓，提高企業營運效率，降低營運成

本；③能夠精確生產管理全過程，掌控業務細節，並從多層次、多維度進行報表分析，為企業合理採購、合理安排生產提供適時的決策數據。

圖 4-2 為生產管理與企業的各個管理環節之間的關係，從圖中不難看出生產管理的核心地位及所起的重要作用。

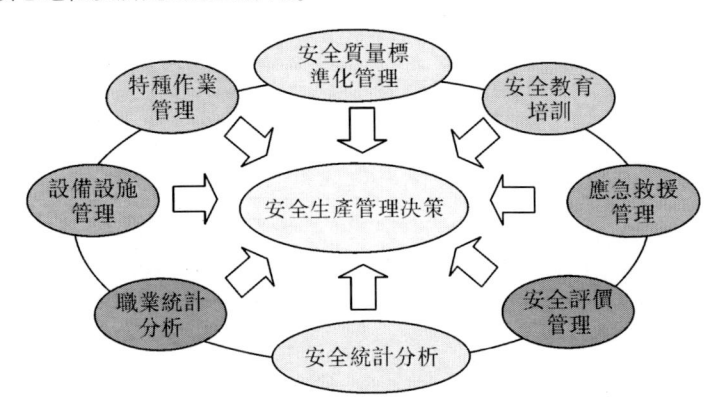

圖 4-2　生產管理與其他管理的關係

企業的生產能夠得以正常進行，並取得良好的經濟效益，全都是因為有效的生產管理。生產管理除了在人與人之間、人與物之間以及企業與外部環境之間發揮協調作用外，還要在如圖 4-2 所示的各個管理環節發揮決策作用。企業的一切生產活動都已離不開生產管理，管理者只有抓好生產管理這個救命繩，抓好生產和品質，才有可能增強市場競爭力，給企業帶來效益。

(二) 生產管理中所要求的職能

職能，是指事物、機構本身具有的功能或應起的作用。用到生產管理上來說，職能就是指生產管理所應具備的功能或應起的作用。

在一個企業中，生產管理的主要職能就是根據企業的經營目標製造出企業的產品或服務（見圖 4-3）。具體來說，就是整合各種資源（人員、設備、材料、物料、能源、技術、服務、廠房、土地、資金及政府法令規章、社會及環境的要求等）投入企業，然後產出客戶需要的產品及服務。此時企業作為一個系統，是將輸入轉換為產出的機制。信息的流動及傳遞是雙向的，轉換的機制便利用這些雙向流動的信息來改善轉換機制的績效，使得轉換機制運作得更有效率。

> **知識小貼士：區別定義**
>
> 職責：組織要求的在特定崗位上需要完成的任務。
>
> 職權：依法賦予的完成特定任務所需要的權力。

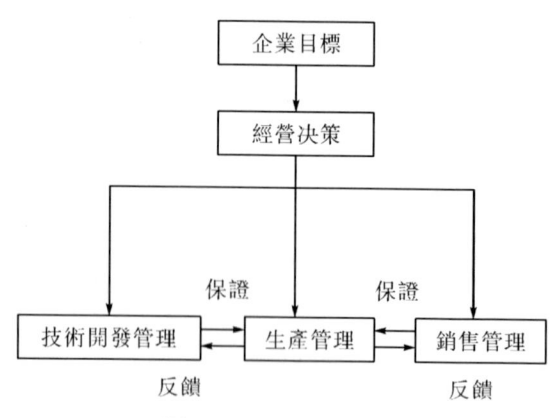

圖 4-3　生產管理的職能

　　成本低、品質好、交貨時間短、生產彈性大是企業和客戶們的主要訴求。所以生產管理的另一個職能就是要找出如何做好且領先其他企業的方法，來形成企業特殊的競爭優勢且讓其他企業可望不可即。對於現代企業來說，能生存且具有其他企業所不能及的競爭優勢，才是企業的長久生存之道。

二、計劃管理工作

　　計劃管理就是計劃的編製、執行、調整和考核的過程。它是用計劃來組織、指導和調節企業一系列經營管理活動的總稱。一般來說，企業在國民經濟計劃的指導下，往往需要根據市場需求及企業內外環境和條件的變化，並結合當前和長遠的發展需要，合理地利用人力、物力和財力資源，組織籌謀企業全部經營活動，以達到預期目標，提高經濟效益。

（一）企業計劃體系

　　企業的經營計劃按時間劃分，可分為三個層次：長期經營計劃、中期經營計劃和短期經營計劃三種。長期計劃是規定企業 10 年或 10 年以上的發展方向規模和主要技術經濟指標的綱要性計劃，又稱戰略經營計劃或遠景經營計劃；中期計劃是 5~10 年的發展計劃；短期計劃是 1~5 年的計劃，它根據企業的具體情況制訂。製造型企業的計劃體系及相互之間的關係如圖 4-4 所示。

```
                    ┌──────────┐     ┌──────────┐
                    │ 經營預測 │◄───►│企業戰略計劃│      ┌──────────┐
                    └──────────┘     └──────────┘      │ 財物計劃 │
                                         ▲▼           └──────────┘
                                     ┌──────────┐      ┌──────────┐
                                     │產品和市場計劃│◄──►│ 資源計劃 │
          長期計劃                    └──────────┘      └──────────┘
      ─ ─ ─ ─ ─ ─ ─ ─ ─ ─ ─ ─ ─ ─ ─ ─ ─ ─ ─ ─ ─ ─ ─ ─ ─ ─ ─ ─ ─ ─ ─
                                     ┌──────────┐
                                     │綜合生產計劃│
                    ┌──────────┐     └──────────┘
                    │產品需求預測計劃│     ▲▼
                    └──────────┘     ┌──────────┐      ┌──────────┐
                                     │ 主生產計劃 │◄──►│粗能力需求計劃│
          中期計劃                    └──────────┘      └──────────┘
      ─ ─ ─ ─ ─ ─ ─ ─ ─ ─ ─ ─ ─ ─ ─ ─ ─ ─ ─ ─ ─ ─ ─ ─ ─ ─ ─ ─ ─ ─ ─
          短期計劃                    ┌──────────┐      ┌──────────┐
                    ┌──────────┐     │物料需求計劃│◄──►│能力需求計劃│
                    │最終裝配計劃│     └──────────┘      └──────────┘
                    └──────────┘     ┌──────────┐      ┌──────────┐
                                     │生產計劃與控制│    │採購計劃與控制│
                                     └──────────┘      └──────────┘
```

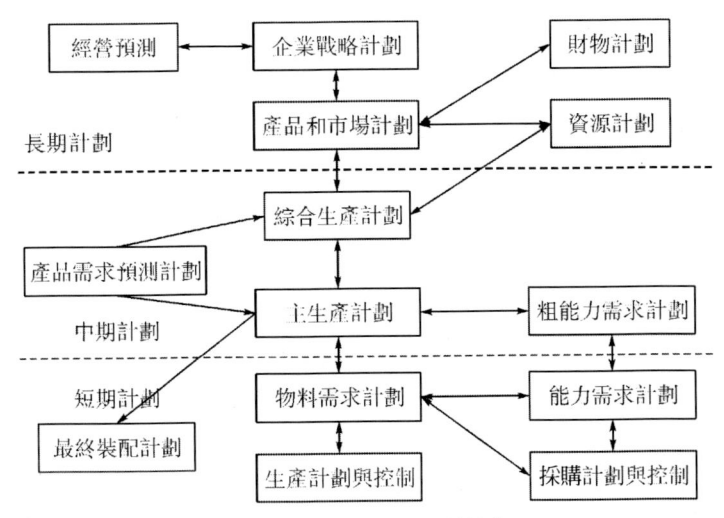

圖 4-4　製造型企業生產計劃體系

下面就圖 4-4 中的部分計劃的具體內容進行說明。

企業戰略計劃：結合企業內部能力水準和企業外部經濟、技術、政治等環境進行分析，確定企業的發展總目標。如阿里巴巴的戰略計劃就是成為全球十大網站之一。

產品和市場計劃：把企業的發展總目標轉化為各個細分市場和各個產品線的發展目標。

財物計劃：從資金需要量和投資回報等方面對企業的發展總目標的可行性和經濟性進行分析。

資源計劃：確定為實現企業的發展總目標和戰略計劃所需要增加的設施、設備和人力資源的需要量。通常也被稱為長期計劃。

綜合生產計劃：也稱為總體生產計劃，就是部門經理通過調整生產率、勞動力水準、存貨水準以及其他可控變量，來決定滿足預測需求的最好生產方式。

產品需求預測計劃：預測最終產品和備品的需求量，與綜合生產計劃的產出總量一起，將作為下一層次計劃——主生產計劃的主要依據。

主生產計劃：確定每一最終產品在每一具體時間的生產數量計劃。一般以周為單位，計劃期大於生產週期即可。它是連接銷售與生產的紐帶，是物料需求計劃的重要參考。

粗能力需求計劃：用來檢查主生產計劃的可行性，從而避免主生產計劃超出能力範圍。

最終裝配計劃：確定最終產品的短期產出進度計劃。

物料需求計劃：根據產品的配方和工藝文件，把主生產計劃細化為零部件生產進度計劃和原材料、外購、外協件的採購進度計劃，並具體確定自制零部件的投產和完工日期等。

能力需求計劃：用於檢查物料需求計劃的可行性。

（二）生產計劃編製規範

生產計劃就是根據企業總生產大綱，分解到各相關部門測算出生產能力與生產進度，同時根據人、機、料、法、環的合理安排，實現均衡生產，同時對生產計劃完成情況進行協調、控制和改進的一項工作。生產計劃的編製主要從四個方面考慮。

（1）以交貨期為原則。特別要關注交貨時間較短或臨近的，生產計劃要首先安排。

（2）以市場需要為原則。客戶的需求量大，但又斷貨急需進行補貨的應優先安排。

（3）以產能為原則。各生產班組和流水線的節奏與生產能力相吻合，同時考慮設備、生產時間、人員的負荷，以生產技術為基礎。

（4）以工藝流程為原則。對款式工序多、複雜、生產時間長的，應該先安排生產。

編製生產計劃主要是要掌握生產計劃的內容，統籌安排，綜合平衡，明確生產任務量和投產日期、原材料進倉日期、檢驗日期、交貨（入庫）日期等。反之，就會出現生產現場混亂、客戶天天要貨、生產車間等工待料、生產時間緊張、質量下降、生產效率低的局面。同時，生產計劃的編製要注意全局性、效益性、平衡性、群眾性和應變性。

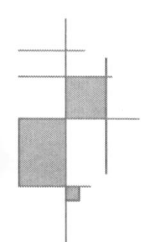

（三）綜合生產計劃編製流程

綜合生產計劃又稱生產計劃大綱，它是企業根據市場需求和資源條件對企業未來較長一段時間內資源與需求的平衡所做的總體性規劃，是根據企業所擁有的生產能力和需求預測對企業未來一段較長時期內產出內容、產出量、勞動力水準、庫存投資等問題所做出的決策性描述。綜合生產計劃編製按如下程序進行：

1. 收集有關資料，進行必要的市場調研

如對新產品研發情況、勞動定額數據、設備狀況及維修狀況、成本數據、企業的財務資金狀況、勞動力市場供應狀況、現有人員情況、培訓水準和相關能力、現有設備能力狀況、勞動生產率水準、設備投資計劃等都要有一個大體的瞭解。

> **知識小貼士**
>
> 常用的優化綜合計劃的方法有：益虧平衡分析法、線性規劃法。

2. 擬定多種可行的綜合計劃方案

這一點要根據本企業的生產類型具體考慮：訂貨型企業可以直接按訂貨合同，並根據生產能力的實際狀況進行調整，即可決定大體框架；備貨類企業則要通過市場需求的預測、庫存狀況、經濟形勢、設備能力及訓整規律來綜合平衡，安排生產計劃。由於存在多種可變因素，實際工作中，可以制訂多種可行方案備選，以應付各種不同的需要。

3. 優化綜合生產計劃方案

初步擬定綜合生產計劃方案以後，還必須進行優化。

4. 綜合平衡，最終確定正式方案

經過優化後的方案仍然可能是一個不可行的方案，還要進行全面的綜合平衡，考慮到各種可能的因素、各方面的影響以後，才能最終成為正式的綜合生產計劃，進而下達實施。

表 4-1 為企業車間綜合生產計劃的基本格式。

表 4-1　　　　　　　　　　車間綜合生產計劃表

車間：

計劃時間：年　月　日

產品	當前庫存	單價	庫存量	估計日銷量	可銷售量	經濟產量	每日產量	需生產量	預定生產日程		
									自	至	數量	產量

（四）主生產計劃編製流程[①]

主生產計劃（Master Production Schedule，MPS）。MPS 的實質是保證銷售規劃和生產規劃對規定的需求（需求什麼、需求多少和什麼時候需求）與所使用的資源一致。那麼編製主生產計劃主要有哪些步驟呢？

（1）編製 MPS 初步計劃。編製資源清單，根據資源清單來計算 MPS 初步計劃的需求資源。

（2）制訂粗能力需求計劃。對能力和需求進行平衡，核定主生產資源的情況，在這一步要做三項工作：首先建立資源清單，說明每種產品的數量及各月占用關鍵工作中心的負荷小時數；其次與關鍵工作中心的能力進行對比；最後在產品的計劃期內，對超負荷的關鍵工作中心，要進一步確定其負荷出現的時段。

（3）評價初步的 MPS，最後修訂和批准 MPS，同意或否定初步的 MPS。如否定，則對能力和 MPS 重新進行調整和平衡，改變預計的負荷量，重新安排訂單、拖延（暫緩）訂單、終止訂單、將訂單拆零、改變產品組合等，或改變產品的生產工藝、申請加班、外協加工、雇用臨時工等增加生產能力。

主生產計劃的編製流程如圖 4-5 所示。

[①] 陳榮秋，馬士華. 生產與運作管理 [M]. 3 版. 北京：高等教育出版社，2011.

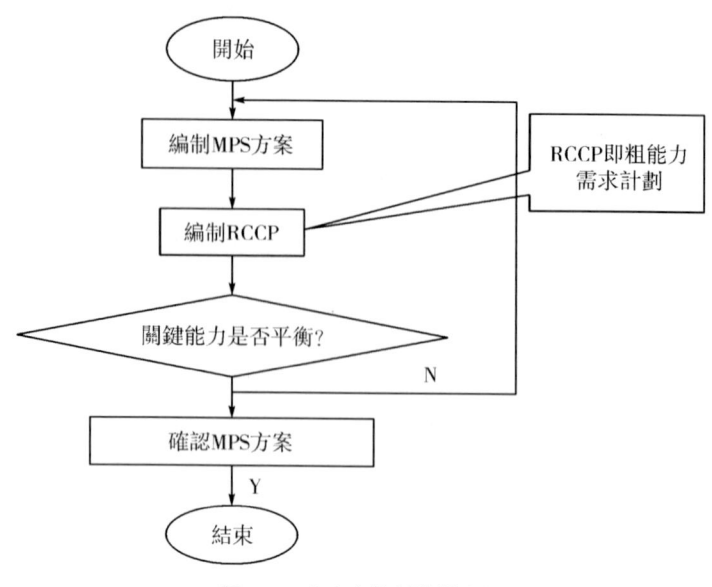

图 4-5　主生產計劃編製流程

　　粗能力需求計劃（Rough-Cut Capacity Planning，RCCP），是判定 MPS 是否可行的工具。RCCP 的作用是把 MPS 中計劃對象的生產計劃轉變成對工作中心的能力需求。在這裡，MPS 中的生產計劃是生產負荷，關鍵工作中心能力是生產能力。如果生產能力大於或等於生產負荷，則 MPS 是可行的；否則，MPS 是不可行的。沒有經過 RCCP 判定的 MPS 是不可靠的，因為企業可能無法完成 MPS 中的計劃任務。

　　一般情況下，RCCP 的編製方法有兩種：資源清單法和分時間週期的資源清單法。這兩種方法的主要區別在於：前者比較簡單，不考慮各種提前期，往往會過高地估計負荷；後者比較複雜，考慮各種提前期，平衡結果比較準確。但是，資源清單法是分時間週期的資源清單法的基礎。

（五）車間生產計劃編製流程

　　車間生產計劃是在 MRP 所產生的加工製造訂單（即自制零部件生產計劃）的基礎上，按照交貨期的前後和生產優先級選擇原則以及車間的生產資源情況（如設備、人員、物料的可用性，加工能力的大小等），將零部件的生產計劃以訂單的形式下達給適當的車間。在訂單的生產過程中，要即時地採集車間生產的動態信息，瞭解生產進度，發現問題並及時解決，盡量使車間的實際生產接近於計劃。車間的生產計劃編製流程如圖 4-6 所示。

```
┌──────────────┐    ┌──────────────────┐    ┌──────────────┐
│ 分解總生產計劃 │ →  │ 擬定車間生產排程計劃 │ →  │ 排程計劃報審 │
└──────────────┘    └──────────────────┘    └──────┬───────┘
                                                   ↓
┌──────────┐    ┌──────────────────┐    ┌──────────────┐
│  報審    │ ←  │ 工時和負荷計劃制訂 │ ←  │ 確定車間標準日程 │
└────┬─────┘    └──────────────────┘    └──────────────┘
     ↓
┌──────────────┐    ┌──────────────┐    ┌──────────────┐
│ 確定班組日程計劃 │ → │  下達生產指令 │ →  │  執行生產指令 │
└──────────────┘    └──────────────┘    └──────────────┘
```

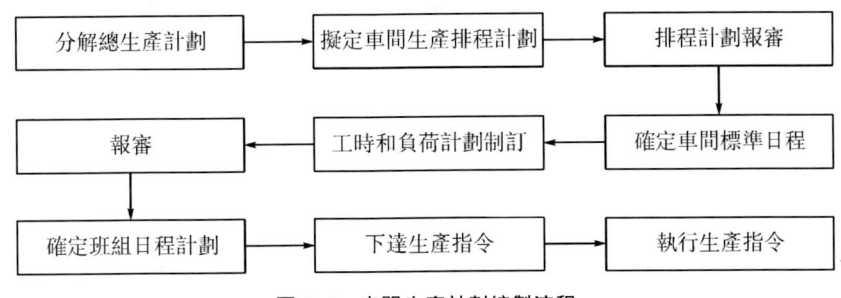

圖 4-6　車間生產計劃編製流程

各流程具體內容如下：

（1）分解生產計劃。在生產部指導下，各生產車間對公司主生產計劃進行分解，然後確定總生產任務在不同車間之間的分配。

（2）擬定車間生產排程計劃。車間主任組織生產班組長擬定車間排程計劃。

（3）排程計劃報審。生產車間將生產排程計劃報生產部進行審核。

（4）確定車間標準日程。生產車間根據生產部審批通過的排程計劃確定車間標準生產日程。

（5）工時和負荷計劃制訂。生產車間根據標準日程確定生產工時和設備負荷，生產工時的確定需要考慮的因素包括：作業標準、作業時間、標準材料的配備。

（6）報審。生產車間將制訂的工時計劃和負荷計劃報生產部審核批准。

（7）確定班組日程計劃。車間各生產班組根據審批通過的車間日程、工時和負荷計劃確定班組日程計劃。

（8）下達生產指令。生產車間根據車間日程、工時、負荷及班組，下達生產指令。

（9）執行生產指令。生產車間各班組根據生產指令組織生產。

表 4-2 為車間生產計劃表格示意。

表 4-2　　　　　　　　　車間生產計劃表
年　　月　　日

序號	產品名稱	款號	計量單位	產量			實際產量		耗用工時		備註
				計劃	實際	計劃完成%	合格	不合格	計劃	實際	
1											
2											
3											

（六）基準日程計劃編製流程

所謂基準日程，是指以標準作業方法和正常的工作強度進行操作，為完成某一項工程所需的時間。基準日程是為使作業能按預定日完成，在何時開工、何時

進行、何時完工制定的一種標準。這是一種日程標準，用來確定自訂貨至加工成最終成品形成為止所需的工作日數。基準日程表見表4-3。

表 4-3　　　　　　　　　　　基準日程表

作業日期							
所需天數							
制程							
次序號							
基準日程							

基準日程編製步驟如下：

（1）決定基準日程。按作業的制程表、材料表來表示開工及完工時期的基準、先後順序。

（2）決定生產預定。依基準日程、生產能力及出貨計劃的要求訂立詳細的月份生產計劃。

> 知識小貼士：
> 「日事清」是個解決日程計劃中經常遇到的各種問題的軟件，大家有興趣可以看看。

（3）安排日程。安排日程可以按照交期先後順序安排；也可以按照客戶優劣安排，比如，信用好的客戶先安排生產等；還可以按照制程瓶頸程度大小安排。

（4）前期作業準備。充分的作業準備及生產日程計劃的檢討，可確保計劃的可行及達成。

第二節　強化採購管理　提高企業績效

作為公司採購部門中的一員，你知道採購意味著什麼嗎？你瞭解採購對於一個公司來說有多麼重要嗎？而作為初創企業，你應該運用什麼採購策略呢？你掌握了那些採購談判方式呢？你又如何在眾多供應商中挑選出最中意的供應商呢？如何才能達到最佳採購效果呢？採購管理中的各種問題，正是本節所要重點闡述的。

一、從傳統採購到戰略採購

所謂採購是指在商品流通過程中，企業、政府及個人為獲取商品的所有權或使用權，對獲取商品的渠道、方式、質量、價格、數量、時間等進行預測、決策，把貨幣轉化為商品的交易過程。狹義採購主要指購買，而廣義採購包含了租賃、借貸、交換等。採購管理是指根據企業戰略需要和客戶需要，從適合的供應商那裡，在確保質量的前提下，以適當的時間、價格，購買適當數量的商品所採取的一系列管理活動。那麼，傳統採購與戰略採購的差異在哪裡，戰略採購的作用機理是什麼，採購管理到底能對企業產生什麼影響，本節會一一解答。

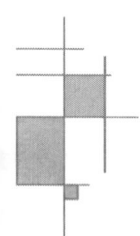

(一) 採購與採購管理

採購與供應管理是保證運作系統高效、低耗、靈活、準時地生產合格產品的重要活動，採購與供應管理已經成為現代企業提高競爭力的重要內容。採購是從外部資源市場獲得企業運作所需的資源（包括原材料、零部件、燃料、動力、服務、設備等）的過程。因此，採購是商流和物流過程的統一，更是一種經濟活動，如圖 4-7 所示。

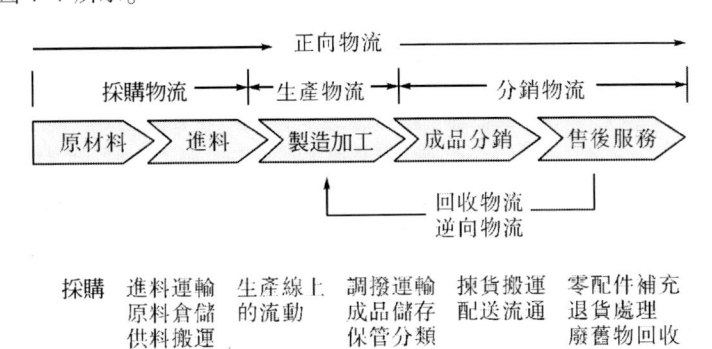

圖 4-7　採購及供應管理與公司營運關係

採購職能可以從技術維度、商業維度、物流維度以及管理維度來理解。其中，技術維度主要涉及確定規格、質量控制、價值分析、供應商選擇、草擬合同等方面；商業維度主要涉及供應市場調查、談判、簽訂合同、拜訪供應商、評估報價單等方面；物流維度主要涉及來料檢驗、運輸、庫存控制、監控交貨的可靠性等方面；管理維度主要涉及計劃與統計、訂單處理、核對發票、支付、文檔管理、流程與制度等方面，如圖 4-8 所示。

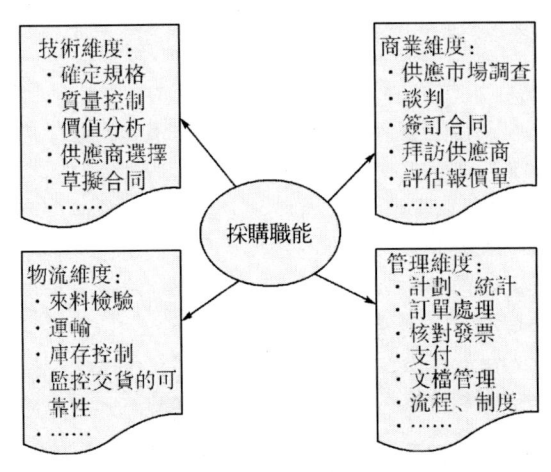

圖 4-8　採購具體職能

採購管理作為一種管理職能，它要完成從採購申請、採購計劃、採購訂單至到貨接收、檢驗入庫的全過程管理，主要涉及搜集資料、分析供應市場、開發供應戰略等，具體包括確定需求、評價與選擇供應商、談判與簽訂合同、跟蹤與催貨、驗收與支付、管理供應合同、管理內部流程等環節內容，採購管理涉及的工作環節及採購管理具體流程如圖4-9和圖4-10所示。

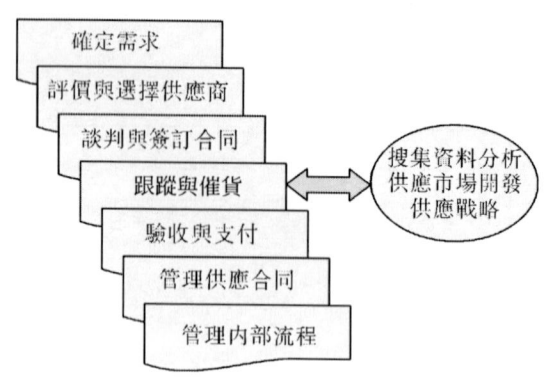

圖4-9 採購管理涉及的工作環節

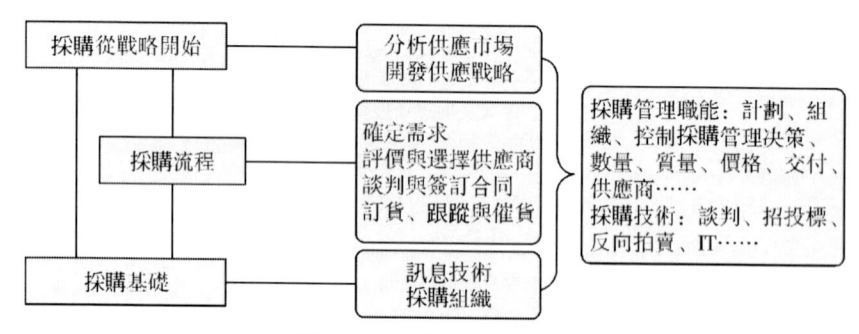

圖4-10 採購管理具體流程

（二）傳統採購與戰略採購的差異

Leenders認為，傳統的採購職能在組織中的角色是服務內部顧客，其目標就是在適當的時間、適當的地點以適當的價格獲得適當質量、適當數量的適當商品和服務。Carr認為，戰略採購從屬於企業的公司層戰略，而採購戰略是職能層戰略，兩者發生在企業的不同組織層面。戰略採購是從戰略高度整合企業的採購職能，使得採購活動參與並服務於公司的競爭戰略；而採購戰略是在戰略採購指導下制定的具體採購目標和行動。Rech和Long認為，企業採購管理經歷了四個發展階段：被動反應階段、獨立職能階段、支持階段和集成階段。在前兩個階段，採購沒有戰略性，屬於傳統採購；在支持階段和集成階段，採購被賦予了戰略使命。因此，戰略採購和傳統採購是企業採購管理的不同發展階段，離開傳統採購所提供的基礎，企業難以實施成功的戰略採購管理。一般來說，傳統採購與戰略採購主要存在以下幾個方面的不同之處。

1. 從關注單價到更多地關注總成本

傳統採購只關注採購單價，忽略了質量、庫存等其他因素對採購成本的影響；戰略採購不僅關注單價，更關注採購總成本，並且將單價視為總成本的一部分。其中，總成本是指從與供應商談好單價，到材料交付、儲存、使用、轉化成相應的產品，直型產品被客戶接受或者被客戶投訴並處理完投訴的整個過程中各種費用支出的總和。簡單來說，供應商如果在談判桌上失去了什麼，往往會試圖在談判桌下挽回損失。價格最低，可能質量並不高，交貨也不準，服務也不好，最初看起來是合算的交易卻往往讓人受盡磨難，反倒花費更大的代價。因此，採購不僅要關注單價，更要關注總成本。有一個很好的比喻將單價比作戰鬥，總成本比作戰爭。商場如戰場，打仗要贏得的是戰爭呢還是戰鬥呢？「我們要去贏得的是一場戰爭，而不是小小的戰鬥」「供應商有可能在單價方面讓步很多，但可能在其他方面補回來」。所以，在實施採購時要以總成本最低為導向，再尋求最低的單價，這是必須要樹立的採購思想。

> **知識小貼士：採購是商流還是物流？**
>
> 從物流的角度看，採購引起物料向企業內流動，被稱為內向物流，它是企業與供應商聯繫的重要環節。
>
> 從採購的角度看，現代採購過程和企業物流必須協調一致，兩者相輔相成，互相交錯。
>
> 從供應鏈的角度看，採購活動和企業物流活動都是整個供應鏈的一部分。從供應的角度看，採購是整個供應鏈管理中「上游控制」的主導力量。
>
> ```
> 採購申請 → 選擇供應商 → 洽談合同 → 簽發採購訂單
> 核對票據, 支付貨款 → 接受貨物 → 跟蹤訂單, 對進貨進行控制
> ```

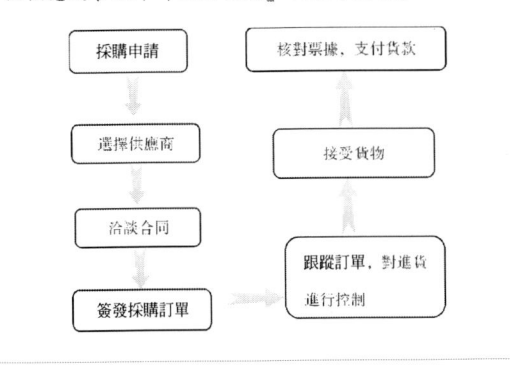

2. 供應商的數目由多到少甚至到單一

傳統採購只關注單價，誰便宜就找誰買，企業的選擇餘地很大，就像去自由市場買菜一樣，因此供應商的數目很多。特別是傳統採購往往是分散採購，而戰略採購鼓勵發展單一供應商。有人會質疑，單一供應商風險會不會太大，但單一併不等同於唯一。唯一貨源的情況下企業別無選擇，當然風險大。而單一供應商是指企業有不止一個貨源，在與多個供應商接觸的過程中，選擇其中一個最優秀的供應商，建立長期合作的關係，實施高度集中的採購，這樣就把有限的採購資源價值最大化了，反而風險最低。

具體來說，戰略採購追求的是質量優、成本低、交貨準、服務好。從質量來看，多個貨源時雖然大家都遵循同樣的質量標準，但是來料的質量並非完全一致，往往呈現不穩定狀態，畢竟每個供應商質量管理的水準有差異。同時，每個供應商送貨過來都要進行來料檢驗，檢驗次數多，檢驗費用也會增加。而在發展單一供應商後，因為它是最優秀的供應商，質量表現最好，質量也更穩定，檢驗頻率與抽樣數量就可以減少，甚至可以實施免檢。從成本來看，多個貨源時採購

分散，沒辦法去降低採購價格，總成本通常也很高。而在發展單一供應商之後，實施高度集中採購，規模效應就會顯現出來，就容易獲得價格優勢，總成本往往也更低。從交貨與服務來看，在發展單一供應商之後，因為實施了集中採購，企業很有可能是供應商的大客戶甚至最大的客戶，供應商在產能分配、供貨保障、技術支持與服務上，往往遵循大客戶優先的原則，可以更充分地滿足企業的需求，反而最終促使風險降低。

3. 與供應商的關係由短期交易到長期合作

傳統採購只關注單價，供應商的數目又多，因此供應商的變動非常頻繁，企業和供應商的關係是短期交易型的，是簡單的買和賣的關係。然而，戰略採購則將供應商視作夥伴，致力於長期合作。在企業有需要的時候，供應商可以挺身而出，犧牲短期的利益來換取長期的共贏。此外，企業也可以在與供應商簽署長期框架協議的前提下，推動供應商的持續改善，以使企業獲得更優的質量、更低的價格、更準時的交貨、更好的服務。

4. 採購部門的角色由被動執行到主動參與

傳統採購將採購看作是事務性工作，也就是簡單的下單、跟催、驗貨、付款等事項，因此採購只是被動地執行需求部門提出的要求。然而，戰略採購卻要求採購部門由被動執行轉變為主動參與。也就是說，戰略採購認為採購是一項技術活，非常強調採購的專業性，並要求採購的主動參與，也就是早期參與。早期參與是一個專門的採購機制，就是要早期參與到日常業務需求的確認中，但通常主要是指產品的研發過程的早期參與，這在一定程度上體現了對採購專業度的認可與尊重。此外，廣義的採購部門早期參與還包括了供應商的早期參與，這主要是考慮到供應商可以提供更多專業領域的信息。

一般認為，研發費用只占產品總成本的5%，而研發過程卻決定了產品70%以上的成本構成。在產品研發過程中，技術人員更注重的是技術的完美，而對成本考慮相對較少，或不太瞭解，採購部門的早期參與正好可以彌補這一點。比如差不多性能的材料，因為市場因素會導致採購價格差異很大；又如不同的結構，因市場的技術能力所限產生的差異也會很大，而採購人員往往能為產品研發提供這些信息。當然，這就要求我們不斷加強採購人員隊伍的專業化建設。

（三）戰略採購對企業管理的影響

戰略採購研究涉及的一個基本問題是如何界定戰略採購的戰略性角色。從提升企業持續競爭優勢和長期績效的機理層面解釋戰略採購，主要可以從以下幾個方面進行理解：一是產業組織理論從波特行業競爭力模型出發，認為供應商本身是一種討價還價的競爭力量，而且供應商可能通過向前一體化而成為企業的潛在競爭對手，或通過縱向一體化生產出替代產品。因此，對供應市場和交易關係管理的成功與否，對企業有著重要的戰略意義。二是交易成本理論認為，戰略採購可以有效控制管理供應市場和交易關係的成本，對企業和供應商的財務業績都有顯著的貢獻。三是資源基礎理論認為，在資源層面上，企業的競爭優勢體現在擁有競爭對手不具備的物質資源和人力資源。因此，採購為企業獲取獨特的物質資

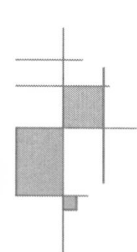

源，同時採購人員也是企業人力資源的組成部分，而戰略採購使企業通過與供應商進行半結合，形成買方企業—供應商的交易網絡。在這一網絡中，企業與供應商的專有資源可以共享，並且雙方都能夠從交易中獲取租金。四是根據威廉姆森的分析邏輯，規制結構是企業進行交易的制度安排；制度安排需要投入一定的人力和物力，這種利用經濟制度的成本即交易成本。規制結構會因為需要特定投入而發生交易成本，也會通過對交易進行組織和管理而改變買方企業的技術特徵和產品市場特徵從而創造效益。此外，企業組織和管理活動逐漸成為慣例，傳統的交易成本會在長期內趨於零，信息和知識成本成為主要的長期交易成本；信息和知識成本以及企業的動態能力在長期內決

> **知識小貼士：什麼是PMI?**
>
> PMI指數的英文全稱為Purchase Management Index，即採購經理指數。PMI是一套月度發布的、綜合性的經濟監測指標體系，分為製造業PMI、服務業PMI，也有一些國家建立了建築業PMI。目前，全球已有20多個國家建立了PMI體系，世界製造業和服務業PMI已經建立。PMI是通過對採購經理的月度調查匯總出來的指數，反應了經濟的變化趨勢。
>
> 中國製造業採購經理指數體系共包括11個指數：新訂單、生產、就業、供應商配送、存貨、新出口訂單、採購、產成品庫存、購進價格、進口、積壓訂單。以上各項指標指數基於對樣本企業採購經理的月度問卷調查所得數據合成得出，再對生產量、訂單數量、僱員人數、供應商配送時間與原材料庫存五項類指標加權計算得到製造業PMI綜合指數。
>
> 製造業PMI指數是一個綜合指數，計算方法全球統一。如製造業PMI指數在50%以上，反應製造業經濟總體擴張；低於50%，則通常反應製造業經濟總體衰退。PMI計算出來之後，可以與上月進行比較。如果PMI大於50%，表示經濟上升，反之則趨向下降。一般來說，匯總後的製造業綜合指數高於50%，表示整個製造業經濟在增長，低於50%表示製造業經濟下降。

定著企業的邊界。隨著賣方市場向買方市場的轉變，企業之間的競爭日益激烈。競爭不僅僅表現在質量和成本方面，客戶對於交貨的速度和品種與數量柔性也提出了越來越高的要求。因此，企業的發展依賴於自身的競爭優勢，企業要想保持持續的競爭優勢，必須擁有自己的核心競爭力。戰略採購作為新興的戰略理論，對企業競爭力的提升具有重要意義。

1. 戰略採購對降低採購總成本的影響

戰略採購強調以最低採購總成本為企業開發供應渠道，採購總成本最低這一概念涵蓋了整個供應鏈的運作下因採購行為導致的生產商相關採購總成本最低。簡單的說，戰略採購是以最低採購總成本建立業務供給渠道的過程，而不是以最低採購價格獲得當前所需原料的簡單交易。戰略採購的構成中重要的一項是供應商的優化。企業根據其核心經營職能的重要需求，通過對供應商進行評估，只保留最合適的，其目的是降低成本及選擇高質量的供應商。投資銀行有關調查結果顯示，現在採購及購買成本占到了整個銷貨成本的60%，而幾十年前採購成本所占的比例大概只有20%。降低採購總成本對公司利潤的貢獻是顯而易見的。

2. 戰略採購對提高企業創新能力的影響

戰略採購強調買賣雙方關係的建立。在這種合作性的交易關係中，企業與供

應商之間的信息交流非常頻繁，買賣雙方經常就產品設計、技術可行性交換意見，且戰略採購注重戰略供應商的早期介入。核心製造企業和原材料或部件供應商在新產品概念形成時便開始的合作被稱為供應商早期參與。企業通過借助供應商的技術長處、經驗累積，參與企業新產品的子系統或零部件的開發和設計，以提高產品的創新能力。企業通過不斷向市場推出新的產品來贏得市場份額，從而提高企業競爭力。美國的一些領先企業如惠而浦、波音和克萊斯勒公司已經將許多設計活動轉移給戰略供應商。

　　3. 戰略採購對規避企業風險的影響

　　經濟的全球化以及供應鏈的緊密相連，使得一個企業處於風口浪尖之時，與它關聯的企業甚至整個行業都不能獨善其身。不論是2008年金融海嘯引發的全球經濟危機導致多個企業的供應商倒閉，致使企業生產中斷甚至倒閉，還是2011年日本大地震所引發的全球多個產業鏈的中斷風險，風險管理已經成為企業高管必須重視的管理活動。戰略採購能夠通過與企業的戰略進行整合，尋找與企業戰略相吻合的供應商，邀請其參與到供應鏈中來，聯合制訂可變應急計劃，實施多級供應的即時可視性合同管理，並利用全球網絡進行外包等策略，以實現與供應商共同預測風險、識別風險、防範風險的目標。

　　總體而言，為了應對競爭，近年來企業在戰略採購管理方面廣泛進行了流程的優化和再造，對ERP等IT技術和組織重組方面都進行了大量投入，期望能夠優化物流和供應鏈管理，在競爭中占據有利的位置。對戰略採購管理進行優化是一個系統的工作，在這些工作中比較容易被忽略但是又非常重要的是對採購提前期管理的優化。採購提前期是供應商向企業承諾的，從接受採購合同、採購訂單到將物料交付給企業的週期。這個週期往往由供應商在合同或者訂單上向企業承諾。因此，在一般的製造企業裡，戰略採購提前期要占整個企業營運週期的80%左右。由於戰略採購提前期佔有如此之高的比例，在企業進行物流與供應鏈管理優化時，需要對戰略採購提前期的管理優化給予足夠的重視。

二、初創企業採購策略

　　作為初創企業，企業獲得利益的同時，能夠承擔對員工、社區、環境及消費者的社會責任就是企業的社會責任。在企業盈利的過程中，企業社會責任主要是協調與其他社會成員之間的利益和衝突。在社會責任視角下，面對採購過程出現的不良現象，企業要採取一定的策略。如正確評價生產商、正確評估中間商、合同中要有具體的採購要求、加強質量驗收和檢測、改變低價中標的評標策略、雇傭有經驗的採購人員、與供應商達成長期合作的共識、加強產品質量的檢驗和驗收、改變採購方式等。這樣才能在維護自身長期利益和企業發展的同時，切實保障員工和消費者的利益，並降低對環境的危害。

（一）要正確合理的評估生產商

　　在購買某產品時，關鍵的一點是採購人員應充分地瞭解生產廠商。需要瞭解的內容主要包括以下幾點：生產許可證、產品質量、廠商口碑、客戶服務、質量

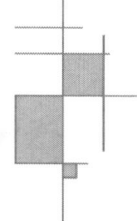

管理體系、技術手段、生產能力、過往參與過的項目、產品價格等。不管該企業是不是ISO9000 QA 認證的企業，採購人員都應在採購前對生產廠商進行比較全面的瞭解，同時還需瞭解供應商的管理團隊、管理體系，以及是否有良好的執行能力。

（二）要正確合理地評估中間商

中間商是產品流通的中間環節，絕大多數的產品都要經過這一環節，因此選擇、管理、控制好中間商就成為採購監控的重點。為了防範採購時出現以次充好等問題，要嚴格管理中間環節，及時評估中間商的供貨能力。評估中間商時，要注意中間商的經營範圍、財政狀況、過往供貨的項目及其客戶的反饋、供貨價格、供貨質量和儲備能力、合作的物流企業等內容。

> **知識小貼士：採購策略及其要求是什麼？**
>
> 採購策略旨在確定物資採購及操作執行的管理原則，以提高採購效率、採購操作規範性及採購總成本的控制水準。
>
> 一般來說，採購計劃的制訂要求主要包括以下幾個方面：一是節約採購成本。如果批量會影響採購成本（如折扣條件、快遞費用），應選擇適當的訂購數量。二是防止資金被套。買了一段時間內用不到的物料，運作資金將長時間被套，而急需的物料卻可能沒買到。三是防止庫存積壓。如同資金被套，買了用不到的物料，也會造成庫存積壓，增加管理成本，形成不良資產，變為呆料，最後可能導致變質報廢。四是防止庫存爆倉。對於採購批量大，倉庫存放空間有限，採購週期穩定的物料，應分批做採購計劃，防止庫存爆倉，也減少對週轉資金的占用。五是防止生產缺料。制訂採購計劃時，應將生產損耗、有效庫存、採購週期考慮在內，防止生產過程中發生缺料現象，影響生產，造成人力物力浪費，拖延交期。

（三）採購合同中要有明確的採購要求

在採購時，合同中要詳細描述採購要求。採購的要求可以包括產品規格、型號、技術、數量、質量、類別、驗收標準及方式、地點、交付時間和付款方式等方面。這樣可以降低買到次品的風險。需要注意的是，對於這些要求，雙方要逐條核對，以便達成共識。特別是對於工程採購來說，相關材料和設備、工具等也要描述清楚，比如說要詳細規定鋼材、電器元件、摻合料、防水材料、機電設備、外加劑、焊條和儀器等內容。

（四）加強產品質量的檢驗和驗收

企業要加強產品質量的檢驗和驗收工作。在確定購買產品之前，要嚴格核查產品相關證明材料，如產品質量證明文件、產品的許可證編號和安全認證標誌等。同時，企業還要特別留意產品的性能和質量是否符合企業要求，與所留的樣品進行仔細核對，如果發現劣質產品或者不符合企業既定要求的產品，要暫緩交易，嚴重不合格的產品要拒絕接受，或者按照合同進行處罰。採購商也可以派遣一些具有良好職業道德以及一線實踐經驗的專業技術人員進入生產商的生產基地進行檢驗，這也是防範生產商以次充好、確保採購商品質量和售後服務的有效策略之一。

（五）改變低價中標的評標原則

在招投標時，很多企業都會採用最低競標價的策略。這是由於評標者往往會過多地關注標價，而忽略產品的質量和服務，這會讓投標者鑽空子，以次充好，以低價取勝。所以，如果評標者以往習慣於看重價格比較低的產品時，一定要改變自己平時的評標策略，多注意產品的質量、服務等一系列的問題。在不低於成本價的基礎上，企業以較低價格中標就叫作合理低價中標。

（六）雇傭有專業知識能力的採購人員

採購人員上崗前，企業要對採購人員進行一些考核或者投入一定的資金和時間對採購人員進行崗前培訓。具體來說，對採購人員的培訓應當包括職業道德、產品知識、採購技能、人際溝通、談判技巧等相關知識和技能，同時也要督促採購人員自己加強學習，不斷提升業務能力，豐富採購經驗，從而打造一支高素質的專業採購人員隊伍，強化企業採購效果。

（七）與供應商建立長期的合作

為了提高企業的利潤、獲得較高質量的產品和避免以次充好現象的出現，企業可以與供應商建立長期的合作關係，成為良好的合作夥伴。具體來說，企業和供應商建立良好的合作夥伴關係一般可以通過以下幾個步驟：一是分析採購產品或服務的關鍵因素；二是選擇合適的供應商；三是對供應商的運作及交付業績進行評價和考核；四是與所選擇的供應商確定合作夥伴的關係，進行試營運；五是營運過程中不斷磨合併完善流程，防範運作中的風險；六是持續進行供應商開發，確保合作的雙贏。這樣不僅可以保證產品質量的穩定，而且長期合作可以確保在價格上具有一定的優勢，從而降低成本，提高利潤。

（八）改變採購的方式

企業進行採購時，要採用多元化的採購方式，盡量避免單一化的採購方式和渠道，朝著多元化的方向發展，可以採取多種採購方式相結合的方式，比如：集中採購與分散採購相結合、多供應商與單一供應商相結合、全球化採購與本地化採購相結合、製造商採購與分銷採購相結合、自營採購與第三方採購相結合等。

三、初創企業採購談判及其技巧

「談判」，有些人稱之為「協商」或「交涉」，是擔任採購工作最吸引人的部分之一。談判通常發生在金額大的採購上，由於企業是自選式量販廣場，採購金額很大，因此談判工作就顯得格外重要。採購談判一般都被誤以為是「討價還價」，談判在韋氏大辭典的定義是：「買賣之間商談或討論以達成協議」。故成功的談判是一種買賣之間經過計劃、檢討及分析的過程達成互相可接受的協議或折中方案。這些協議或折中方案裡包含了所有交易的條件，而非只有價格。談判與球賽或戰爭的不同點在於：在球賽或戰爭中只有一個贏家；在成功的談判裡，雙

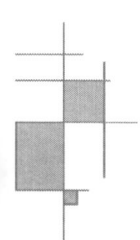

方都是贏家，只是一方可能比另一方多贏一些，這種情況是商業的常事，也就是說，談判技巧較好的一方理應獲得較多的收穫。

(一) 採購談判理論概述

在採購工作上，談判通常有五項目標：一是為相互同意的質量條件的商品取得公平而合理的價格。二是要使供貨商按合約規定準時與準確地執行合約。三是在執行合約的方式上取得某種程度的控制權。四是說服供貨商給本公司最大的優惠。五是與表現好的供貨商取得互利與持續的良好關係。

採購談判要力爭達到公平而合理的價格。談判可單獨與供貨商進行或以數家供貨商競標的方式來進行。單獨進行時，採購人員最好先分析成本或價格；數家競標時，採購人員應選擇兩三家價格較低的供貨商，再分別與他們進行談判，求得公平而合理的價格。

採購談判時要特別注意採購交貨期。採購交貨期通常是供貨商的最大問題，這大多是因為：①採購人員訂貨時間太短，供貨商的生產無法配合；②採購人員在談判時，未認真考慮交貨期的因素。不切實際的交貨期將危害供貨商的產品質量，並增加他們的成本，會間接導致供貨商的價格提高。故採購人員應隨時瞭解供貨商的生產狀況，以調整訂單的數量及交貨期。

採購談判時要特別關注供貨商的表現。這是由於表現不良的供貨商往往會影響到本公司的業績及利潤，並造成客戶的不滿。故採購人員在談判時，除價格外還應談妥合約中有關質量、數量、包裝、交貨、付款及售後服務等條款及無法履行義務之責任與罰則。對於合作良好的供貨商，則應給予較多的訂單或通過其他的方式來獎勵供貨商。畢竟買賣雙方要互利，才可維持長久的關係。此外，採購時還要特別注重與供貨商關係的維持。採購人員應認識到任何談判都是與供貨商維持關係的過程的一部分。若某次談判採購人員讓供貨商吃了虧，供貨商若找到適當時機時，也會利用各種方式「回敬」採購人員。因此，採購人員在談判過程中應在衡量本公司與供貨商的短期與長期利益的基礎上，求取一個平衡點，以維持長久的關係。

採購談判中存在著有利與不利的因素。採購人員應設法先研究市場的供需與競爭的狀況、供貨商價格與質量的優勢或缺點、成本的因素、時間的因素、相互之間的準備工作等各方面因素。

(二) 採購談判技巧

談判技巧是採購人員的利器。談判高手通常都願意花時間去研究這些技巧，以求事半功倍。下列談判技巧值得初創企業採購人員進行一定的研究。

一是談判前要有充分的準備。知己知彼，才能百戰百勝。成功的談判最重要的步驟就是要先有充分的準備。採購人員對商品知識、市場及價格、供需狀況、本公司、供貨商、本公司所能接受的價格底線、目標、上限，以及其他談判的目標都必須先有所準備，並列出優先級，將重點簡短地列在紙上，在談判時隨時參考，以提醒自己。

二是談判時要盡量避免談判破裂。有經驗的採購人員，不會讓談判完全破裂，否則根本不必談判，他總會給對方留一點退路，以待下次談判達成協議。沒有達成協議總比勉強達成協議好。

三是只與有權決定的人進行談判。企業的採購人員可能會接觸到業務代表、業務各級主管、經理、協理、副總經理、總經理或董事長等談判對象，具體主要視供貨商的規模大小而定。這些人的權限都不一樣。採購人員應避免與沒權決定事務的人談判，以免浪費自己的時間，同時也可避免事先將本公司的立場透露給對方。因此，採購談判之前，最好問清楚對方的權限。

> **知識小貼士：一流談判者的六個必要條件**
> （1）有意願並承諾去仔細計劃、瞭解產品及替代方案，有勇氣去刺探及證實情報；
> （2）良好的商務判斷力，能找出真正的底線及癥結；
> （3）能承受矛盾及晦暗不明的壓力；
> （4）堅定支持有利於雙方互惠、雙贏的理念；
> （5）有從個人角度透視談判的洞察力，亦即能體察出個人影響談判的潛伏因素；
> （6）有基於知識、規劃和良好的內部談判能力產生的自信。

四是盡量在本企業辦公室內談判。在自己的企業內談判除了有心理上的優勢外，還可隨時得到其他同事、部門或主管的必要支持，同時還可節省時間與旅行的開支。

五是放長線釣大魚。有經驗的採購人員知道對手的需要，故會盡量在小處著手滿足對方，然後漸漸引導對方滿足採購人員自己的需要。當然，採購人員也要積極避免先讓對手知道自己的需要，否則對手可能會利用此弱點要求採購人員先做出讓步。

六是採取主動的同時要避免讓對方瞭解本公司的立場。攻擊是最佳的防禦，採購人員應盡量將自己預先準備的問題，以開放式的問話方式，讓對方盡量暴露出他的立場，然後再採取主動，乘勝追擊，給對方足夠的壓力，對方若難以招架，自然會做出讓步。

七是必要時能夠快速轉移話題。若買賣雙方對某一細節爭論不休，無法談攏，有經驗的採購人員會轉移話題，或喝個茶暫停，以緩和緊張氣氛。

八是盡量以肯定的語氣與對方談話。否定的語氣容易激怒對方，讓對方沒有面子，導致談判難以進行。故採購人員應盡量肯定對方，稱贊對方，給對方面子。

九是盡量成為一個好的傾聽者。一般而言，業務人員總是認為自己是能言善辯的。因此，採購人員應盡量讓他們講，從他們的言談及肢體語言之中，可聽出他們的優勢與缺點，同時也可瞭解他們的談判立場。

十是盡量為對手著想。全世界只有極少數的人認為談判時，應趕盡殺絕，絲毫不能讓步。事實證明，大部分成功的採購談判都是要在彼此和諧的氣氛下進行才可能達成。人都是愛面子的，任何人都不願意在威脅的氣氛下談判，何況企業與良好的供貨商應該是細水長流的合作關係，而不是對抗的關係。

十一以退為進。有些事情可能會超出採購人員的權限或知識範圍，採購人員不應操之過急，導致做出不應做的決定。此時不妨以退為進，與主管或同事研究

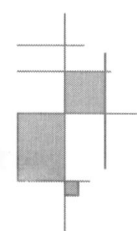

或弄清事實情況後,再答覆或決定也不遲,畢竟沒有人是「萬事通」的。草率倉促的決定大部分都不是好的決定,智者總是先深思熟慮,再做決定。

十二不要誤認為五五分最好。有些採購人員認為談判的結果是五五分最好,彼此不傷和氣,這其實是錯誤的想法。事實上,有經驗的採購人員總會設法為自己的企業爭取最好的條件,然後讓對方也得到一點好處,能對他們的企業有所交代,因此站在採購方的立場,若談判的結果是六四分、七三分,甚至是八二分,也就不會「於心不忍」了。

總而言之,採購人員在進行談判時要是能夠避免準備不周、缺乏警覺、脾氣暴躁、自鳴得意、過分謙虛、不留情面、輕諾寡信、過分沉默、無精打採、倉促草率、過分緊張、貪得無厭等談判十二戒,適時採取避重就輕、最後通牒、軟硬兼施及各個擊破等方法,就會大大增加談判成功的概率。

四、供應商的甄選與評估

作為初創企業,如何來選擇最佳供應商呢?初創企業在供應商開發的流程中,首先,要對特定的分類市場進行競爭分析,要瞭解誰是市場的領導者,目前市場的發展趨勢是怎樣的,各大供應商在市場中的定位是怎樣的,從而對潛在供應商有一個大概的瞭解。其次,除了要瞭解戰略採購的特點對供應商選擇的影響及基於戰略採購的供應商選擇流程,更需要建立基於戰略採購的供應商選擇評價指標體系等,為企業在進行戰略採購的供應商選擇時做到有據可依。

(一) 戰略採購的特點對供應商選擇的影響

採購活動的目標是通過可行、有效的方法選擇合適的供應商。與傳統採購重點關注具體的採購活動不同,戰略採購關注的是企業長遠的、全局性的問題,其目標是提高企業的競爭力,促進企業的持續發展,如表4-4所示。這兩種採購模式的差異性給供應商的選擇帶來了一定的影響。

表4-4　傳統採購供應商關係管理與戰略採購供應商關係管理的差異

	傳統採購供應商關係管理	戰略採購供應商關係管理
供應商數目	多數	少數
供應商關係	短期、買賣關係	長期合作、夥伴關係
企業與供應商的溝通	僅限於採購部與供應商、銷售部之間	雙方多個部門溝通
信息交流	僅限於訂貨收貨信息	多項信息共享
價格談判	盡可能低的價格	互惠的價格,雙贏
供應商選擇	憑採購員經驗	完善的程序
供應商對企業的支持	無	提出建議
企業對供應商的支持	無	技術支持

1. 戰略採購的全局性使供應商選擇的流程、參與實施的主體不同

戰略採購是站在企業戰略的高度上考慮問題,需協調的面更廣。而且,相對

於傳統採購具有明確的採購標的，戰略採購首先要確定適合戰略採購的物資。這些都無疑拉長了採購的流程。傳統採購主要由採購部門完成，而戰略採購則有賴於採購部門和企業其他職能部門、供應商的共同努力，即參與實施的主體更多。

2. 對供應商的定位、期望不同使供應商選擇的方式、標準不同

傳統採購過程中，通常採用招標、競爭性談判、詢價等方式選擇供應商，價格、質量性能、售後服務以及業績等指標是選擇供應商的主要標準。而且，傳統採購與供應商的關係相對簡單、穩定性相對較差。戰略採購則由於對供應商的定位是長期穩定的合作夥伴，因而除關注傳統採購考慮的因素外還要考慮與供應商的優勢互補、供應商的發展能力、合作能力等因素。相應地，選擇的方式就不能是簡單的招標或談判了，而是建立在對供需情況、數據信息的收集和分析的基礎上，通過更為全面、合理的評審標準和方法來選擇有價值的供應商。

（二）基於戰略採購的供應商選擇流程

戰略採購選擇供應商時一定要遵循以下原則：營運較好的供應商、以品質和總成本為主要導向、滿足公司採購戰略佈局、具備良好的可持續發展潛力、具有橫向整合潛力。戰略採購對供應商的選擇過程一般包括採購物資特性分析，確定戰略採購物資，確定選擇戰略供應商的目標，確定戰略供應商選擇的指標和方法，收集、整理有關的數據信息，成立戰略供應商評審專家組，對潛在戰略供應商的評價，戰略供應商的確定等，如圖4-11所示。

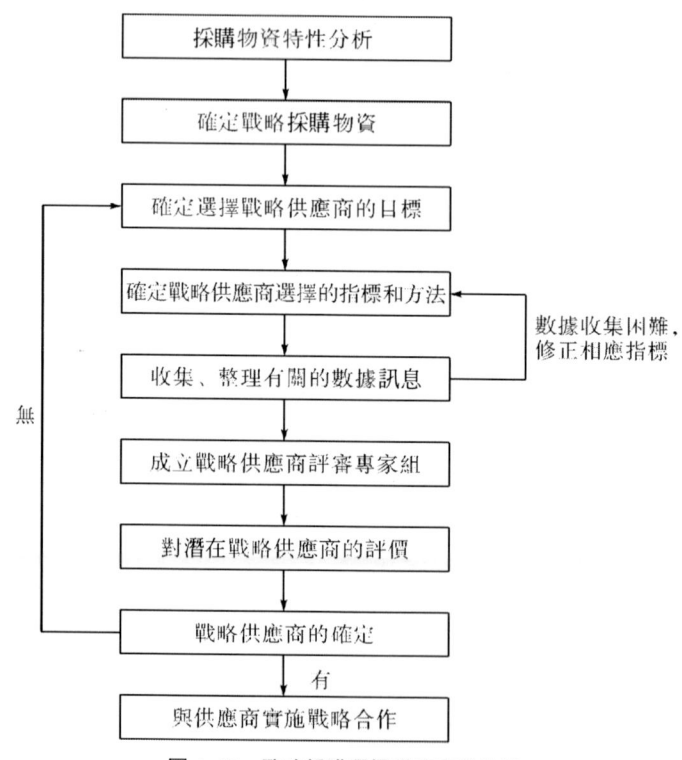

圖4-11 戰略採購選擇供應商的流程

一是採購物資的特性分析。企業需要採購的物資多種多樣，並不是每個品種都要選擇戰略供應商。這就需要對採購物資的供需市場狀況、物資本身的特點以及對企業業務的影響等方面進行分析，以便對採購物資進行合理的分類。

二是確定戰略物資。根據步驟1對物資的分析結果，對物資進行分類，確定可以實施戰略採購的物資。目前對物資分類的研究相對比較成熟，常見的是用分類矩陣的方法進行分析。其基本思想是：首先，將上述分析的因素分為採購規模重要性、業務重要性兩類，作為矩陣的兩個坐標軸；其次將分析調查的因素按照預先設計的指標和權重進行量化評分；最後根據得分情況確定物資所處的矩陣位置，進而確定物資的種類。分類矩陣及各類物資的特點如圖4-12所示。

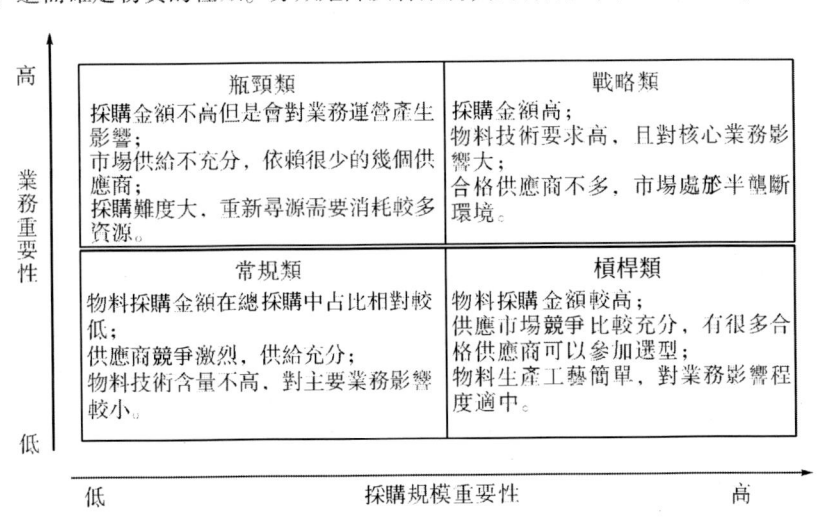

高 ↑ 業務重要性 ↓ 低	瓶頸類 採購金額不高但是會對業務運營產生影響； 市場供給不充分，依賴很少的幾個供應商； 採購難度大，重新尋源需要消耗較多資源。	戰略類 採購金額高； 物料技術要求高，且對核心業務影響大； 合格供應商不多，市場處於半壟斷環境。
	常規類 物料採購金額在總採購中占比相對較低； 供應商競爭激烈，供給充分； 物料技術含量不高，對主要業務影響較小。	槓桿類 物料採購金額較高； 供應市場競爭比較充分，有很多合格供應商可以參加選型； 物料生產工藝簡單，對業務影響程度適中。
	低　　　　採購規模重要性　　　　高 →	

圖4-12　物資分類矩陣

三是確定選擇戰略供應商的目標。根據企業的實際情況確定除價格、質量等傳統採購考慮的因素之外預期達到的目標，包括戰略供應商的數量、對供應商在貨源保證、技術開發合作等方面的要求等。

四是確定戰略供應商選擇的指標及方法。這一步是對潛在戰略供應商進行評價的依據和標準，是選擇戰略供應商的關鍵。選擇的指標應能反應行業和供需市場環境的特點，選擇的體系及方法應有效、可操作。

五是收集、整理有關的數據信息。根據評價指標的設計，調查收集企業、供應商以及市場的有關數據信息，並確保這些信息的準確性，這是做好戰略供應商選擇的基礎。

六是成立戰略供應商評審專家組。評價和選擇戰略供應商必須發揮專家優勢，使整個過程選擇專業、決策民主。專家組成員應包括採購、質量、生產運行、技術以及戰略規劃等部門的專家。

七是評價和選擇供應商。首先，企業根據以往的採購經驗和步驟1的分析，確定潛在戰略供應商的短名單。應將居於行業領先地位、具有較強影響力且願意與企業建立戰略合作關係的供應商納入到短名單中。其次，在收集相關數據信息

的基礎上，利用確定的評價指標體系及方法對潛在戰略供應商進行評價。最後，根據評審情況，確定合適的戰略供應商。

八是與確定的戰略供應商實施合作。企業與確定的戰略供應商就合作的細節進行協商，達成一致意見，簽訂戰略合作協議。戰略採購實施過程中，企業可以根據對戰略合作情況的實施以及市場變化、供應商自身變化及採購需求變化的瞭解，對戰略合作協議進行修訂或調整戰略供應商。

（三）基於戰略採購的供應商選擇評價指標體系的建立

戰略採購選擇供應商時要遵循一定的原則，成立供應商評估和選擇小組，建立完善的績效評估體系，統一合理的評估標準，挑選合適的評估者並進行合理分工，制定明確的操作規程，搜集供應商的相關信息數據，進行綜合評分並最終確定供應商。

1. 基於戰略採購的供應商的選擇評價指標的選取原則[1]

戰略採購環境下供應商的選擇需考慮的因素較多，且相互關係較為複雜。為了使評價指標體系能更好地反應出戰略採購的特點，為企業選擇合適的戰略供應商提供可靠的依據，對評價指標的選擇應遵循以下原則：一是全面、實用原則。供應商評價指標體系應能全面、準確地反應供應商各方面的情況，並且能將每個評價指標與選擇戰略供應商的目標有機地結合起來。但是，評價指標的選擇也不是越多越好，指標太多可能會導致拘泥於細小的問題。所以應注重實用性，力求能夠真實有效地反應出戰略採購的特點和潛在戰略供應商的綜合能力。二是定性、定量指標相結合原則。儘管定性評價指標由於受主觀因素的影響可能會產生偏差，但從全面、有效評價的角度考慮，應在盡可能選擇定量指標的前提下，適當選取定性指標。三是可操作性原則。選取的指標要有明確的含義和確切的表示方法，而且無論是定量指標還是定性指標，都應注意指標數據來源的可實現性、獲得數據的難易程度以及數據的真實性，從而確保該指標切實可操作。

2. 基於戰略採購的供應商選擇評價體系的建立

根據前面基於戰略採購的供應商選擇評價指標的選擇原則以及從事採購工作的實踐經驗，這裡主要將評價指標體系分為整體實力、產品質量、價格水準、服務水準、合作能力及市場能力六方面，每一個方面根據不同情況設置了一級指標、二級指標，並對部分二級指標又進一步設置了三級指標，具體情況如表4-5所示。

（1）整體實力。

一是規模。這是反應整體實力的一個重要指標，包括供應商的總資產、銷售收入、產能等三級指標，可以用供應商的相應數據與行業平均水準進行比較，數值高者得分高。

二是行業地位反應供應商在市場中的地位，能影響其在供需市場中的話語權，包括市場佔有率、品牌認可度兩個三級指標。其中品牌認可度是定性指標，

---

[1] 範淼章. 基於戰略採購的供應商選擇評價指標體系研究［J］. 企業研究，2012（16）：9-12.

由專家根據實際情況打分得出有關數據。

　　市場佔有率＝供應商產品銷售收入÷同行業該產品銷售收入總額×100％

　　三是人員素質水準、裝備水準、管理水準以及技術能力。這些要素是供應商進行市場競爭的基礎。三級指標中，設備及工藝的先進性、經營理念和管理方法的先進程度、對產品標準和規範的制定能力為定性指標。管理體系認證情況、專利及發明數量可以根據不同供應商的擁有數量進行評比。其他三級指標可根據以下方法計算：

　　人員素質水準＝專業技術（經濟）人員數量÷員工總人數

　　四是發展潛力。即企業持續發展的能力，也是反應戰略採購特點的指標，其三級指標均為定量指標。

　　新產品的貢獻能力＝新產品銷售收入÷銷售收入

　　研發經費投入情況＝研發費用÷銷售收入

　　年均固定資產投資增長率＝年固定資產增長率的總和÷投資年份

　　五是財務狀況反應供應商的經營情況，除資信等級為定性指標外，其他均為常用的定量指標。

（2）產品質量。

　　產品質量是與供應商進行合作的基礎指標。質量水準指標根據產品的不同特點，可用產品等級、使用效率或者一定時間內的維修頻率來反應。持續改進的能力是指供應商在產品質量上是否有持續進行改善的願望和能力，可以用一定時期內對產品的改進、升級次數及效果來反應。

（3）價格水準。

　　價格水準這主要包括兩個三級指標，其中相對價格水準是供應商價格與行業平均價格水準相比具有的競爭力，可用以下方法計算：

　　相對價格水準＝產品價格÷同行業該種產品的平均價格

　　價格的穩定性對企業的成本變化來說非常重要，因而是一個重要的指標，可以用供應商價格變動的頻率和幅度來反應。

（4）服務水準。

　　服務水準可用一定時期內的三個定量指標來評價，計算方法如下：

　　服務承諾的履行情況＝供應商實現的服務項目數÷其承諾的服務項目總數

　　問題解決的及時性＝規定時間內解決問題的數目÷向供應商提出的問題數

　　用戶滿意度＝得到滿意解決的問題數÷向供應商提出的問題數×100％

（5）合作能力。

　　合作能力是反應戰略採購的關鍵指標，體現了戰略採購的特點。

　　一是業務關聯水準。這是反應供應商與企業業務聯繫緊密程度的一個指標。產品關聯程度可以用企業在用的供應商產品種類數的比較來表示。產品在企業的市場佔有率反應了該供應商產品在企業的使用情況，也反應了企業的使用習慣，影響著企業的綜合成本。該指標可用以下方法計算：

　　產品在企業的市場佔有率＝企業對供應商產品的採購額÷企業對該類產品的總採購額×100％

二是對產品設計的支持能力。該項指標可反應供應商對企業的個性化需求、技術合作的能力，可以根據一定時期內技術合作的情況進行定性分析。

三是供貨支持能力。三個三級指標中緊急情況支持能力和交貨調節能力為定性指標，可以根據一定時期內供應商對緊急訂單的處理情況、交貨週期的靈活性等進行定性分析。準時交貨率可以按以下方法計算：

準時交貨率＝按時按量交貨的批次÷應交貨總批次×100%

四是經營理念、管理水準的兼容性。該指標主要反應供應商與企業在經營理念和管理水準的接近程度。接近程度越高，戰略合作雙贏目標實現的可能性越大。

五是信息的共享水準。該指標是反應供應商與企業信息溝通交流和傳遞及時性、準確性、有效性的定性指標。

（6）市場能力。

在供應商發展能力層面上，主要體現為供應商的信譽和創新，這裡主要選取了顧客滿意度、創新能力。其中顧客滿意度，即顧客滿意度指數，是近幾年來經常採用的一種新的指標，主要是由顧客滿意、企業形象、感知價格和顧客忠誠等因素構成，是供應商信譽的重要表現。顧客滿意度的高低與供應商的長期生存與發展存在著密切的關係，是戰略採購中供應商選擇應考慮的必要指標。創新能力指標主要包括新產品研發能力、新產品的銷售比率和員工的培訓等。創新能力集中反應了供應商的長期發展能力，從發展的角度來看，這是評價供應商長期性的必要指標。其中，新產品研發能力計算公式如下：

新產品研發能力＝研發的新產品數÷產品總數

表 4-5　　基於戰略採購的供應商選擇評價指標體系

一級指標	二級指標	三級指標
整體實力	規模	總資產、銷售收入、產能
	行業地位	市場佔有率
		品牌認可度
	人員素質水準	
	裝備水準	設備及工藝的先進性
	管理水準	經營理念和管理方法的先進程度
		ISO 質量管理體系、環境管理體系的認證情況
	技術能力	專利、發明數量
		對產品標準、規範的制定能力
	發展潛力	新產品的貢獻能力
		研發經費投入情況
		年均固定資產投資增長率
	財務狀況	銷售利潤率
		資產負債率
		資產週轉率
		資信等級

表4-5(續)

一級指標	二級指標	三級指標
產品質量	質量水準	
	持續改進的能力	
價格水準	相對價格水準	
	價格的穩定性	
服務水準	服務承諾的履行情況	
	問題解決的及時性	
	用戶滿意度	
合作能力	業務關聯水準	
	對產品設計的支持能力	
	供貨支持能力	準時交貨率
		緊急情況支持能力
	經營理念、管理水準的兼容性	交貨調節能力
	信息的共享水準	
市場能力	顧客滿意度	顧客滿意
		企業形象
		感知價格
		顧客忠誠
	創新能力	新產品研發能力
		新產品的銷售比率
		員工的培訓

需要注意的是，根據上述評價指標體系的建立情況，在具體使用過程中還應注意以下幾點：一是評價指標的選擇。上述指標不是一成不變的，而是可以根據物資種類、供需市場狀況等因素的不同進行相應調整，既簡單易行又能真實反應出供應商之間的差別。二是評價指標權重的確定。這也是進行供應商評價的關鍵工作之一。與傳統的根據經驗確定權重相比，根據層次分析法、德爾菲法等運籌學方法來確定指標體系中的指標權重會更具科學性。三是定性指標分值的設定。應在充分徵求專家及具體使用部門意見的基礎上進行合理的劃分。然後，根據戰略供應商的目標數量與評價結果確定入選的戰略供應商。

五、採購關鍵內容控制[①]

作為初創企業的管理者，肯定想以最少的成本獲取最大的利潤。如何做到呢？途徑之一就是盡量做到最優化採購管理。而初創企業要實現最優採購管理，就要精準控制採購的戰略成本、採購戰略、採購流程、採購組織及與供應商的關

---

① 錢芝網. 影響戰略採購成功實施的關鍵要素分析[J]. 商業經濟與管理, 2009 (9)：11-16.

係等關鍵內容，達到企業整體採購的最優化效果。

（一）戰略成本分析

戰略採購的目的是要降低採購總成本，實現整體利益的最大化。因此，要成功實現戰略採購，首先要對採購總成本進行分析，構建採購總成本模型，這是實施戰略採購的基礎。其次任何一個正確的採購決策都不僅僅只是單純考慮商品的採購價格，建立採購總成本模型，還要考慮運輸費用、質量成本、庫存維護成本等。在戰略總成本建模中，首先應當考慮的是採購品種的分類，即找出占80%採購成本的20%核心產品，考慮這類材料採購的數量、需求、規格、定價、供應商等採購管理類別，重點選擇該類品種開展工作，建立供應商名單，對供應商進行調查。其次，通過深入分析原材料的供應市場，全面收集供應商的數據信息，初步擬定原材料的供應商名單，並通過數據分析、檢驗、調整和比較行業採購成本數據和績效表現水準，在此基礎上制定採購策略。可以說，總成本建模是戰略採購中最重要的組織能力，為採購過程的一切活動（包括：從制定戰略到簡化設計、改善供應商的成本和降低採購成本）奠定了基礎。

（二）採購戰略分析

採購戰略是企業根據其戰略採購規劃，運用現代管理技術，分析並整合企業的內外部資源，求得企業的資源需求與市場變化的平衡，確保企業獲得穩定的、低成本的原材料和零部件供應的一系列策略措施的總稱。合理的採購戰略可以降低成本，形成核心競爭力，取得市場的領導地位。採購戰略已成為企業根本戰略的一個重要組成部分，並影響到整個企業的盈利。企業實施採購戰略時，可採用下列採購戰略。

一是採購量集中戰略。主要做法有：減少供應商數目、跨業務單元的採購量整合、重新分配向各供應商採購的數量、集中不同採購集團的數量、與供應商建立聯盟關係。

二是產品規格改進戰略。主要做法有：配件標準化、尋找替代品、運用產品價值分析、分析使用的生命週期成本、建立長期供貨關係。

三是最優價格評估戰略。主要做法有：內部採購價格比較、重新談判或壓低價格、將價格拆解並分析供應商的成本模型、適度運用「退出威脅」、競爭性投標、在各潛在供應商內比較總成本、根據供應商的獲利能力定價格、建立長期供貨關係。

四是聯合程序改進戰略。主要做法有：重組業務流程、整合優化物流管理、聯合產品開發、建立長期供貨關係、共享改進後的利益。

五是合作關係重整戰略。主要做法有：分析核心能力、審核採用自行生產或採購的戰略性決定、調整縱向整合的程度、設立合資企業、運用戰略聯盟或夥伴關係、建立或開發主要供應商。

六是全國或全球採購戰略。主要做法有：拓展供應商的地理範圍、尋找新的供應商、善用匯率波動、善用貿易獎勵措施、善用反貿易、靈活運用二級供

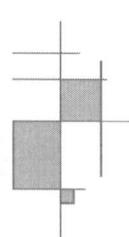

應商。

在設計採購戰略的過程中，需要對上述戰略進行全面、細緻的分析與考慮，要根據採購對象的具體情況和市場供應狀況分別採用或綜合採用不同的採購戰略，做到採購戰略與採購類別的匹配。特別是，對不同的採購活動類別應實行差異化的採購策略，並分別優化操作流程，以使採購事務性工作量減少，工作效率大大提高，採購人員能有更多的時間關注價值驅動因素。

此外，初創企業在採購過程中還應實行標準合同管理。這是因為實行標準合同管理可以降低採購成本，促進產品質量的提高和穩定。

總而言之，如果採購戰略運用不當，就會增加採購成本、降低採購速度，最終導致戰略採購的價值不能實現。

(三) 採購流程分析

採購流程是採購業務的操作程序。採購流程是否科學、合理，不僅影響採購的效率，而且會影響到採購品的質量和準確性。許多企業的採購部門與其他部門之間往往缺乏必要的溝通與銜接，不能通過與生產、銷售、研發等部門事前的及時溝通，提前做好各項採購準備工作，只是坐等採購任務的下達，之後才開始付諸實施。由於每項採購活動都要預先經過層層審批才能進行，這樣必然會影響採購的效率；再加上有時還要臨時尋找供應商，這就造成了採購活動週期變長。應急性的、臨時性的採購經常發生，導致採購部門總是在疲於奔命地買東西，根本沒有時間做詳細的市場調查，其結果就是對供應市場的狀況和走勢缺乏清晰的瞭解和判斷，當然不可能做到戰略採購了。至於採購中舍近求遠、舍低就高的現象更是屢見不鮮。

由於採購週期通常都很長，企業為了保持生產的持續性和穩定性，不得不儲備一定數量的物資以備不時之需，這就增加了庫存成本。因此，有必要對採購業務流程進行整合。採購業務流程整合就是要加強相關部門之間的溝通，簡化採購環節，節約採購時間，提高採購效率，使採購逐漸由程序化地、單純地購買向前瞻性、跨職能部門轉變。為此，一要建立採購信息系統。該系統應和企業的計劃部門、生產部門、研發部門、銷售部門、存儲部門和財務部門連接，通過信息系統來共享庫存零部件、生產領用料、銷售計劃、臨時計劃、物料需求計劃等信息。二是將研發部門的臨時採購計劃納入原材料和零部件需求計劃中，理順物料需求計劃和臨時採購計劃之間的關係。三是要在廣泛調研市場的基礎上，結合企業實際情況，通過招標採購、電子採購等方式，擴大供應商選擇視野，增強對關鍵外購件的議價能力，使採購價格趨於合理。四是讓供應商參與企業的產品設計和新產品開發，以便利用供應商的專業技術優勢縮短產品開發時間，並基於戰略合作夥伴關係，相互公開成本信息，通過整合與供應商和客戶的採購流程，降低整體運作成本，提高採購質量。五是採購部門要參與企業戰略計劃過程，並在做出戰略選擇時融入採購和供應鏈管理的思想，這樣才能提高採購工作的前瞻性。

(四) 採購組織分析

採購職能在企業中往往由專門設立的採購部獨立承擔。作為企業的一個職能部門，採購部往往相對獨立地開展工作，與企業的其他部門如技術設計部門、生產施工部門、市場行銷部門、財務管理部門等很少進行直接的溝通。採購部只關心物料的採購供應，保證生產不會因原材料的供應不上而停工待料，這就導致了企業庫存的居高不下。特別是採購部門很少參與企業的研發工作，新產品的開發和供應往往由負責產品開發的技術部門來負責，採購部門只是被動地執行採購任務。因此採購部對於開發新產品、降低生產成本、改善產品品質缺乏必要的關心，這就造成了採購的高成本，採購品的質量也難以得到保證。

鑒於此，企業必須對採購組織進行改造，通過改造，將採購組織由企業的一個職能部門變為企業的一個流程部門。這一流程部門應包括採購部、技術設計部、生產製造部、產品研發部、銷售部、IT部，有時還要吸收供應商加入，由該組織對企業採購供應的質量、價格、總成本等負責。這樣做使得採購組織能夠主動與生產、研發、銷售等部門進行溝通，能夠隨時瞭解生產的物料供應需求，提前主動地做好各項採購準備工作，提高採購效率，縮短採購週期。該流程部門由於吸收了供應商的加入，有利於改善和供應商的關係，能夠爭取到供應商的優惠價格，也能保證採購品的質量。另外，由於採購組織對企業的採購負全責，因此，整個企業的採購環節職責清晰，分工明確，減少了審批環節，既能縮短採購週期，又能調動採購部門員工的積極性和創造性。

另外，在戰略採購過程中，企業還可組建由採購、需求等部門相關人員組成的跨職能的戰略採購小組，來對戰略採購活動進行協調。一方面採購策略變革本身是比較複雜的系統過程，企業中不同的角色對採購價值的定位不同，例如採購部門關注價格，而需求部門關注產品質量、方便使用、技術支持等。另一方面，戰略採購價值的發掘需要進行總成本建模，關注供應市場分析、策略調整、交易質量跟蹤以及綜合績效評估，而採購策略的實施過程也經常涉及規格、材質、加工過程等技術細節。

(五) 供應商關係分析

企業與供應商之間的關係一般可分為四種。第一種是買賣關係，也稱作達爾文式的競爭關係，供需雙方隨市場變化進行博弈，你輸我贏。企業實行分散採購策略其實質就是這種關係的體現。第二種是穩定的供求關係，雙方基於信任簽訂長期合同，並在技術、服務等方面進行比較深入的合作。這種關係使供需雙方的交易成本降低，並減少了經營風險，因此很多企業將穩定合作關係作為採購管理工作的重心，並取得了一定的成效。但穩定合作關係有時是很脆弱的，其前提是假定雙方的目標一致，一旦市場條件發生變化，或某方的關鍵利益點轉移，將導致合作關係的大幅調整。第三種是合作夥伴關係，企業能夠充分利用供應商的能力，雙方在合作中都能得到不斷的改進，獲得共同發展，但這種合作夥伴關係仍然是一種利益博弈關係，不能做到長期共存與共贏。第四種是戰略聯盟關係。戰

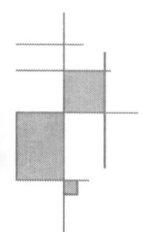

略聯盟是供求雙方合作的高級形式，這種聯盟是建立在供應鏈基礎上的非常緊密的合作關係，合作雙方實行技術共享、聯合開發、戰略協同，是一種超長期的，甚至是無限期的「命運共同體」圈。

需要指出的是，我們強調企業與供應商建立戰略聯盟，並不是指企業要與所有的供應商都建立戰略聯盟。由於各供應商自身核心能力的差異以及產品市場的特徵不同，不可能所有的供應商都能對企業提供強大的戰略支撐。因此，這裡講的建立戰略聯盟是指企業要與核心供應商建立戰略聯盟。

第三節　庫存與庫存管理

企業為了進行正常的生產經營活動，除了配置一定數量和質量的長期資產外，還需要保證一定數量和質量的庫存。有計劃地購入和銷售庫存中的商品是保證企業生產經營過程持續的必要條件。庫存作為儲藏物資的集聚地，它的存在勢必會占用大量的流動資金。一般情況下，庫存管理的水準直接關係到企業的資金占用水準以及資產的運作效率。因此，一個企業若要保持較高的盈利能力，應當十分重視庫存管理，通過實施正確的庫存管理方法，降低企業的平均資金占用水準，提高庫存商品的流轉速度和總資產週轉率，最終提高企業的經濟效益。那麼，到底什麼是庫存呢？企業又可以通過哪些方式進行有效的庫存管理呢？本節將闡述有關庫存和庫存管理的一系列問題。

一、概述

（一）庫存

庫存有時被譯為「存貯」或「儲備」，狹義的理解就是倉庫中實際儲存的貨物，而廣義的理解是指為了滿足未來需要而暫時閒置的資源。人、財、物、信息等各方面的資源都有庫存問題。

庫存的分類形式有很多種，其中主要有以下幾類（見圖4-13）：

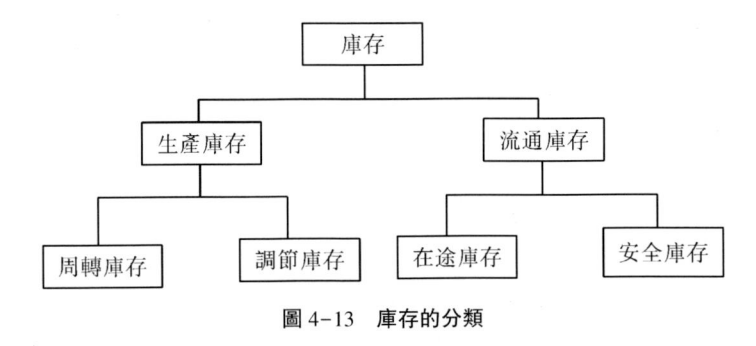

```
                    庫存
           ┌─────────┴─────────┐
        生產庫存              流通庫存
        ┌───┴───┐            ┌───┴───┐
      周轉庫存 調節庫存     在途庫存 安全庫存
```

圖4-13　庫存的分類

其中，生產庫存，是指直接消耗物資的基層企業、事業單位的庫存物資。它是為了保證企業、事業單位所消耗的物資能夠不間斷地供應而儲存的，包括週轉庫存和調節庫存。週轉庫存是為了滿足日常生產經營需要而保有的庫存，其大小

与采购量直接相关。企业为了降低物流成本或生产成本，需要批量采购、批量运输和批量生产，这样便形成了周期性的周转库存，这种库存随着每天的消耗而减少，当降低到一定水准时需要进行补充。调节库存是用于调节需求与供应的不均衡、生产速度与供应的不均衡以及各个生产阶段产出的不均衡而设置的库存。

流通库存，即生产企业的原材料或成品库存以及生产主管部门的库存和各级物资主管部门的库存。它包括在途库存和安全库存。在途库存是处于运输以及停放在相邻两个工作或相邻两个组织之间的库存，其大小取决于运输时间以及该期间内的平均需求。安全库存是为了防止不确定因素的发生（如供货时间延迟、库存消耗速度突然加快等）而设置的库存。安全库存的大小与库存安全系数或者说与库存服务水准有关。从经济性的角度看，安全系数应确定在一个合适的水准上。例如国内为了预防灾荒、战争等不确定因素的发生而进行的粮食储备、钢材储备、麻袋储备等，就是一种安全库存。

除上述两大种类之外，还有特殊形式的国家储备物资，它们主要是为了保证及时、齐备地将物资供应或销售给基层企业、事业单位的供销库存。随着经济的发展，以日本丰田为代表的企业提出了所谓「零库存」的观点。按照此观点，他们推行了准时化的生产方式，简称 JIT 系统。他们认为，库存即是浪费，零库存就是其中的一项高效库存管理的改进措施。

库存的作用在于防止生产中断，节省订货费用，改善服务质量，防止短缺。但是它也带有一定弊端，比如占用大量资金，会产生一定的库存成本，掩盖了企业生产经营中存在的问题。

（二）库存管理

库存管理是对制造业或服务业生产、经营全过程中的各种物品、产成品以及其他资源进行的管理和控制，使其储备保持在经济合理的水准上。库存管理是一个大系统，这个系统是企业生产、计划和控制的基础。它通过对仓库、货位等帐务管理及出入库类型、出入库单据的管理，及时反应各种物资的仓储、流向情况，为生产管理和成本核算提供依据。通过库存分析，为管理及决策人员提供库存资金占用情况、

> **知识小贴士：**
>
> 在财务管理上，存货的范围比库存要大。存货不仅包括库存，还包括「低值易耗品」「临时设施建设」等。存货是指企业在日常活动中持有以备出售的产成品或商品、处在生产过程中的在产品、在生产过程或提供劳务过程中耗用的材料、物料等。存货区别于其他资产的最基本的特征是，企业持有存货的最终的目的是出售。不论是可供直接销售，如企业的产成品、商品等；还是需经过进一步加工后才能出售，如原材料等。
>
> 存货管理是将厂商的存货政策和价值链的存货政策进行作业化的综合过程。仓库管理主要针对仓库或库房的布置、物料运输和搬运以及存储自动化等的管理。库存管理的对象是库存项目，即企业中的所有物料，包括原材料、零部件、在制品、半成品及产品，以及辅助物料。库存管理的主要功能是在供需之间建立缓冲区，达到缓和用户需求与企业生产能力之间、最终装配需求与零配件之间、零件加工工序之间、生产厂家需求与原材料供应商之间的矛盾。仓库管理的范围比库存管理的范围要大。

物資積壓情況、短缺或超儲情況、ABC分類情況等不同的統計分析信息。通過對批號的跟蹤，實現專批專管，保證質量跟蹤的暢通。

庫存管理的內容包括倉庫管理和庫存控制兩個部分。倉庫管理是指庫存物料的科學保管，以減少損耗，方便存取；庫存控制則是要求控制合理的庫存水準，即用最少的投資和最少的庫存管理費用，維持合理的庫存，以滿足使用部門的需求和減少缺貨損失。

庫存管理的方式有三種，分別為[1]：

（1）供應商管理庫存。供應商管理庫存在商品分銷系統中的應用越來越廣泛。有學者認為這種庫存管理方式是未來發展的趨勢，甚至認為這會導致整個配送管理系統的革命，而支撐這種理念的理論非常簡單：通過集中管理庫存和各個零售商的銷售信息，生產商或分銷商補貨系統就能建立在真實的銷售市場變化基礎上，能夠提高零售商預測銷售的準確性、縮短生產商和分銷商的生產和訂貨提前期，在連結供應和消費的基礎上優化補貨頻率和批量。

（2）客戶管理庫存。這是一種和供應商管理庫存相對的庫存控制方式。很多人認為，按照和消費市場的接近程度，零售商在配送系統中由於最接近消費者，在瞭解消費者的消費習慣方面最有發言權，因此應該是最核心的一環，庫存自然應歸零售商管理。持這種觀點的人認為，配送系統中離消費市場越遠的成員就越不能準確地預測消費者需求的變化。

（3）聯合庫存管理。這是介於供應商管理庫存和客戶管理庫存之間的一種庫存管理方式，顧名思義，就是由供應商與客戶共同管理庫存，進行庫存決策。它結合了對產品的製造更為熟悉的生產或供應商，同時也掌握了消費市場信息，能對消費者的消費習慣做出更快更準的反應，因此更能準確地對供應和銷售做出判斷。

庫存管理的作用主要有：①在保證企業生產、經營需求的前提下，使庫存量經常保持在合理的水準上；②隨時掌握庫存量動態，適時、適量提出訂貨，避免超儲或缺貨；③減少庫存空間占用，降低庫存總費用；④控制庫存資金占用，加速資金週轉。

我們會發現，庫存管理的作用都是以庫存的合理水準為基礎的，那麼，為什麼要保證庫存維持在一個合理的水準呢？原因如下：①存量過大會導致增加倉庫面積和庫存保管費用，而且會造成產成品和原材料的有形和無形損耗，從而增加了產品成本，同時占用了大量的流動資金，造成資金呆滯，既加重了貨款利息等負擔，又會影響資金的時間價值和機會收益，不利於企業管理水準的提高。②庫存量過小會造成服務水準的下降，影響銷售利潤和企業信譽，對自身來說會造成生產系統的原材料或其他物料供應不足，影響生產過程的正常進行，同時會使訂貨間隔期縮短，訂貨次數增加，訂貨（生產）成本提高。因此，庫存量的多少必須掌握適度定額和合理庫存週轉量。

---

[1] 曹長榮. 淺析現代企業採購成本與庫存管理［J］. 中國集體經濟，2014（9）：45-46.

案例：豐田公司的零庫存

豐田汽車公司是繼美國通用汽車公司後的世界汽車業巨頭，也是世界上利潤最高的企業之一。它創造出了一種獨特的生產模式，被稱為「豐田生產方式」。這種生產方式，簡單地說，就是基於杜絕浪費的思想，追求科學合理的製造方法而創造出來的一種生產方式，也就是所謂的零庫存計劃。

豐田認為，正確的流程方能產生優異的成果，唯有流程穩定且標準化，方能談持續改進。因此，他們不斷改進工作流程，使其變成創造高附加值的無間斷流程，盡力把所有工作計劃中閒置或等候他人工作的時間減少到零。根據顧客實際領取的數量，經常補充存貨，按顧客的需求每天變化，而不是依靠計算機的時間表與系統來追蹤浪費的存貨。使在製品及倉庫存貨減至最少，每項產品只維持少量存貨。

豐田所謂的生產均衡化指的是「取量均值性」。假如後工程生產作業取量變化大，則前作業工程必須準備最高量，因而會產生高庫存的浪費。所以，豐田要求各生產工程取量盡可能達到平均值，也就是前後一致，為的是將需求與供應達成平衡，降低庫存與生產浪費。即時生產就是在生產流程下游的顧客需求的時候供應給他們正確數量的正確東西。材料的補充應該由消費量決定，這是即時生產的基本原則，也是豐田獨創的生產管理概念。這裡的自動化不僅是指機器系統的高品質，還包括人的自動化，也就是養成好的工作習慣，不斷學習創新，爭取在第一次生產流程中就達到優良品質，這是企業的責任。通過生產現場教育訓練的不斷改進與激勵，使人員的素質越來越高，反應越來越快、越來越精確。

豐田模式改變了傳統的由前端經營者主導生產數量的做法，重視後端顧客需求，後面的工程人員通過看板告訴前一項工程人員需求，比如零件需要多少，何時補貨，亦即是「逆向」去控制生產數量的供應鏈模式，這種方式不僅能降低庫存成本（達到零庫存），更重要的是將流程效率化。

二、庫存需求分析和預測

需求規律是庫存管理中最關鍵的一個因素，畢竟庫存管理的目的是為滿足對物品的需求。如果能精準預測未來的需求，庫存管理的績效就會提升很多。那麼怎樣進行庫存需求的分析和預測呢？企業都可以使用哪些方法來提升需求預測的準確性呢？本節就為大家解答這些疑問。

（一）庫存需求分析

庫存需求分析是指對現有經營活動的庫存物資需求進行分析，也是對市場需求變化的分析。分析內容主要包括需求品種、需求數量、需求地點以及需求時間等內容。圖4-14為庫存需求分析資料。

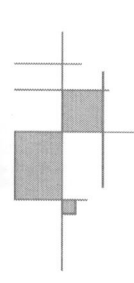

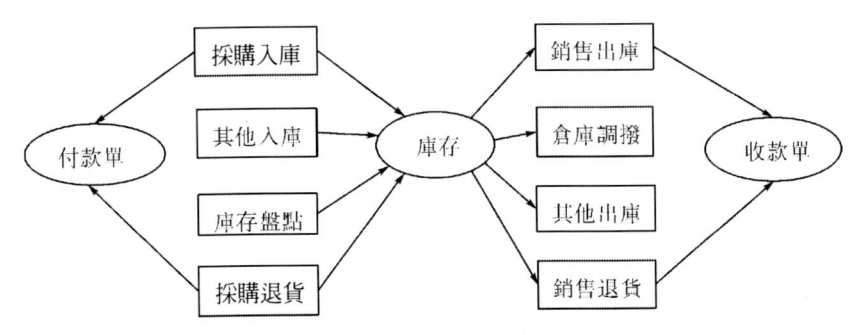

圖 4-14　庫存需求分析資料

如圖 4-14 所示，庫存管理者應建立倉庫貨品資料進行需求分析，時時關注物資動態，對物資入庫與出庫有及時地瞭解，使企業所需物品庫存量經常保持在合理的水準上，並適時、適量地提出訂貨，做到既要保證企業生產不斷貨，又能減少庫存管理費用，減少不必要的損耗。

(二) 庫存需求預測

庫存需求預測就是對未來經營活動的庫存物資需求的預測，也是對市場需求變化的預測。預測內容主要包括需求品種、需求數量、需求地點以及需求時間等內容。

庫存需求預測的分類如圖 4-15 所示。

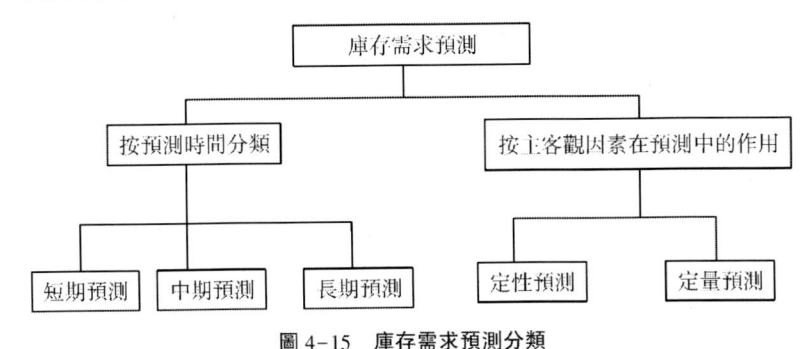

圖 4-15　庫存需求預測分類

庫存預測方法主要包括定性預測方法和定量預測方法。

1. 定性預測方法

定性預測方法也叫經驗預測方法，是指預測人員通過對所掌握的物流市場情況的數據資料分析，結合自身的實踐經驗、主觀分析以及直覺判斷，對有關市場需求指標的變化趨勢或未來結果進行預測的方法。常見的定性預測的方法有：一般人員意見預測法、市場調查法、德爾菲法等。

(1) 一般人員意見預測法，又叫一般預測法，是逐步累加來自底層的預測，即將最低一級預測結果匯總後送至上一級（這一級通常為一個地區倉庫）。地區倉庫在考慮安全庫存和其他影響訂貨量的因素後，再將這些數據傳至更上一級，

可能是區域倉庫。以此類推，直到這些信息最後成為頂層輸入，並由頂層做出預測。

（2）市場調查法。這是通過各種不同的方法（如問卷調查、面談、電話訪問等）收集數據，檢查市場假設是否正確的預測法。常用於長期預測和新產品銷售預測。這種方法可以預測顧客期望，能較好地反應市場需求情況，但是又很難獲得顧客的通力合作，並且顧客期望不等於實際購買，期望容易發生變化，導致預測不準確。

（3）德爾菲法。這種方法通常由5~10名專家作為決策人員，讓他們在互不通氣的情況下對需求做出實質性預測。使用德爾菲的原則包括：①匿名性，即對被選擇的專家要保密，不讓他們彼此通氣，使他們不受權威、資歷等方面因素的影響；②反饋性，即一般的徵詢調查要進行三至四輪，要給專家提供充分的反饋意見的機會；③收斂性，即經過數輪徵詢後，專家們的意見會相對集中，趨向一致，若個別專家有明顯不同的觀點，應要求其詳細說明理由。

2. 定量預測方法

定量預測，也叫統計預測方法，是建立在對數據資料的大量、準確和系統地佔有的基礎上，然後應用數學模型和統計方法對有關預測指標的變化趨勢和未來結果進行預測的方法。定量分析的科學理論性較強，邏輯推理縝密，預測結果也較有說服力，但是預測花費的成本較高，而且需要較高的理論基礎，因而應用起來受到的限制較多。

（1）季節性預測法，這是把歷史數據綜合在一起，計算出不同季節週期性變化的趨勢，即每個時段的實際值占整個週期總量的比例，利用這個比例系數進行季節性預測。即：

季節預測值＝年度預測值×季節指數

（2）線性迴歸預測法，也叫最小二乘法，就是找出預測對象（因變量）與影響預測對象的各種因素（自變量）之間的關係，並建立相應的方程式，然後帶入自變量的數值，求得因變量的方法。即先根據 X、Y 現有的實際數據和統計資料，把 X、Y 作為已知數，尋找合適的 a、b 迴歸系數，並根據迴歸系數來確定迴歸方程，然後帶入 X 的值，求出預測值 Y。

計算方法：設 X、Y 兩個變量滿足一元線性迴歸：

$$Y = a + bX$$

其中，X 為自變量，Y 為因變量或預測量。a、b 為迴歸系數。

現有數據資料，X_i 和 Y_i（$i=1, 2, 3, \cdots, n$），經整理可得到迴歸系數 a、b 為：

$$a = \frac{1}{n}\sum_{i=1}^{n} Y_i$$

$$b = \frac{n\sum_{i=1}^{n} X_i Y_i - \sum_{i=1}^{n} Y_i \sum_{i=1}^{n} X_i}{n\sum_{i=1}^{n} X_i^2 - (\sum_{i=1}^{n} X_i)^2}$$

（3）時間序列預測法，這是按一定的時間間隔和時間發生的先後順序排列起

來的數據構成的序列。它是在假設未來預測數據依賴於過去的數據資料的前提條件下產生的,即某種變量之間的發展變化是有規律的,根據現在的變量,可以測算出將來的變量,也就是說,未來預測數據是前面實際發生數據的延續。時間序列法包括移動平均法和指數平滑法。

移動平均法是取最近時期庫存量的平均值進行庫存需求預測的方法,「移動」是指參與平均的實際值隨預測期的推進而不斷更新。移動平均法可分為一次移動平均法和加權移動平均法。

指數平滑法只需要本期的觀測值和本期的預測值就可以預測下一期的數據。適用於數據量較少的短期預測。

三、庫存訂貨量的確定

庫存的需求分析可以看出哪些商品熱銷、哪些商品滯銷、哪些物資需要供應等問題,其基本目的就是明確何時需要備貨,需要備何種貨,哪些滯銷的貨需要退或者打折處理等。而庫存需求預測的基本目的就是確定庫存訂貨量。那麼,都有哪些確定庫存訂貨量的方法呢?

(一) 經濟訂貨量的確定 (EOQ)

經濟訂貨批量 (Ecomomics Order Quantity, EOQ),是通過平衡採購進貨成本和保管倉儲成本核算,以實現總庫存成本最低的最佳訂貨量。經濟訂貨批量是固定訂貨批量模型的一種,可以用來確定企業一次訂貨(外購或自制)的數量。當企業按照經濟訂貨批量來訂貨時,可實現訂貨成本和儲存成本之和最小化。

對於需求速率穩定、多週期連續性的需求,控制其庫存水準需要確定補貨的頻率和定期補貨的數量。這是一個成本平衡的問題,也就是說要找到採購訂貨成本和庫存持有成本之間最佳的結合點。圖 4-16 為 EOQ 模型示意圖。

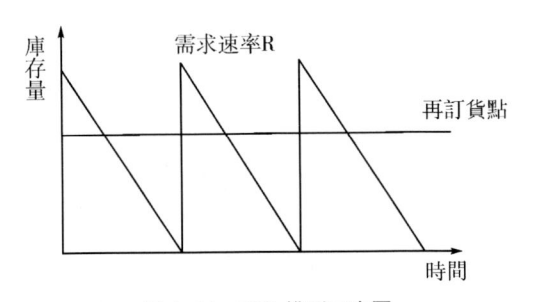

圖 4-16 EOQ 模型示意圖

1913 年,福特·哈里斯建立了最佳訂貨量模型,就是眾所周知的基本經濟訂貨批量公式。

EOQ 模型的基本假設如下:①需求量確定不變,並且需求速率是均衡的,為常數 R;②提前期已知並固定;③貨物集中入庫,而不是陸續入庫;④不允許缺貨;⑤採購價格、運輸成本等,不隨訂貨批量和時間的變化而變化;⑥沒有在途庫存;⑦只訂一種貨物,或者各個貨物之間無相關的關係;⑧不存在資金使用的

限制。

由以上的假設可知，簡單 EOQ 模型只考慮兩種基本類型的成本：庫存持有成本和訂貨（準備）成本。由圖 4-17 可知，庫存持有成本是隨著訂貨批量的增加而線性增加的，但是訂貨成本卻隨之減少，因此簡單 EOQ 模型就是要在這兩種成本中做出權衡，使總成本最小的訂貨批量為最優訂貨批量。

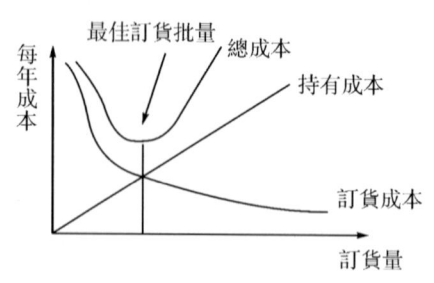

圖 4-17　成本與訂貨量關係圖

計算公式為：$EOQ = \sqrt{2DS/H}$

最佳訂貨點 $RL = (D/52) \times LT$

其中，D 是指年訂貨量，S 是指單位訂貨費，H 是指倉儲費用；LT 是訂貨提前期。

例：A 公司以單價 10 元每年購入某種產品 8,000 件，每次訂貨費用為 30 元，資金年利息率為 12%，單位維持庫存費按所庫存貨物價值的 18% 計算，若每次訂貨的提前期為 2 周，試求經濟生產批量、最低年總成本、年訂貨次數和訂貨點。

解：已知單價 $P = 10$ 元/件，年訂貨量 $D = 8,000$ 件，單位訂貨費即調整準備費 $S = 30$ 元/次，單位維持庫存費由兩部分組成，一是資金利息，二是倉儲費用，即 $H = 10 \times 12\% + 10 \times 18\% = 3$ 元/件，訂貨提前期 LT 為 2 周。

經濟批量 $EOQ = \sqrt{2DS/H} = \sqrt{2 \times 8,000 \times 30/3} = 400$（件）

最低年總費用 $= P \times D + (D/EOQ) \times S + (EOQ/2) \times H$
$\qquad\qquad\qquad = 800 \times 10 + (8,000/400) \times 30 + (400/2) \times 3 = 81,200$（元）

年訂貨次數 $n = D/EOQ = 8,000/400 = 20$

訂貨點 $RL = (D/52) \times LT = 8,000/52 \times 2 = 307.7$（件）

（二）經濟生產批量（EPQ）的確定

經濟生產批量又稱經濟製造量（Economic Production Quantity, EPQ）。由於生產系統調整準備時間的存在，在補充成品庫存的生產中有一個一次生產多少是最經濟的問題，這就是經濟生產訂貨量。在經濟訂貨批量模型中，相關成本最終確定為兩項，即變動訂貨成本和變動儲存成本，在確定經濟生產批量時，以生產準備成本替代訂貨成本，而儲存成本內容不變。

經濟生產批量模型的假設條件為：①對庫存系統的需求率為常量；②一次訂貨量無最大最小限制；③採購、運輸均無價格折扣；④訂貨提前期已知，且為常量；⑤用生產準備費用替代採購中的訂貨費用；⑥維持庫存費是庫存量的線性函

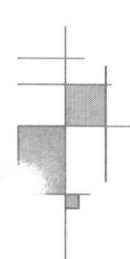

數；⑦不允許缺貨，需要連續補充庫存。

經濟生產訂貨量的計算公式為：

$Q_P = \sqrt{2DS/H(1-d/p)}$

P 為生產率；d 為需求率（$d<P$）；Q 為生產批量；RL 為訂貨點；LT 為生產提前期，D 為年總需求量，TC 為年總成本，S 為每次生產的生產準備費，H 為單位貨物每年的存儲成本。

例：根據預測，市場每年對 x 公司的產品需求量為 10,000 個。一年按 250 個工作日計算，平均日需求量為 40 個。該公司的日生產量為 80 個，每次生產準備費用為 100 元，每年單位產品的庫存費用是 4 元。試確定其經濟生產批量。

解：由公式可得，經濟生產訂貨量

$Q_P = \sqrt{2DS/H(1-d/p)} = \sqrt{2 \times 10,000 \times 100/4 \times (40/80)} = 1,000$（個）

在上述的經濟生產批量 Q_P 中，有兩個特例：

（1）當 $P>0$ 或 $d=0$ 時，$QP = \dfrac{2DS}{H}$，這是基本的 EOQ 模型，可見 QP 具有一般性。

（2）當 $P=d$ 時，$QP=\infty$，這對應的是大量生產方式。

（三）一次性訂貨量的確定

一次性訂貨量是指在一個時期內僅僅採購一次貨或僅能安排一次批量生產物資的庫存量。它適用於某種時限性極短的物資需求。它與 EOQ 的不同之處在於：一次性訂貨物資的需求不是連續的，不同時期的一次性需求物資的數量可能存在較大的變化；由於物資的陳舊、易腐等原因使一次性訂貨物資的市場壽命較短。一次性訂貨量有兩種確定方式。

1. 已知需求量和前置時間

例1：如表 4-6 所示。

表 4-6

需求量	100	200	300
前置時間	5 天	8 天	10 天

若某公司 10 月 15 日需要貨物 100 件，則在什麼時間訂貨？需要 300 件呢？

解：由表 4-6 可知，若需要量為 100 件，則需要提前 5 天，由此可知，應該在 10 月 10 日訂貨，若需要 300 件，則需要提前 10 天預訂，即應該在 10 月 5 日訂貨。

2. 已知需求量和可變前置時間

例：某花店準備在元旦期間向市場供應盆景——金橘，已知某批發商供應盆景——金橘的前置時間的概率分佈如表 4-7 所示。

表 4-7

前置時間	10	11	12	13	14	15	16
概率	0.1	0.1	0.15	0.2	0.3	0.1	0.05
P	0.1	0.2	0.35	0.55	0.85	0.95	1

（1）若該花店不允許缺貨，則如何訂貨？
答：應提前 16 天訂貨，在 12 月 15 日之前發出訂單。
（2）如果要求盆景——金橘按時到達的概率不小於 85%，則如何訂貨？
答：應提前 14 天訂貨，在 12 月 14 日之前發出訂單。

（四）安全庫存量的確定

安全庫存量的大小，主要由顧客服務水準（或訂貨滿足）來決定。所謂顧客服務水準，就是指對顧客需求情況的滿足程度，公式表示如下：

顧客服務水準（5%）= 年缺貨次數/年訂貨次數

顧客服務水準（或訂貨滿足率）越高，說明缺貨發生的情況越少，從而缺貨成本就較小，但因增加了安全庫存量，導致庫存的持有成本上升；而顧客服務水準較低，說明缺貨發生的情況較多，缺貨成本較高，安全庫存量水準較低，庫存持有成本較小。因此必須綜合考慮顧客服務水準、缺貨成本和庫存持有成本三者之間的關係，最後確定一個合理的安全庫存量。

安全庫存量的計算，將借助於數量統計方面的知識，對顧客需求量的變化和提前期的變化做一些基本的假設，從而在顧客需求發生變化、提前期發生變化以及兩者同時發生變化的情況下，分別求出各自的安全庫存量。

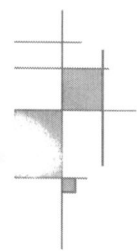

1. 需求發生變化，提前期為固定常數的情形

在這種前提下，我們可以直接求出需求分佈的均值和標準差。也可以用期望預測的方法，確定需求的期望均值和標準差。這種方法的優點是能夠讓人容易理解。

當提前期內的需求狀況的均值和標準差一旦被確定，利用下面的公式可獲得安全庫存量 SS。

$$SS = Z \times SQRT(L) \times STD$$

其中：STD 是在提前期內需求的標準方差；L 是提前期的長短；Z 是一定顧客服務水準需求化的安全系數。

例：某飯店的啤酒平均日需求量為 10 加侖，並且啤酒需求情況服從標準方差為 2 加侖/天的正態分佈，如果提前期是固定的常數 6 天，試問滿足 95% 的顧客滿意的安全庫存存量的大小是多少？

解：由題意知，$STD = 2$ 加侖/天，$L = 6$ 天，$F(Z) = 95\%$，則 $Z = 1.65$
從而：$SS = Z \times SQRT(L) \times STD = 1.65 \times 2 \times SQRT(6) = 8.08$
即在滿足 95% 的顧客滿意度的情況下，安全庫存量是 8.08 加侖。

2. 提前期發生變化，需求為固定常數的情形

如果提前期內的顧客需求情況是確定的常數，而提前期的長短是隨機變化的，在這種情況下：

$SS = Z \times STD2 \times d$

其中：$STD2$ 是提前期的標準差；Z 是一定顧客服務水準需求化的安全系數；d 是提前期內的日需求量。

例：如果在上例中，啤酒的日需求量為固定的常數 10 加侖，提前期是隨機變化的，而且服務均值為 6 天、標準方差為 1.5 的正態分佈的，試確定 95% 的顧客滿意度下的安全庫存量。

解：由題意知：$STD2 = 1.5$ 天，$d = 10$ 加侖/天，$F(Z) = 95\%$，則 $Z = 1.65$，從而：$SS = Z \times STD2 \times d = 1.65 \times 10 \times 1.5 = 24.75$

即在滿足 95% 的顧客滿意度的情況下，安全庫存量是 24.75 加侖。

3. 需求情況和提前期都是隨機變化的情形

在多數情況下，提前期和需求都是隨機變化的，此時，我們假設顧客的需求和提前期是相互獨立的，則 SS 為

$SS = Z \times SQRT(STD \times STD \times L + STD2 \times STD2 \times D \times D)$

其中：Z 是一定顧客服務水準下的安全系數；$STD2$ 為提前期的標準差；STD 為在提前期內，需求的標準方差；D 為提前期內的平均日需求量；L 為平均提前期水準。

例：如果在上例中，日需求量和提前期是相互獨立的，而且它們的變化均嚴格滿足正態分佈，日需求量滿足均值為 10 加侖、標準方差為 2 加侖的正態分佈，提前期滿足均值為 6 天、標準方差為 1.5 天的正態分佈，試確定 95% 的顧客滿意度下的安全庫存量。

解：由題意知，$STD = 2$ 加侖，$STD2 = 1.5$ 天，$D = 10$ 加侖/天，$L = 6$ 天，$F(Z) = 95\%$，則 $Z = 1.65$，從而：

$SS = 1.65 \times SQRT(2 \times 2 \times 6 + 1.5 \times 1.5 \times 10 \times 10) = 26.04$

即在滿足 95% 的顧客滿意度的情況下，安全庫存量是 26.04 加侖。

四、庫存管理方法

一般來說，企業的庫存商品種類繁多，且每個品種的價格與庫存數量也不等，有的商品品種很多，可價值卻不大；有的商品品種不多，可價值卻很大。由於企業的資源總是有限的，如果對所有庫存商品給予相同程度的重視和管理是非常困難的，也是不經濟的。為了使有限的時間、資金、人力等企業資源得到更有效的利用，企業必須選擇適合自己的庫存管理辦法。那麼企業可供選擇的庫存管理辦法有哪些呢？

（一）ABC 分類管理法

ABC 分類管理法又叫 ABC 分析法，它是現代企業庫存管理中應用最為廣泛的一種方法。它是以某類庫存商品的品種數占庫存商品總數的百分數和該類商品

金額占庫存商品總金額的百分數大小為標準，將庫存商品分為 A、B、C 三類，進行分級管理。它的基本原理是：對企業庫存商品按其重要程度、價值高低、資金占用或消耗數量進行分類、排序，一般 A 類商品數目占全部庫存商品的 10% 左右，而其消耗金額（商品的年消耗量×它的單價）占總金額的 70% 左右；B 類商品數目占全部庫存貨物的 20% 左右，而其金額占總金額的 20% 左右；C 類商品數目占全部庫存貨物的 70% 左右，而其金額占總金額的 10% 左右。這樣就能分清主次，抓住重點，並分別採用不同的控制方法。

ABC 分類的標準是庫存中各品種商品每年消耗的金額。通常來說，A 類商品是庫存的重點，具有品種少、價格高，並且多為經營的關鍵、常用商品。A 類商品一般採取連續控制的方式，即隨時檢查庫存情況，一旦庫存量下降到一定水準，就要及時訂貨。它一般採用定期訂貨，每次訂貨量以補充目標庫存水準為限。一般來說，批發商可以從四個方面加強 A 類商品的管理。

第一，進貨要勤。對於 A 類商品來說，批發商應盡可能降低每次進貨的批量，要力爭勤進貨、少進貨；進了就出、出了再進。

第二，要與客戶密切聯繫，要及時瞭解他們的需求動向。批發商必須對自己的貨物需求進行客觀的分析，要弄清楚哪些是日常需要的、哪些是集中消耗的。因為後者是大批量的衝擊需求，應掌握其需求時間，需求時再進貨，不要過早進貨造成積壓。

第三，要盡可能使安全庫存量減少。批發商必須對庫存量變化要求嚴密監視，當庫存量降低到報警點時，要立即行動，採取預先考慮好的措施，將缺貨成本控制為零。

第四，與供應商密切聯繫。要提前瞭解合同的執行情況、運輸情況等。要協商各種緊急供貨的互惠方法，包括經濟上的補貼辦法。

C 類庫存商品由於庫存品種多、價值低或年需要量較多，可按其庫存總金額控制庫存水準。對於 C 類商品一般採用比較粗放的定量控制方式。可以採用較大的訂貨批量或經濟訂貨批量進行訂貨。B 類庫存商品介於 A 類和 C 類庫存商品之間，可採用一般控制方式，並按經濟訂貨批量進行訂貨。

例：某企業保持有 10 種商品的庫存，有關資料如表 4-8 所示。為了對這些庫存商品進行有效的控制和管理，該企業打算根據商品的投資大小進行分類。

（1）請選用 ABC 分析法將這些商品分為 A、B、C 三類。
（2）給出 A 類庫存物資的管理方法。

表 4-8　　　　　　　　　　某企業庫存資料

商品編號	單價（元）	庫存量（件）
a	4.00	300
b	8.00	1,200
c	1.00	290
d	2.00	140
e	1.00	270

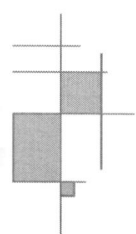

表4-8(續)

商品編號	單價（元）	庫存量（件）
f	2.00	150
g	6.00	40
h	2.00	700
i	5.00	50
j	3.00	2,000

解：（1）ABC分類管理方法原理：

A類：資金金額占總庫存資金總額的60%~80%，品種數目占總庫存品種總數的5%~20%；

B類：資金金額占總庫存資金總額的10%~15%，品種數目占總庫存品種總數的20%~30%；

C類：資金金額占總庫存資金總額的0~15%，品種數目占總庫存品種總數的60%~70%。

根據已知數據，按照商品所占金額從大到小的順序排列（首先要把10種商品各自的金額計算出來），計算結果如表4-9所示。

表4-9

商品編號	單價（元）	庫存量（件）	金額（元）	金額累計（元）	占全部金額的累計比例(%)	占全部品種的累計比例(%)
b	8.00	1,200	9,600	9,600	48.4	10
j	3.00	2,000	6,000	15,600	78.7	20
h	2.00	700	1,400	17,000	85.7	30
a	4.00	300	1,200	18,200	91.8	40
f	2.00	150	300	18,500	93.3	50
c	1.00	290	290	18,790	94.8	60
d	2.00	140	280	19,070	96.2	70
e	1.00	270	270	19,340	97.5	80
i	5.00	50	250	19,590	98.8	90
g	6.00	40	240	19,830	100	100

根據以上表格的計算結果，按照ABC分類管理的方法，可以對此企業的庫存如下分類（見表4-10）：

表4-10

分類	每類金額（元）	庫存品種數百分比（%）	占用金額百分比（%）
A類：b, j	15,600	20	78.7
B類：h, a	2,600	20	13.1
C類：f, c, d, e, i, g	1,630	60	8.2

（2）對於 A 類庫存，即對 b 和 j 兩種商品，企業需對它們定時進行盤點，詳細記錄及經常檢查分析貨物使用、存量增減和品質維持等信息，加強進貨、發貨、運送管理，在滿足企業內部需要和顧客需要的前提下，維持盡可能低的經常庫存量和安全庫存量，加強與供應鏈上下游企業合作來控制庫存水準，既要降低庫存，又要防止缺貨，加快庫存週轉。

（二）定量訂貨管理法

定量訂貨法是指當庫存量下降到預定的最低庫存數量時，按規定數量進行訂貨補充的一種庫存管理方式。它的原理是預先設定一個訂貨點 Q_k，在銷售過程中連續地檢查庫存，當庫存水準降到 Q_k 時，就發出一個訂貨批量 $Q*$，一般取經濟訂購批量 EOQ。採用定量訂貨管理法需要兩個參數：一個是訂貨點；另一個是訂貨數量，即經濟批量 EOQ。

訂貨數量的確定在第三節已經講過，這裡不再贅述。這部分主要講述訂貨點的確定。訂貨點是指發出訂貨時倉庫裡該品種保有的實際庫存量。訂貨點的確定有如下兩種方式：

（1）需求量和訂貨提前期都已確定，此時不需要設置安全庫存，可直接求出訂貨點，公式如下：

訂貨點＝訂貨提前期的平均需求量＝每天需求量×訂貨提前期（天）

＝（全年需求量/360）×訂貨提前期（天）

例：已知某種物資平均每月需用量 300 件，進貨提前期為 8 天，則訂購點是多少？

訂貨點＝300/30×8＝80（件）

（2）需求量和訂貨提前期都不確定，此時設置安全庫存是非常必要的。公式如下：

訂貨點＝訂貨提前期的平均需求量＋安全庫存

＝（單位時間的平均需求量×最大訂貨提前期）＋安全庫存

安全庫存需要用概率統計的方法求出，公式如下：

安全庫存＝安全系數×$\sqrt{\text{最大訂貨提前期} \times \text{需求變動量}}$

式中安全系數可根據缺貨概率查安全系數表得到；最大訂貨提前期可根據以往數據得到；需求變動值可用下列方法求得：

$$需求變動量 = \sqrt{\frac{(y_i - y_a)^2}{n}}$$

其中：y_i 是實際需求量；y_a 是平均需求量。

例：某商品在過去的三個月中的實際需求量分別為：一月份 110 箱，二月份 150 箱，三月份 127 箱。最大訂貨提前期為 2 個月，缺貨概率根據經驗統計為 5%，求該商品的訂貨點。（缺貨概率 5% 對應的安全系數為 1.65）

解：平均月需求量＝（110＋150＋127）/3＝129（箱）

$$需求變動值 = \sqrt{\frac{(110-129)^2 + (150-129)^2 + (127-129)^2}{3}} = 16.39$$

安全庫存＝1.65×$\sqrt{2}$×16.39＝54.09≈55（箱）

訂貨點＝129×2+55＝313（箱）

採用定量訂貨法的優勢在於：

第一，手續相對簡便，便於管理。通常來說，控制參數一經確定，則實際操作就變得非常簡單了。實際工作中很多公司往往採用「雙堆法」來處理。所謂雙堆法，就是將某商品庫存分為兩堆：一堆為經濟庫存；另一堆為訂貨點庫存，當消耗完訂貨點庫存就開始訂貨，並使用經濟庫存，不斷重複操作。這樣可以減少經濟庫存盤點的次數，方便可靠。

第二，當訂貨量確定後，商品的驗收、入庫、保管和出庫業務可以利用現有規格化器具和計算方式，有效地節約搬運、包裝等方面的作業量。

第三，充分發揮了經濟批量的作用，可降低庫存成本，節約費用，提高經濟效益。

採用定量訂貨法的不足之處有：①物資儲備量控制不夠嚴格；②要隨時掌握庫存動態，嚴格控制安全庫存和訂貨點庫存，占用了一定的人力和物力；③訂貨模式靈活性小，訂貨時間難以預先確定，對於人員、獎金、工作業務的計劃安排不利；④受單一訂貨的限制，不適應實行多品種聯合訂貨的方式。

（三）定期訂貨管理法

定期訂貨法是按預先確定的訂貨時間間隔進行訂貨補充庫存的一種管理方法。企業根據過去的經驗或經營目標預先確定一個訂貨間隔期間，如每隔三天訂貨一次，或每隔一個月訂貨一次，而每次訂貨數量根據實際需要都有所不同。因此，定期訂貨法是一種基於時間的訂貨控制方法，它通過設定訂貨週期和最高庫存量，來達到庫存量控制的目的。只要訂貨間隔期和最高庫存量控制合理，就能實現既保障需求、合理存貨，又可以節省庫存費用的目標。

定期訂貨法的原理是預先確定一個訂貨週期和最高庫存量，週期性地檢查庫存，根據最高庫存量、實際庫存量、在途庫存量和待出庫商品數量計算出每次訂貨批量，發出訂貨指令，組織訂貨。定期訂貨法的決定參數有三個，即訂貨週期、最高庫存量和訂貨批量。

1. 訂貨週期 T 的確定

在定期訂貨法中，訂貨點實際上就是訂貨週期，其間隔時間總是相等的。它直接決定了最高庫存量的大小，即庫存水準的高低，進而也決定了庫存成本的多少。從費用的角度出發，如果要使總費用達到最小，可以採用經濟訂貨週期的方法來確定。假設以年為單位，根據年採購成本＝年保管成本。

即：$C/T = T \times R/2 \times K$

$$T = \sqrt{\frac{2C}{KR}}$$

其中：T 為經濟訂貨週期；C 為單次訂貨成本；K 為單位商品年儲存成本；R 為單位時間內庫存商品需求量。

例：某倉庫 A 商品年需求量為 16,000 箱，單位商品年保管費用為 20 元，每次訂貨成本為 1,600 元，用定期訂貨法求經濟訂貨週期 $T*$。

解：$T* = \sqrt{\dfrac{2C}{KR}} = 1/10$（年）= 36（天）

2. 最高庫存量 $Qmax$ 的確定

定期訂貨法的最高庫存量是用以滿足（$T+Tk$）期間內的庫存需求的，所以我們可以用（$T+Tk$）期間的庫存需求量作為基礎，考慮到為隨機發生的不確定庫存需求，再設置一定的安全庫存。公式如下：

$Q\max = R（T+Tk）+Qs$

其中：$Qmax$ 是最高庫存量；R 是（$T+Tk$）期間的庫存需求量平均值；T 是訂貨週期；Tk 是平均訂貨提前期；Qs 是安全庫存量。

3. 訂貨批量的確定

定期訂貨法每次的訂貨數量是不固定的，訂貨批量的多少都是由當時的實際庫存量的大小決定的，考慮到訂貨點時的在途到貨量和已發出出貨指令尚未出貨的待出貨數量，則每次訂貨的訂貨量的計算公式為：

$Qi = Q\max - Q_{Ni} - Q_{Ki} + Q_{Mi}$

式中：Qi 是第 i 次訂貨的訂貨量；$Qmax$ 是最高庫存量；Q_{Ni} 是第 i 次訂貨點的在途到貨量；Q_{Ki} 是第 i 次訂貨點的實際庫存量；Q_{Mi} 是第 i 次訂貨點的待出庫貨物數量。

例：某倉庫 A 商品訂貨週期為 18 天，平均訂貨提前期為 3 天，平均庫存需求量為每天 120 箱，安全庫存量 360 箱。另某次訂貨時在途到貨量 600 箱，實際庫存量 1,500 箱，待出庫貨物數量 500 箱，試計算該倉庫 A 商品最高庫存量和該次訂貨時的訂貨批量。

解：$Q\max = R（T+Tk）+Qs = 120（18+3）+360 = 2,880$（箱）
$Qi = Q\max - Q_{Ni} - Q_{Ki} + Q_{Mi} = 2,880 - 600 - 1,500 + 500 = 1,280$（箱）

（四）其他庫存管理法

及時制（Just In Time，簡稱 JIT），是由日本豐田汽車公司在 20 世紀 60 年代實行的一種生產方式。1973 年以後，這種方式對豐田公司渡過第一次能源危機起到了關鍵的作用，後引起其他國家生產企業的重視，並逐漸在歐洲和美國的日資企業及當地企業中推行開來。現在這一方式與源自日本的其他生產、流通方式一起被西方企業稱為「日本化模式」。其中，日本生產、流通企業的物流模式對歐美的物流產生了重要影響，近年來，JIT 不僅作為一種生產方式，也作為一種物流模式在歐美物流界得到推行。

JIT 庫存控制法，也可譯為精煉管理法。JIT 作為一種管理哲理和管理思想，在庫存控制中主要應用於訂貨管理，即採購管理中形成的一種先進的採購模式——準時化採購。它的基本思想是：在恰當的時間、恰當的地點，以恰當的數量、恰

當的質量提供恰當的商品。JIT 採購不但可以減少庫存，還可以加快庫存週轉，縮短提前期，提高進貨質量，取得滿意的交貨效果。

JIT 指的是，將必要的零件以必要的數量在必要的時間送到生產線，並且只將所需要的零件、只以所需要的數量、只在正好需要的時間送到生產。這是為適應 20 世紀 60 年代消費需要變得多樣化、個性化而建立的一種生產體系及為此生產體系服務的物流體系。

JIT 是一種生產方式，但其核心是消減庫存，直至實現零庫存，同時又能使生產過程順利進行。這種觀念本身就是物流功能的一種反應，而 JIT 應用於物流領域，就是指要將正確的商品以正確的數量在正確的時間送到正確的地點，這裡的「正確」就是「JUST」的意思，既不多也不少、既不早也不晚，剛好按需要送貨。這當然是一種理想化的狀況，在多品種、小批量、多批次、短週期的消費需求的壓力下，生產者、供應商及物流配送中心、零售商者要調整自己的生產、供應、流通流程，按下游的需求時間、數量、結構及其他要求組織好均衡生產、供應和流通，在這些作業內部採用看板管理中的一系列手段來削減庫存，合理規劃物流作業。

在此過程中，無論是生產者、供應商還是物流配送中心或零售商，均應對各自的下游客戶的消費需要做精確的預測，否則就用不好 JIT，因為 JIT 的作業基礎是假定下游需求是固定的，即使實際上是變化的，但通過準確的統計預測，能把握下游需求的變化。

(五) 庫存管理方法的選擇

面對目前不斷完善的庫存管理方法，企業要根據自身的實際情況選擇庫存管理方法，將切實可行的庫存管理技術和方法應用到實際工作中，實現合理控制庫存和有力保障生產科研需求的雙贏格局。

選擇適合企業自身情況的庫存管理辦法時，需要注意的一點是，企業在實施庫存管理方法時，一定要根據自身情況選擇適當類型的庫存管理方法，避免陷入貪大求全的誤區，要充分認識企業規模和自身的行業特點，不僅如此，還需充分考慮產品成本和實施成本，選擇最符合實際應用的庫存管理方法。

而庫存管理方法可以讓企業客戶服務人員與客戶協同工作，實現全方位為客戶提供交互服務和收集客戶信息，實現多種客戶交流渠道的集成，使各種渠道信息相互流通，保證企業和客戶都能得到完整、準確、一致的信息。

五、削減庫存

庫存過多會給企業帶來各種各樣的風險，比如：它會使易腐爛的商品變質，同時占用了倉庫空間，造成員工勞動力的浪費（需要投入更多的人進行貨物管理和搬運）等。因此，各個企業要想提升企業競爭力，就要最大限度地削減庫存。

（一）削減庫存的步驟

一個好的庫存等於好的訂貨，要想實現好的庫存，合理的訂貨，就要做到：第一，根據實際銷售量對長期性單品進行嚴格的訂貨；第二，根據歷史，記錄下促銷訂單（保存所有的促銷計劃）；第三，對特殊季節性及促銷單品變更的大量訂貨確認。

一個好的庫存還等於定期跟蹤。跟蹤什麼呢？跟蹤庫存每天的變化和對於高庫存所採取的行動計劃。那麼如何處理庫存過高問題？第一，把商品從倉庫中取出，放在賣場中銷售；第二，在貨架上重新開始做促銷；第三，循環使用入口處的貨架、促銷通道、每日促銷；第四，退貨給供應商；第五，甩賣或做報損。

處理庫存有五大法寶：①根據歷史記錄下訂單（促銷計劃）；②在海報結束之前預計促銷結果，知道哪些單品庫存過高，預計這些單品的解決辦法並跟蹤它們的庫存變化；③檢查每天的庫存變動；④每週至少去一次倉庫；⑤至少和員工做一次關於庫存處理的總結。

綜上所述，削減庫存的步驟如下：

第一，對企業的物資庫存有整體的瞭解，包括產成品、在製品等一系列庫存。

第二，對庫存量過大、暫時閒置的資源進行處理。比如，採取促銷、折價銷售等處理辦法減少現有庫存。

第三，根據實際銷售量對商品制定嚴格的訂貨。比如，可採用按訂單生產，從源頭上減少庫存。

（二）以生產部門為核心的庫存削減活動

庫存量過大會產生一系列問題，如增加倉庫面積和庫存保管費用，從而增加了產品成本，同時占用大量的流動資金，造成資金呆滯，既加重了貨款利息等負擔，又會影響資金的時間價值和機會收益；掩蓋了企業生產、經營全過程的各種矛盾和問題，不利於企業提高管理水準等。任何企業都會存在不同程度的庫存過量的問題，企業要想提高市場競爭力，必須從源頭上進行削減庫存，即從生產部門入手減少生產量，從而達到削減庫存的目的。那麼如何在生產部門削減庫存呢？主要通過以下幾種方法：

（1）減少生產批量。即少生產目前不需要的品種、產品數量等，避免出現產品積壓，企業可以實行按訂單生產的策略，即先接單再生產，從而減少多餘產品的庫存量。

（2）減少兩道工序之間的在製品數量。盡量緊湊兩道工具之間的生產運轉，即一道工序生產出在製品後，立刻轉入下一道工序生產，從而減少在製品的庫存。

（3）減少搬運次數，縮短搬運距離。即縮短設備與設備之間的距離，避免在

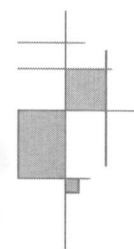

中間搬運過程中出現在製品、產成品等損壞，增加半成品庫存量。

（4）縮短加工時間。加工時間縮短，即產品週轉率提高，週轉越快，庫存量越小。

（5）降低不合格品。在產品生產過程中，加工人員要時刻注意機器設備的運轉情況、產成品的質量情況等，要時刻保持警惕，加強安全監管力度，減少次品增加數。

（6）減少設備故障。設備故障可能造成一切生產活動停止，此時的在製品、半成品等必然要轉入倉庫，增加庫存量，所以減少設備故障是削減庫存的關鍵環節。

第五章　行銷管理

目前，全球產業正處在劇烈的轉型期，消費者需求複雜多變，企業利潤逐漸減少。在這種情況下，如何在企業生產與消費者需求之間找到合適的接觸點成為行銷制勝的關鍵。很多人都說，行銷就是銷售，就是去賣東西。事實真的是這樣嗎？你又是怎樣看待行銷管理的呢？

第一節　行銷管理概論

一、市場和市場行銷

古語云「日中為市，致天下之民，聚天下之貨，交易而退，各得其所。」即是說市場是商品交換的場所。從市場行銷的角度來分析的話，市場是商品經濟中生產者與消費者之間為實現產品或服務價值的場所，它是支撐需求的交換關係、交換條件和交換過程的載體。只有消費者、生產者和促成交換雙方達成交易的各種條件（如法律保障、時間、空間、信息等）這三個要素同時存在，才會有市場的存在。

市場行銷（Marketing），有人也叫它企業行銷。因為 Marketing 一般來說都是以企業作為出發點，對市場這個客體進行行銷。當然，生產者（包括自身和其他生產者）和交換條件也是行銷的客體。這裡採用菲利普‧科特勒對市場行銷的定義：通過創造和交換產品及價值，從而使個人或群體滿足慾望和需要的社會過程和管理過程。

通過這個定義，我們發現行銷的核心是交換。通過交換這一活動使交易雙方的需求得到滿足。從識別市場需求、產品和服務的設計、產品價格的制定、產品的生產和包裝、渠道的分配和控制、渠道終端的銷售環節乃至售後服務，每一個環節都是行銷，而市場行銷所做的這一切都是為了交換，也就是為了滿足雙方的需求。因此需求是貫穿市場行銷的每一個環節的，消費者的需求是整個市場行銷的中心。而市場行銷的最終目標也是使個人或群體滿足慾望和需求。

二、市場行銷環境分析

市場行銷環境複雜多變，企業的生存和發展，愈來愈取決於適應外部環境變

化的速度。企業要想在繁雜紛紜的市場上把握機會，就必須認真地分析市場行銷環境。

(一) 市場行銷環境

市場行銷環境是指與企業行銷活動有關的內部和外部因素的集合。外部環境是客觀存在的，它不以人的意志為轉移，對企業來說屬於不可控因素，企業無力改變。但是，企業可以通過對內部因素的優化組合，去適應外部環境的變化，保持企業內部因素與外部環境的動態平衡，使企業不斷充滿生機和活力。

環境因素對企業行銷活動的影響方式有兩種：直接影響和間接影響。直接影響是企業可以立即感受到的，而間接影響則要經過一段時間之後才會顯現出來。因此，在分析市場行銷環境時，不僅要重視環境因素的直接影響，也要注意環境的間接影響。

(二) 市場行銷環境的構成要素

市場行銷環境的構成要素比較廣泛，可以根據不同的標志加以分類。這裡主要從宏觀環境和微觀環境來分析其構成要素。

宏觀市場行銷環境，又稱間接行銷環境，是指所有與企業的市場行銷活動有聯繫的環境因素，包括政治、經濟、科技、社會文化、自然等方面的因素。這些因素主要從宏觀方面對企業的市場行銷活動產生影響。這些因素又可派生出若干次級因素，它們之間既相互制約，又相互影響，形成極為複雜的因果關係。

微觀市場行銷環境，又稱直接行銷環境，它是指與本企業市場行銷活動有密切關係的環境因素，如供應商、行銷仲介、競爭者、顧客等因素。微觀市場行銷環境是宏觀市場行銷環境因素在某一領域裡的綜合作用，對企業當前和今後的經營活動產生直接的影響。

宏觀環境與微觀環境兩者之間並不是並列關係，而是主從關係。微觀環境受制於宏觀環境，宏觀環境以微觀環境為媒介去影響和制約企業的行銷活動，在某些場合，也可以直接影響企業的行銷活動。

行銷環境對企業行銷活動的影響如圖 5-1 所示。

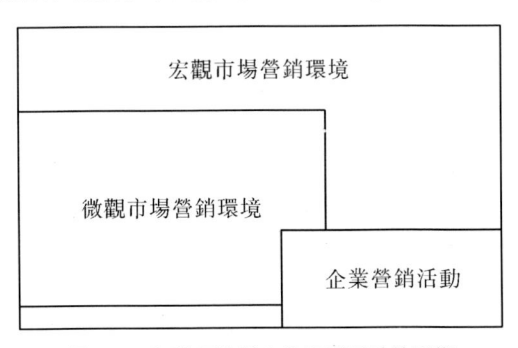

圖 5-1　行銷環境對企業行銷活動的影響

(三) 市場行銷環境的特點

市場行銷環境是一個多因素、多層次而且不斷變化的綜合體。概括地說，市場行銷環境具有以下特點：

(1) 客觀性。環境作為行銷部門外在的不以行銷者意志為轉移的因素，對企業行銷活動的影響具有強制性和不可控性的特點，特別是宏觀環境，如企業不能改變人口因素、政治法律因素等。但企業可以主動適應環境的變化和要求，制定並不斷調整企業行銷策略。

(2) 差異性。這種差異性不僅表現在不同企業受不同環境的影響，而且同樣一種環境因素的變化對不同的企業的影響也不相同。例如，中國加入 WTO，意味著中國大多數企業進入國際市場，進行「國際性較量」，而這一經濟環境的變化，對不同行業所造成的衝擊不同，對同一行業中的不同企業的衝擊也不同。

(3) 多變性。構成企業行銷環境的因素是多方面的，而每一個因素都隨社會經濟的發展而不斷變化。這就要求企業根據環境因素和條件的變化，不斷調整其行銷策略。

政治風雲導致「米沙」的失敗

1977 年，洛杉磯的斯坦福・布盧姆以 25 萬美元買下西半球公司一項專利，生產一種名叫「米沙」的小玩具熊，用作 1980 年莫斯科奧運會的吉祥物。此後的兩年裡，布盧姆先生和他的伊美治體育用品公司致力於「米沙」的推銷工作，並把「米沙」商標的使用權出讓給 58 家公司。成千上萬的「米沙」被製造出來，分銷到全國的玩具商店和百貨商店，十幾家雜誌封面上出現了這種帶 4 種色彩的小熊形象。開始，「米沙」的銷路很好，布盧姆預計這項業務的營業收入可達到 5,000 萬到 1 億美元。不料在奧運會開幕前，由於蘇聯拒絕從阿富汗撤軍，美國總統宣布不參加在莫斯科舉行的奧運會。驟然間，「米沙」變成了被人深惡痛絕的象徵，布盧姆的贏利計劃成了泡影。

---

(4) 相關性。市場行銷環境不是由某一個單一的因素決定的，它受到一系列相關因素的影響。例如，價格不但受市場供求關係的影響，而且還受到科技進步及財政稅收政策的影響。

根據行銷環境對企業活動影響的不同特點，企業要採取相應的對策。比如企業可以組織一個智囊機構或者借助社會頭腦公司，監測分析行銷環境的變化，隨時提出應變策略，來調整企業行銷戰略。企業還要加強與政府各部門的聯繫，瞭解政府有關部門對宏觀經濟的調控措施以及各項已出抬和即將出抬的改革方案，以使企業隨時可掌握宏觀環境的變化，並能做到有所準備。

3. 市場行銷信息調查與分析

市場行銷信息調查，就是運用科學的方法，有目的、有計劃、系統地收集、整理和分析研究有關市場行銷方面的信息和資料，供行銷管理人員瞭解行銷環境，發現機會與問題，並作為市場預測和行銷決策依據的過程。

市場信息調查的程序為：①調查準備階段（包括調查目的、範圍等的確定，組織調查力量、培訓相關調查人員等）；②調查的實施階段以及總結階段，即資料的整理與分析、撰寫調查報告、追蹤與反饋等。

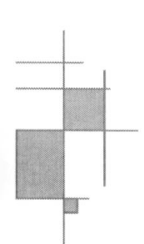

進行市場行銷信息調查與分析，一方面有助於經營管理者把握宏觀的市場環境，加深對自己所從事行業的瞭解；還能確定顧客需求，進而生產客戶需要的產品，同時加深對企業自身產品和經營狀況的認識，發現產品的不足及經營中的缺點，及時反饋並予以糾正，改進企業的經營策略，使企業始終保持生機與活力。另一方面也有利於發現新的市場機會和需求，以便開發新的產品去滿足這些需求；還能及時掌握競爭者的動態，瞭解其經營狀況與策略、產品或服務的優劣勢以及市場份額的大小，做到知己知彼，百戰不殆。

第二節　策略類型

一、產品策略

1. 產品與產品組合策略

　　從市場行銷學的角度來看，產品是指向市場提供的能滿足人們某種需要的物品和服務，包括實物、勞務、場所、組織和思想等所有有形和無形的東西。

　　菲利普·科特勒用五個基本層次來描述產品的整體概念，即核心產品、基礎產品、期望產品、附加產品、潛在產品，而國內大多數學者一般將產品分為三個層次，即核心產品、形式產品和附加產品。如圖 5-2 所示。

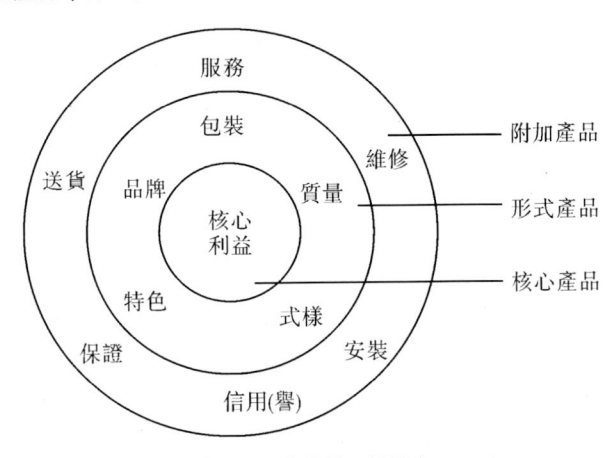

圖 5-2　產品的三個層次

　　核心產品也叫實質產品，是產品的內在質量，也是第一質量，它位於整體產品的中心，向顧客提供產品的基本效用或利益，是埋藏在產品之內、隱藏在消費行為背後的東西。形式產品是指產品的本體，是產品的外在質量，是核心產品借以實現的各種具體產品形式，也是向市場提供產品實體的外觀和消費者得以識別和選擇的主要依據，一般表現為產品的形狀、特點、包裝、品牌等。附加產品也叫延伸產品，是一種服務質量，是指消費者購買產品時隨同產品所獲得的全部附加服務與利益，從而把一個公司的產品與其他公司區別開來，包括送貨上門、安裝調試、維修、技術培訓等附加價值。

135

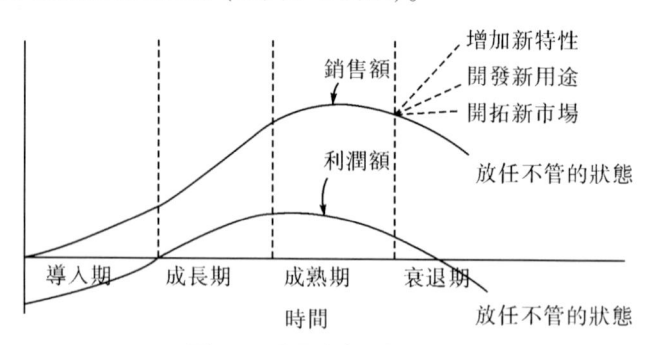

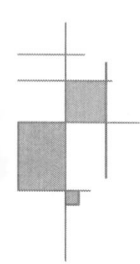

产品组合，是指一个企业生产经营的全部产品线、产品项目的组合方式。其中产品线是指具有相同的使用功能，但规格、型号不同的一组类似产品项目；产品项目是指产品线中按规格、外形、价格等区分的具体产品。

产品组合包含宽度、深度和关联度三个因素。宽度又称产品组合的广度，是指一个企业所拥有的产品线的多少。产品线越多，说明产品组合的宽度越宽。深度，是指产品线中的每一产品有多少品种。关联度是指各产品线之间在最终用途、生产条件、销售渠道等方面的相互关联的程度。

2. 产品生命周期策略

产品生命周期，是指产品从投入市场到最后退出市场所经历的市场生命循环过程，也就是产品的市场生命周期。它表示的是一种新产品开发成功投入市场后，从鲜为人知，到逐渐被消费者了解和接受，然后又被更新的产品所代替的过程。

产品生命周期一般以产品的销售量和所获的利润额来衡量。典型的产品市场生命周期曲线呈 S 形。根据销售增长率的变化情况，它可以分为四个阶段：导入期、成长期、成熟期和衰退期（如图 5-3 所示）。

图 5-3 产品生命周期的阶段

（1）导入期是新产品进入市场的最初阶段。其主要有生产成本高、促销费用大、销售数量少、竞争不激烈等特点。此阶段主要的行销目标是迅速将新产品打入市场，在尽可能短的时间内扩大产品的销售量。可采取的具体策略有：

①积极开展广告宣传，采用特殊的促销方法，如示范表演、现场操作、实物展销、免费赠送、小包装试销等，广泛传播商品信息，帮助消费者了解商品，提高产品认知程度。

②积极攻克产品制造中尚未解决的某些技术问题，稳定质量，并根据市场反馈，改进产品，提高质量。

③就产品与价格的组合策略看，可运用不同策略。

一是快速撇脂策略。也称高价高促销策略，即企业以高价和大规模促销将新产品推进市场，加强市场渗透与扩张。采用这一策略的条件是：大部分潜在购买者根本不熟悉该产品，企业已经知道这种新产品的购买者求购心切，愿出高价。

二是缓慢撇脂策略。也称高价低促销策略，即企业以高价和低促销费用将新产品推进市场，以多获利润。采用这一策略的条件是：市场容量相对有限，消费

對象相對穩定；大部分購買者對產品已有所瞭解，願出高價購買；潛在競爭的威脅較小。

三是快速滲透策略。也稱低價高促銷策略，即企業以低價和大規模的促銷活動將新產品推進市場，以最快的速度進行市場滲透和擴大市場佔有率。採用這一策略的市場條件是：市場容量相當大，購買者對商品不瞭解而且對價格十分敏感；潛在競爭威脅大；商品的單位成本可因大批量生產而降低。

四是緩慢滲透策略。也稱低價低促銷策略，即企業以低價和少量的促銷費用將新產品推進市場，以廉取勝，迅速占領市場。採用這一策略的條件是：市場容量大；購買者對產品較為熟悉，對價格較為敏感；有相當數量的潛在競爭者。

（2）成長期是產品在市場上已經打開銷路，銷售量穩步上升的階段。其主要特點是：購買者對商品已經熟悉，市場需求擴大，銷售量迅速增加、成本大幅度下降、競爭者相繼加入市場，競爭趨向激烈。此階段企業的主要任務是進一步擴大產品的市場，提高市場佔有率。可採用的策略有：

①進一步提高產品質量，增加花色、品種、式樣、規格，改進包裝。

②廣告促銷，從介紹產品，提高知名度轉到突出特色，樹立形象，爭創名牌。

③開闢新的分銷渠道，擴大商業網點。

④在大量生產的基礎上，適時降價或採用其他有效的定價策略，吸引更多購買者。

（3）成熟期是產品在市場上普及銷售量達到高峰的飽和階段。其主要特點是：產品已為絕大多數的消費者所認識，銷售量增長緩慢，處於相對穩定狀態，並逐漸出現下降的趨勢、企業利潤逐步下降，競爭十分激烈。此階段企業的主要任務是牢固地占領市場，防止與抵抗競爭對手的蠶食進攻。可採用的策略有：

①從廣度和深度上拓展市場，爭取新顧客，刺激老顧客增加購買。

②提高產品質量，進行產品多功能開發，創造新的產品特色，增加產品的使用價值。

③改進行銷組合策略，如調整價格、增加銷售網點、開展多種促銷活動、強化服務等。

（4）衰退期是產品銷售量持續下降、即將退出市場的階段。其主要特點有：消費者對產品已經沒有興趣，市場上出現了改進型產品，市場需求減少、企業利潤不斷降低。此階段的主要任務是盡快退出市場，盡量減少因存貨過多給企業造成的虧損。可選擇的策略有：

①淘汰策略，即企業停止生產衰退期產品，上新產品或轉產其他產品。

②持續行銷策略，即企業繼續生產衰退期產品，利用其他競爭者退出市場的機會，通過提高服務質量、降低價格等方法維持銷售。

3. 新產品開發策略[①]

開發新產品，主要是因為：第一，產品生命週期要求企業不斷開發新產品。

---

① 郭國慶. 市場行銷學通論［M］. 北京：中國人民大學出版社，2009.

企業同產品一樣，也存在著生命週期。如果企業不開發新產品，則當產品走向衰退時，企業也同樣走到了生命週期的終點。一般而言，當一種產品投放市場時，企業就應著手設計新產品，使企業在任何時期都有不同的產品處在週期的各個階段，從而保證企業持續盈利。第二，科學技術迅速發展，消費結構變化加快，使消費選擇更加多樣化，產品生命週期日益縮短。第三，企業間的競爭日趨激烈，企業只有不斷創新，開發新產品，才能在市場占據領先地位，增強企業的活力。所以，開發新產品是企業應付各種突發事件，維護企業生存與長期發展的重要保證。

新產品開發由八個階段構成，即：

（1）尋求創意。即尋找開發新產品的設想。雖然並不是所有的設想或創意都能變成產品，但尋求盡可能多的創意卻可為開發新產品提供較多的機會。新產品創意的來源主要有：顧客、競爭對手、企業推銷人員和經銷商、企業高層管理人員、市場研究公司、廣告代理商等。企業還要從內部人員中尋求創意，這就要求企業建立各種激勵性制度，對提出創意的職工給予獎勵，而且高層主管人員應當對這種活動表現出充分的重視和關心。

（2）甄別創意。企業取得足夠創意之後，要對這些創意加以評估，研究其可行性，並挑選出可行性較高的創意。甄別創意時，一般要考慮兩個因素：一是該創意是否與企業的戰略目標相適應，表現為利潤目標、銷售目標、銷售增長目標、形象目標等幾個方面；二是企業有無足夠的能力開發這種創意。這些能力表現為資金能力、技術能力、人力資源、銷售能力等。

> **知識小貼士：明確定義**
>
> 所謂產品創意，是指企業從自己角度考慮的能夠向市場提供的可能產品的構想。
>
> 產品形象，則是指消費者對某種現實產品或潛在產品所形成的特定形象。

（3）形成產品概念。經過甄別後保留下來的產品創意還要進一步發展，成為產品概念。產品概念，是指企業從消費者的角度對這種創意所做的詳盡的描述。

（4）制定市場行銷戰略。形成產品概念之後，需要制定市場行銷戰略，企業的有關人員要擬定一個將新產品投放市場的初步市場行銷戰略報告書。它由三個部分組成：①描述目標市場的規模、結構、行為、新產品在目標市場上的定位，前幾年的銷售額、市場佔有率、利潤目標等；②略述新產品的計劃價格、分銷戰略以及第一年的市場行銷預算；③闡述計劃長期銷售額和目標利潤以及不同時間的市場行銷組合。

（5）營業分析。在這一階段，企業市場行銷管理者要復查新產品將來的銷售額、成本和利潤的估計，看看它們是否符合企業的目標。如果符合，就可以進行新產品開發。

（6）產品開發。如果產品概念通過了營業分析，研究與開發部門及工程技術部門就可以把這種產品概念轉變成為產品，進入試製階段。這一階段應當確認的是，產品概念能否變為技術上和商業上可行的產品，即是否能研發成功。

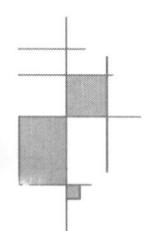

（7）市場試銷。如果企業的高層管理對某種新產品開發試驗結果感到滿意，就著手用品牌名稱、包裝和初步市場行銷方案把這種新產品裝扮起來，把產品推上真正的消費者舞臺進行試驗。此階段目的在於瞭解消費者和經銷商對於經營、使用和再購買這種新產品的實際情況以及市場大小，然後再酌情採取適當對策。

> **知識小貼士：**
> 市場試銷的規模取決於兩個方面：一是投資費用和風險大小，二是市場試驗費用和時間。投資費用和風險越高的新產品，試驗的規模應越大一些；從市場試驗費用和時間來講，所需市場試驗費用越多、時間越長的新產品，市場試驗規模應越小一些。不過，市場試驗費用不宜在新產品開發投資總額中占太大比例。

（8）批量上市。經過市場試驗，企業高層管理者已經擁有了足夠的信息資料來決定是否將這種新產品投放市場。如果決定向市場推出，企業就須再次付出巨額資金：一是建設或租用全面投產所需要的設備。很多公司為了慎重起見都把生產能力限制在所預測的銷售額內，以免新產品的盈利收不回成本。二是花費大量市場行銷費用。

4. 品牌策略

品牌是用以識別某個銷售者或某群銷售者的產品或服務，並使之與競爭對手的產品或服務區別開來的商業名稱及其標志，通常由文字、標記、符號、圖案和顏色等要素或這些要素的組合構成。品牌可從以下六個方面進行解讀：

（1）屬性。它是品牌最基本的含義，首先代表著特定的商品屬性，如奔馳意味著工藝精湛、製造優良、昂貴、耐用、速度快，公司可用一種或幾種屬性做廣告，多年來奔馳的廣告一直強調「全世界無可比擬的工藝精良的汽車。」

> **知識小貼士：品牌與商標的區別**
> 聯繫：所有的商標都是品牌，但並非所有的品牌都是商標，商標是品牌的重要組成部分。品牌是一個籠統的總名詞。商標是受法律保護的品牌。
> 區別：品牌是一個市場概念，是產品或服務在市場上通行的牌子；商標是一個法律概念，它是品牌的法律化，是註冊人在某些商品上受法律保護的專用標記。

（2）利益。它體現了特定的利益。顧客不是在買屬性而是買利益，這就需要把屬性轉化為功能性或情感性的利益。就奔馳而言，「工藝精湛、製造優良」可轉化為「安全」，「昂貴」可轉化為「令人羨慕、受人尊重」的利益。

（3）價值。體現了生產者的某些價值感。

（4）文化。品牌可能代表某種文化。奔馳蘊涵著「有組織、高效率、高品質」的德國文化。

（5）個性。不同的品牌會使人們產生不同的聯想，這是由品牌個性所決定的。奔馳容易讓人想到一位嚴謹的老板，紅旗則讓人想到一位嚴肅的領導。

（6）用戶。品牌暗示了購買或使用產品的消費者類型。

關於品牌的策略如下：

（1）品牌建立決策。有關品牌的第一個決策就是決定是否給產品加上一個品

牌。品牌的作用在商品經濟高度發達的今天體現得十分突出，一切產品幾乎都有品牌。一方面，越來越多傳統上不用品牌的商品紛紛品牌化；另一方面，品牌也成為一種無形資產，它是產品質量的反應，是企業信譽的標志。

（2）品牌歸屬決策。此策略有如下幾種：

①使用製造商品牌。若製造商具有良好的市場信譽，並擁有較大的市場份額，就可以使用製造商品牌。

②使用中間商品牌。中間商在某一市場領域擁有良好的品牌信譽及龐大完善的銷售系統，那些新進入市場的中小企業往往借助於中間商商標。美國著名的大零售商西爾斯公司已有90%以上的產品使用自己的品牌。

③製造商品牌與中間商品牌混合使用。製造商在部分產品上使用自己的品牌；另一部分以批量賣給中間商，使用中間商品牌，以求既擴大銷路又能保持本企業品牌特色；或者為進入新市場，可先採用中間商品牌，取得一定市場地位後改用製造商品牌。日本索尼公司的電視機初次進入美國市場時，在美國最大的零售商店西爾斯（S·R）出售，用的是S·R品牌。打開市場之後索尼公司發現其產品很受美國人的歡迎，就又改用自己的品牌出售。

④製造商品牌與銷售商品牌同時使用，兼收兩種品牌單獨使用的優點。許多大型零售商店，如上海中百一店、北京王府井百貨大樓均出售數以萬計的商品，它們除了使用製造商品牌外，還標明上海中百一店或北京王府井百貨公司監制或經銷。這種混合品牌策略對產品進入國外市場也很有幫助。

（3）品牌質量決策。品牌質量決策是指最初決定品牌的質量水準是哪種層次，即低質量、一般質量、中上質量、高質量。每一種質量水準都有其市場，都有與之相適應的顧客。並且決定品牌最初的質量水準應該和選擇目標市場及產品定位結合進行。歐米茄手錶的歷史源遠流長，它決定了品牌的最初質量就是高質量，力求造型高雅、性能精確，在製表業獨占鰲頭。它今天的口號仍是「超凡絕倫的製表技藝，一百五十年始終不渝。」管理品牌質量，有三種可供選擇的策略：

①提高品牌質量：在研究開發上不斷投入資金、改進產品質量，以取得最高的投資收益率和市場佔有率。

②保持品牌質量：將品牌質量保持原狀不做改變。因為品牌的最初質量水準經歷了時間的變化，仍然適合目前的及可預測的未來市場的情況。

③逐漸降低品牌質量：產品價格下跌或原材料價格上漲，改用廉價材料替代降低質量；或者產品進入衰退期，淘汰已成定局可採取降低質量策略。

（4）品牌統分決策。可供選擇的策略有：

①個別品牌。企業各種不同的產品分別使用不同的品牌。這樣有利於企業擴充高、中、低檔各類產品，以適應市場的不同需求。還能保證產品各自發展，在市場競爭中增強了安全感。如寶潔公司生產的各種日化產品，分別使用汰漬、奧妙、碧浪等不同品牌；並創造了飄柔、海飛絲、潘婷、沙萱、潤妍等不同洗髮水品牌。

②統一品牌。企業所有產品統一使用一個品牌，也稱為整體的家族品牌。這樣節省品牌設計和廣告費用，也有利於為新產品打開銷路。中國上海益民食品公

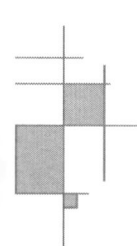

司的所有產品都是「光明牌」；美國通用電氣公司的所有產品都統一使用「GE」這個品牌名稱。

③分類品牌。首先，各產品線分別使用不同品牌，避免發生混淆。西爾斯公司所經營的器具類產品、婦女服裝類產品、主要家庭設備類產品分別使用不同的品牌名稱；其次，生產或銷售同類型的產品，但質量水準有差異也使用不同品牌以便於識別。巴盟河套酒業公司生產的白酒，一等品的品牌名稱是河套王，以下依次是：河套老窖、河套人家等多個名稱。

④企業名稱加個別品牌。這是統一品牌與個別品牌同時並行的一種方式。在產品的品牌名稱前冠以企業名稱，可使產品正統化，既享有企業已有的信譽，又可使產品各具特色。美國通用汽車公司（GM）所生產的各種小轎車分別使用不同的品牌：凱迪拉克、土星、歐寶、別克、奧斯莫比、潘蒂克、雪佛萊等，每個品牌上都另加「GM」兩個字母，以表示通用汽車公司的產品。

（5）品牌延伸決策。這是指企業利用其成功品牌的聲譽來推出改良產品或新產品的策略。有人比喻：在西方國家，品牌延伸就像當年成吉思汗橫掃歐亞大陸一樣，席捲了整個廣告和行銷界。過去十年來，十分成功的品牌有2/3屬於延伸品牌，而不是新品牌。

（6）品牌重新定位決策。隨著時間的推移，品牌在市場上的位置會有所改變，如果出現下列情況，就有必要對品牌進行重新定位：第一，競爭者的品牌定位接近本企業的品牌，奪走了一部分市場，使本企業品牌的市場佔有率下降；第二，消費者的偏好發生變化，具有某種新偏好的顧客群已經形成，企業面臨有巨大吸引力的良好經營機會。

（7）品牌防禦決策。企業在品牌與商標經營過程中，要及時註冊，防止被他人搶註，還要杜絕「近似商標註冊」的事件的發生。而防止近似商標註冊的有效方法就是主動進行防禦性註冊，實施商標防禦性策略。第一，在相同或類似的產品上註冊或使用一系列互為關聯的商標（聯合商標），以保護正在使用的商標或備用商標。第二，將同一商標在若干不同種類的產品或行業註冊，以防止他人將自己的商標運用到不同種類的產品或不同的行業上（防禦性商標）。

5. 包裝策略

包裝是指對某一品牌商品設計並製作容器或包紮物的一系列活動。其構成要素有：

①商標、品牌，是包裝中最主要的構成要素，應占據突出位置。
②形狀，是包裝中必不可少的組合要素，有利於儲運、陳列及銷售。
③色彩，是包裝中最具刺激銷售作用的構成要素，對顧客有強烈的感召力。
④圖案，在包裝中，其作用如同廣告中的畫面。
⑤材料，包裝材料的選擇，影響包裝成本，也影響市場競爭力。
⑥標籤，印有包裝內容和產品所含主要成分、品牌標志、產品質量等級、生產廠家、生產日期、有效期和使用方法等。

包裝的種類有運輸包裝和銷售包裝兩種。運輸包裝主要用於保護產品品質安全和數量完整。銷售包裝（內包裝或小包裝）不僅要保護商品，更重要的是要美

化和宣傳商品，便於陳列，吸引顧客，方便消費者認識、選購、攜帶和使用。包裝策略有：

（1）類似包裝策略。該策略指企業生產的各種產品，在包裝上採用相同的圖案、相近的顏色，體現出共同的特點。

（2）等級包裝策略。首先，不同質量等級的產品分別使用不同包裝，高檔優質包裝，普通一般包裝。其次，同一商品採用不同等級包裝，以適應不同購買力水準或不同顧客的購買心理。

（3）異類包裝策略。企業各種產品都有自己獨特的包裝，設計上採用不同風格、不同色調、不同材料。

（4）配套包裝策略。該策略指企業將幾種相關的商品組合配套包裝在同一包裝物內。

（5）再使用包裝策略。該策略指包裝物內商品用完之後，包裝物本身還可用作其他。

（6）附贈品包裝策略。該策略指在包裝物內附有贈品以誘導消費者重複購買，是一種有效的營業推廣方式。

（7）更新包裝策略。該策略指企業的包裝策略隨市場需求的變化而改變的做法，可以改變商品在消費者心目中的地位，進而收到迅速恢復企業聲譽的效果。

二、價格策略

價格是企業市場行銷的重要因素之一。商品價格的變化直接影響消費者的購買行為，影響經營者盈利目標的實現。所以，研究和運用定價策略是企業行銷策略的重要方面。

1. 定價目標

定價目標，是指企業通過制定特定水準的價格來實現其預期目的。定價目標的確定必須要服從企業行銷的總目標，並且與其他行銷目標相協調。由於各個企業的內部條件和外部經營環境不同，企業定價目標是多種多樣的。在行銷實踐中，常見的定價目標主要有以下幾種類型：

（1）維持生存。當企業處於不利環境時，如生產能力過剩、產品成本提高、競爭激烈或消費者需求發生變化，企業為了避免倒閉，以生存為短期目標，通常會採取低價策略，只要求價格能收回可變成本和部分固定成本，以期維持營業，爭取等到形勢好轉或新產品問世。

（2）當期利潤最大化。企業要生存就必須獲得利潤，只有足夠的利潤才能夠保證企業的生存和發展。但是實現利潤最大化並不代表價格最高，價格過高反而會導致銷售量減少，利潤降低。因此要根據產品的價格彈性來確定能取得最大利潤的價格。

（3）市場佔有率最大化。市場佔有率是表示企業在其行業勢力大小的重要指標。不少企業把維持或提高市場佔有率作為其定價目標。提高市場佔有率通常要求企業制定一個中等偏低的價格，既不能太低，也不能太高。因為在消費者市場上，中等收入者一般總是最大的細分市場，過高的價格會抑制他們的購買力，過

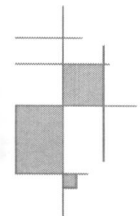

低的價格則會影響他們對品牌的信心。所以賓利、勞斯萊斯、邁巴赫有很高的品牌聲譽，從汽車整體市場看其市場佔有率卻很低。

（4）產品質量最優化。對許多消費者來說，高價格代表著高質量和良好的品牌形象。對企業來說，生產銷售高質量產品的成本要高得多，所以必須通過高價格來收回投資。同時，高質高價的產品還要輔以優質的服務以保證在消費者心目中的高品質品牌形象。例如，國內的許多醫院推出的高級病房，僅床位費就是普通病房的10多倍，但是由於其提供高於普通病房幾個等級的硬件條件以及相應的高質量的服務，滿足了部分顧客對醫療服務的多樣化需求，從而穩定地占據了一定的市場份額。

2. 定價方法

產品的定價方法有很多，主要有以下幾種：

（1）成本導向定價法

①成本加成定價法，是指按照單位成本加上一定百分比的加成來確定產品的銷售價格，產品單價＝單位產品完全成本×（1+成本加成率），即：$P=C(1+R)$。

例：某服裝廠生產1,000套童裝，固定成本3,000元，單位變動成本為45元，成本利潤率為26%，綜合稅率為4%，計算每套童裝的價格應是多少？

$P=C(1+R)=[(3,000+45×1,000)/1,000]×(1+26\%+4\%)=62.4$（元）

此種方法計算簡便，便於核算；價格能保證補償全部成本並滿足利潤要求，但是它忽視了產品需求彈性的變化。不同產品在同一時期，同一產品在不同時期，同一產品在不同市場，其需求彈性都不相同。因此產品價格在完全成本的基礎上，加上固定的加成比例，不能適應迅速變化的市場要求，缺乏應有的競爭能力，而且以完全成本作為定價基礎缺乏靈活性，不利於企業降低產品成本。

②目標收益率定價法，是指企業為了實現預期的投資收益率，根據投資總額和估計的總銷售量來確定產品售價。採用這種方法，首先要確定投資收益率，在其他條件不變的情況下，投資收益率高低取決於投資年限的長短。其次計算投資收益額。若投資收益率是固定的，則：投資收益額＝投資總額÷投資回收年限；若投資收益率是變動的，則投資收益額＝投資總額×投資收益率。最後確定單位產品售價。單位產品售價＝（單位總成本+投資收益額）÷預計銷售量。

例：假設某公司生產一種產品，投資額為100萬元，預計第一年產量為9萬件，預期的投資收益率為15%；第二年產量10萬件，投資收益率為12%；第三年及以後各年產量15萬件，投資收益率為10%。假定該公司各年的固定成本為30萬元，單位變動成本為5元，計算單位產品售價應定多少元才能收回預期的投資？

第一年：預期投資收益額＝投資總額×投資收益率＝100萬×15%＝15萬

產品總成本＝固定成本+變動成本＝30萬+5×9萬＝75萬

單位產品價格＝（單位總成本+投資收益額）÷預計銷售量

＝（75萬+15萬）÷9萬＝10（元）

以此計算：第二年的單位產品價格為9.2元；第三年的單位產品價格為7.67元。

目標收益率定價法較多地運用於市場佔有率高或具有壟斷性質的企業，特別是大型公用事業。它簡便易行，能使企業收入穩定。但是，價格是影響銷量的一個重要因素，按照這個方法計算產品售價，並不一定能保證產品銷售出去，如果產品不能賣出去，則企業的利潤目標就難以實現。

③盈虧平衡定價法，它分析的要害是確定盈虧平衡點，即企業收支相抵，利潤為零時的狀態。公式：

$P=(TFC \div Q)+AVC$

其中：TFC 是總固定成本；AVC 是單位變動成本 $Q=TFC \div (P-AVC)$。

(2) 需求導向定價法，是以消費者對產品價值的理解程度和需求強度為依據的定價方法。主要方法有以下幾種：

①理解價值定價法。理解價值，也叫感受價值、認知價值，就是指消費者對某種商品的主觀評判。使用此種方法的企業不以成本為依據，而以消費者對商品價值的理解度為定價的依據。

使用這種方法定價，企業首先應以各種行銷策略和手段，影響消費者對產品的認知，形成對企業有利的價值觀念，然後再根據產品在消費者心目中的價值來制定價格。理解價值定價法的關鍵在於獲得消費者對有關商品價值理解的準確資料。企業如果過高估計消費者的理解價值，價格就可能過高，這樣會影響商品的銷量；反之，如果價格過低就會減少收入。所以，企業必須搞好市場調查，瞭解消費者的消費偏好，準確地估計消費者的理解價值。

②區分需求定價法，它是根據需求的差異，對同種產品或勞務制定不同的價格，也叫「價格歧視」。主要包括以下幾種：

a. 因人差異定價。同一產品和服務對不同顧客應制定不同的價格。例如，美國輪胎製造商賣給汽車廠的產品價格便宜，因為需求彈性大；賣給一般用戶的價格貴，因為需求彈性小。

b. 因地差異定價。同一產品和服務處在不同地理位置，應分別制定不同的價格。如同一瓶可樂一般店鋪只賣 2.5~3 元，可在五星級賓館就賣 28~30 元。

c. 因時差異定價。產品的生產和需求都會因時間變化而變化，對同一產品在不同的時間應制定不同的價格。例如，服裝、空調等的價格會因季節不同而異。

d. 因用途差異定價。同一產品或服務可按其不同的用途制定不同的價格。如中國電力定價就分為民用、營業用和工業用。

e. 因量差異定價。同一產品或服務可按其不同的量來制定不同的價格，包括兩種情況：一是產品購買或消費得越多越便宜，鼓勵多買多消費；二是主張節約，越多就越貴。

③反向定價法，是指企業根據產品的市場需求狀況，通過價格預測和試銷、評估，先確定消費者可以接受和理解的零售價格，然後倒推批發價格和出廠價格的定價方法。這種定價方法的依據不是產品的成本，而是市場的需求，力求使價格為消費者所接受。採用此法的關鍵在於如何正確測定市場可銷零售價格水準。測定的標準主要有：產品的市場供求情況及其變動趨勢、產品的需求函數和需求價格彈性、消費者願意接受的價格水準、與同類產品的比價關係。

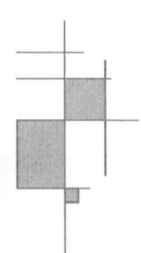

(3) 競爭導向定價法
①隨行就市定價法，是指企業根據同行業的平均價格水準定價。
②密封投標定價法，是一種競爭性很強的定價方法。一般在購買大宗物資、承包基建工程時，發布招標公告，由多家賣主或承包者在同意招標人所提出條件的前提下，對招標項目提出報價，招標者從中擇優選定。

3. 定價策略
(1) 折扣與折讓定價策略
折扣定價是利用各種折扣吸引經銷商和消費者，促使他們積極推銷或購買本企業產品，從而達到擴大銷售、提高市場佔有率的目的。折扣的主要類型有：
①現金折扣，是對在規定的時間內提前付款或用現金付款者所給予的一種價格折扣，其目的是鼓勵顧客盡早付款，進而加速資金週轉，減少財務風險。採用現金折扣一般要考慮三個因素：折扣比例、給予折扣的時間限制和付清全部貨款的期限。
在西方國家，典型的付款期限折扣表示為「3/20, n/60」。其含義是在成交後 20 天內付款，買者可以得到 3% 的折扣，超過 20 天，在 60 天內付款不予折扣，超過 60 天付款要加付利息。
②數量折扣，指按購買量的多少，分別給予不同的折扣，購買數量愈多，折扣愈大。其目的是鼓勵大量購買，或集中向本企業購買。
③功能折扣，也叫業務折扣、貿易折扣，是製造商給批發商或零售商的一種額外折扣，促使他們執行某種市場行銷功能（如推銷、儲存、服務）。此折扣的目的是鼓勵中間商大批量訂貨，擴大銷售，爭取顧客，並與生產企業建立長期、穩定、良好的合作關係。
④季節折扣。有些商品的消費具有明顯的季節性。比如：空調、羽絨服、啤酒等。為了調節供需矛盾，這些商品的生產企業便採用季節折扣的方式，對在淡季購買商品的顧客給予一定的優惠。
⑤價格折讓，是根據價目表給顧客價格折扣的另一種類型，是減價的一種形式。例如，新產品試銷折讓，如商品標價 115 元，去掉零頭，減價 5 元，顧客只付 110 元；以舊換新折讓，當顧客買了一件新產品時，可交還同類商品的舊貨，在價格上給予折讓。一輛小汽車標價為 4 萬元，顧客以舊車折價 5,000 元購買，只需付給 3.5 萬元即可。

(2) 地區定價策略
地區性定價策略，是指針對賣給不同地區（包括當地和外地不同地區）顧客的某種產品，是分別制定不同的價格，還是制定相同的價格。
①原產地定價，就是買方按照廠價購買某種產品，賣方只負責將這種產品運到產地的某種運輸工具（如卡車、火車、船舶、飛機等）上交貨。交貨後，從產地到目的地的一切風險和費用由顧客承擔。這種定價雖然合理，但可能造成遠距離的顧客不願購買這個企業的產品，而購買其附近企業的產品。
②統一交貨定價，是指企業對於賣給不同地區顧客的某種產品，都按照相同的廠價加相同的運費（按平均運費計算）定價，也就是說，對全國不同地區的顧

145

客，不論遠近，都實行統一的價格。因此，這種定價又叫郵資定價。

③分區定價，是指企業把全國（或某些地區）分為若干價格區，對於賣給不同價格區顧客的某種產品，分別制定不同的地區價格。距離企業遠的價格區，價格較高，在各個價格區範圍內實行一個價。採用分區定價也會存在一些問題：第一，在同一價格區內，有些顧客距離企業較近，有些顧客距離企業較遠，前者就不合算；第二，處在兩個相鄰價格區界兩邊的顧客，他們相距不遠，但是要按高低不同的價格購買同一種產品。

④基點定價，即企業選定某些城市作為基點，然後按一定的廠價加上從基點城市到顧客所在地的運費來定價（不管產品是哪個城市起運的）。有些公司為了提高靈活性，選定多個基點城市，按照顧客最近的基點計算運費。

⑤運費免收定價。有些企業因為急於和某些地區做生意，就會負擔全部或部分實際運費。這些賣主認為，如果生意擴大，其平均成本就會降低，因此足以抵償這些費用開支。採取運費免收定價，可以使企業加深市場滲透，並且能在競爭日益激烈的市場上站得住腳。

（3）心理定價策略

心理定價是針對消費者的不同消費心理，制定相應的商品價格，以滿足不同類型消費者的需求策略。

①聲望定價策略，是企業根據消費者的求名心理，將有聲望的商品的價格制定得比市場同類商品更高。它能有效消除購買者的心理障礙，使顧客對商品或零售商形成信任感和安全感，顧客也從中得到榮譽感。

②尾數定價策略，又稱零頭定價，是針對消費者的求廉心理，在商品定價時有意制定一個與整數有一定差額的價格。比如很多商場中的 9.9 元的定價。

③招徠定價策略，是一種有意將少數商品降價以吸引顧客的定價方式。商品的價格低於市價，一般能引起消費者的注意，這是適合消費者求廉心理的。

（4）產品組合定價策略

①產品大類定價。首先，確定某種產品的最低價格，由它在產品大類中充當價格領袖，以吸引消費者購買產品大類中的其他產品。其次，確定產品大類中某種商品的最高價格。由它在產品大類中充當品牌質量和收回投資的角色。最後，產品大類中的其他產品也分別依據其在產品大類中的角色不同而制定不同的價格。

例：男士服裝店經營 3 種價格檔次的男士服裝：150 美元、250 美元和 350 美元。顧客會從 3 個價格點聯繫到低、中、高 3 種質量水準的服裝。一般會選擇中等質量的服裝，當這 3 種價格同時提高 50 元，男士們仍會選擇中等質量的服裝。

②選擇品定價。許多企業在提供主要產品時，還會附帶一些可供選擇的產品或特徵。許多飯店的酒水價很高，而食品的價格相對較低。食品收入可以彌補食品的成本和飯店其他的成本，而酒類可以帶來較高的利潤。這是服務人員極力推銷顧客購買酒水的原因。

③補充產品定價。有些產品需要附屬或補充產品。製造商經常為主要產品制定較低的價格，而為附屬產品制定較高的加成。如：柯達照相機的價格很低，原因是它可以從銷售膠卷上獲利。

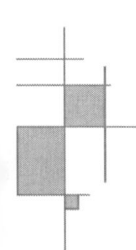

④分部定價。服務性企業經常收取一筆固定費用，再加上可變的使用費。如：電話用戶每月都要支出一筆基本使用費，如果使用次數超過規定，還要再交費。

⑤副產品定價。在生產加工肉類、石油產品和其他化工產品的過程中，經常有副產品。若副產品價值很低，製造商確定的價格必須能夠彌補副產品的處理費用；若副產品對某一顧客群有價值，就應該按其價值定價。

⑥產品系列定價。企業經常以某一價格出售一組產品，例如：化妝品、計算機。這組產品的價格低於單獨購買其中每一產品的費用總和。因為顧客可能並不打算購買其中所有的產品，所以這一組合的價格必須有較大的降幅，以此促使顧客購買。

三、渠道策略

行銷渠道也稱銷售渠道，指產品從生產者向消費者的轉移過程中經過的通道，這些通道由一系列的市場分銷機構或個人組成。其中分銷機構包括各類中間商，即經銷商、代理商和經紀商。渠道策略即關於銷售渠道的規劃和戰略。它是整個行銷系統的重要組成部分，是規劃中的重中之重，它對降低企業成本和提高企業競爭力具有重要意義。行銷渠道策略的類型包括直接渠道或間接渠道的行銷策略、長渠道或短渠道的行銷策略、寬渠道或窄渠道的行銷策略、單一行銷渠道和多行銷渠道策略、傳統行銷渠道策略、垂直行銷渠道策略、網絡行銷渠道策略和新型行銷渠道策略。

案例　格力空調的渠道策略[①]

珠海格力集團公司是珠海市目前規模最大、實力最強的企業之一。自創立之日起到2004年格力空調一直採取的是廠家—經銷商/代理商—零售商的渠道策略，並在這種渠道模式下取得了較高的市場佔有率。近幾年的格力在行銷渠道中也進行了許多的改進，從傳統的行銷渠道到現如今的多元化行銷渠道，格力一直在努力尋找適合自己發展的行銷渠道策略。

2004年2月，成都國美為啓動淡季空調市場，在相關媒體上刊發廣告，對格力兩款暢銷空調進行大幅度降價銷售，零售價原為1,680元的1P掛機被降為1,000元，零售價原為3,650元的2P櫃機被降為2,650元。格力認為國美電器在未經自己同意的情況下擅自降低了格力空調的價格，破壞了格力空調在市場中長期穩定、統一的價格體系，導致其他眾多經銷商的強烈不滿，並有損於其一線品牌的良好形象，因此要求國美立即終止低價銷售行為。格力在交涉未果後，決定正式停止向國美供貨，並要求國美電器給個說法。「格力拒供國美」事件傳出，不由讓人聯想起2003年7月份發生在南京家樂福的春蘭空調大幅降價事件，二者如出一轍，都是商家擅自將廠家的產品進行「低價傾銷」，引起廠家的抗議。2004年3月10日，四川格力開始將產品全線撤出成都國美6大賣場。格力之所以有底氣和國美這種電子商場大亨唱對臺戲，是因為其在創立初期就是運用的專

[①] 朱超才. 市場行銷基礎 [M]. 合肥：安徽大學出版社，2010.

賣店銷售模式，這樣，它就不依賴於與大型賣場合，反而各行其是，獨闢蹊徑。

事實上，在國美、蘇寧等全國性專業連鎖企業勢力逐漸強盛的今天，格力電器依然堅持依靠自身經銷網點為主要銷售渠道。格力是從 2001 年下半年才開始進入國美、蘇寧等大型家電賣場中。與一些家電企業完全或很大程度地依賴家電賣場渠道不同的是，格力只是把這些賣場當作自己的普通經銷網點，與其他眾多經銷商一視同仁，因此在對國美的供貨價格上也與其他經銷商一樣，這是格力電器在全國的推廣模式，也是保障各級經銷商利益的方式。以北京地區為例，格力擁有著 1,200 多家經銷商。2003 年度格力在北京的總銷售額為 3 億元，而通過國美等大賣場的銷售額不過 10%。由於零售業市場格局的變化，格力的確已經意識到原來單純依靠自己的經銷網絡已經不適應市場的發展，因此從 2001 年開始進入大賣場，但格力以自有行銷網絡作為主體的戰略並沒有改變。

一個企業的成功不是偶然，選擇最佳的行銷渠道策略，對一個企業來講，是攸關企業生死存亡的。毫無疑問，在當時來講，格力的這種行銷渠道策略是超前的、成功的、完美的。

四、促銷策略

促銷就是行銷者向消費者傳遞有關本企業及產品的各種信息，說服或吸引消費者購買其產品，以達到擴大銷售量的目的。而促銷策略就是在促銷過程中使用一定的策略。那麼都有哪些促銷策略呢？

1. 促銷策略概述

促銷策略是指企業如何通過人員推銷、廣告、公共關係和行銷推廣等各種促銷手段，向消費者傳遞產品信息，引起他們的注意和興趣，激發他們的購買慾望和購買行為，以達到擴大銷售的目的的活動。

企業將合適的產品，在適當的地點、以適當的價格將出售的信息傳遞到目標市場要通過兩種方式，一種是人員推銷，即推銷員和顧客面對面地進行推銷；另一種是非人員推銷，即通過大眾傳播媒介在同一時間向大量消費者傳遞信息，主要包括廣告、公共關係和行銷推廣等多種方式。這兩種推銷方式各有利弊，起著相互補充的作用。此外，目錄、通告、贈品、店標、陳列、示範、展銷等也都屬於促銷策略範圍。一個好的促銷策略，往往能起到多方面的作用，如提供信息情況，及時引導採購、激發購買慾望、擴大產品需求、突出產品特點、建立產品形象、維持市場份額、鞏固市場地位等。

2. 人員促銷

人員促銷是指企業派出推銷人員直接與顧客接觸、洽談、宣傳商品，以達到促進銷售目的的活動過程。它既是一種渠道方式，也是一種促銷方式。它的任務包括：

（1）挖掘新客戶，開闢新客戶市場，提高市場佔有率。

（2）向現實和潛在的顧客傳遞公司的產品（服務）信息，努力提高公司及其產品（服務）在顧客中的知名度。

（3）靈活地運用各種推銷方法，達到行銷產品與服務的目的。

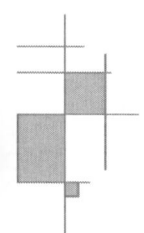

（4）推銷人員直接接觸客戶，能及時收集他們的意見、要求和建議，以及競爭對手的情況和市場的新動向。推銷人員要及時將收集到的情報和信息向本中心決策層做匯報。

（5）對產品或服務進行協調平衡，調劑餘缺。推銷人員要密切配合內部管理的協調工作，使產品或服務平衡有序，避免資源浪費，以適應市場的變化。

瞭解人員推銷的任務後，還要掌握推銷的策略與技巧。主要包括以下幾種：

（1）試探性策略，亦稱刺激—反應策略。就是在不瞭解客戶需要的情況下，事先準備好要說的話，對客戶進行試探。同時密切注意對方的反應，然後根據反應進行說明或宣傳。

（2）針對性策略，亦稱配合—成交策略。這種策略的特點是事先基本瞭解客戶的某些方面的需要，然後有針對性地進行「說服」，當講到「點子」上引起客戶共鳴時，就有可能促成交易。

（3）誘導性策略，也稱誘發—滿足策略。這是一種創造性推銷，即首先設法引起客戶需要，再說明所推銷的這種服務產品能較好地滿足這種需要。這種策略要求推銷人員有較高的推銷技術，在「不知不覺」中成交。

3. 廣告策略

隨著經濟全球化和市場經濟的迅速發展，在企業行銷戰略中廣告行銷活動發揮著越來越重要的作用。廣告行銷策略是指企業通過廣告對產品展開宣傳推廣，促成消費者的直接購買，擴大產品的銷售，提高企業的知名度、美譽度和影響力的活動中所用的行銷策略。

廣告策略是實現廣告戰略的各種具體手段與方法，是戰略的細分與措施。常見的廣告策略有五大類：①配合產品策略而採取的廣告策略，即廣告產品策略；②配合市場目標採取的廣告策略，即廣告市場策略；③配合行銷時機而採取的廣告策略，即廣告發布時機策略；④配合行銷區域而採取的廣告策略，即廣告媒體策略；⑤配合廣告表現而採取的廣告表現策略。其中廣告產品策略主要包括產品定位策略和產品生命週期策略，另外還有新產品開發策略、產品包裝和商標形象策略等。

4. 營業推廣

營業推廣策略是指人員推銷、廣告和公共宣傳以外的，能迅速刺激需求、鼓勵購買的各種促銷形式的一種策略。它是在一個較大的目標市場中，為了刺激顧客的早期需求而採取的能夠迅速產生購買行為的一系列短期的銷售活動。它的特點是針對性強，方法靈活多樣，但也常因攻勢過強，容易引起客戶反感。

企業在制訂營業推廣方案時，第一要決定推廣的規模。規模大小必須結合目標市場的實際情況，並根據推廣收入與促銷費用之間的效應關係來確定。第二是確定企業營業推廣的對象。它可以是目標市場中的全部，也可以是其中一部分，企業應該決定刺激哪些人才能最有效地擴大銷售。第三是選擇有效的推廣途徑來實現推廣目標。由於每一種促銷方式對中間商或用戶的影響程度不同，費用大小也不同，必須選擇既能節約推廣費用，又能收到預期效果的營業推廣方式。第四，則是確定推廣時間。營業推廣的時間要適當，不應過長或過短。過短，會造

成有希望的買主未能接受營業推廣的好處；過長，將會產生某種產品的不良印象，激發不起購買的積極性。第五，就是估算營業推廣的費用了。推廣的費用是制訂推廣方案應考慮的重要因素。

在具體實施過程中，應把握兩個時間因素：一是實施方案之前所需的準備時間；二是從正式推廣開始至結束為止的時間。國內外營業推廣經驗表明，從正式推廣開始到大約95%的產品經推廣售畢的時間為最佳期限。

評價推廣效果是營業推廣管理的重要內容。準確的評價有利於企業總結經驗教訓，為今後的營業推廣決策提供依據。常用的營業推廣評價方法有兩種：一是階段比較法，即把推廣前、中、後的銷售額和市場佔有率進行比較，從中分析營業推廣產生的效果，這是最普遍採用的一種方法；二是跟蹤調查法，即在推廣結束後，瞭解有多少參與者能知道此次營業推廣，其看法如何，有多少參與者受益，以及此次推廣對參與者今後購買的影響程度等。

5. 公共關係

從促銷的角度考察，公共關係也是一種重要的促銷方式。它通過公關活動，宣傳企業及企業的產品，讓社會公眾瞭解企業產品的功能效用及其提供的服務，引導顧客購買，促使社會公眾支持企業的行銷活動，從而提升企業的社會影響力。企業公共關係是近年來發展起來的一門獨特的管理技術，是企業或組織為了營造良好的外部發展環境，與它的各類公眾建立有利的雙方關係，而採取的有計劃、有組織的行動。它有利於樹立企業良好的形象，溝通與協調企業內部以及企業與社會公眾的各種關係，有利於企業的長遠發展。行銷實踐中，企業常用的公關活動方式有以下幾種：

（1）通過新聞媒介傳播企業信息。這是企業公共關係最重要的活動方式。通過新聞媒介向公眾介紹企業及企業產品，不僅可以節約廣告費用，而且由於新聞媒介的權威性和廣泛性，使它比廣告效果更為有效。這方面的活動包括：撰寫各種與企業有關的新聞稿件、舉行記者招待會、邀請記者參觀企業等。

（2）加強與企業外部組織的聯繫。在企業的公關活動中，企業應同政府機構、社會團體以及供應商、經銷商建立公開的信息聯繫，爭取他們的理解和支持，通過他們的宣傳，樹立企業及其商品的信譽和形象。

（3）借助公關廣告。企業可以通過公關廣告介紹宣傳企業，樹立企業形象。公關廣告大致分為以下幾種：一是致意性廣告，即在節日或廠慶時向公眾表示致意或感謝。二是倡導性廣告，即企業率先發起某種社會活動或提倡某種新觀念，可借助於公益廣告的形式。三是解釋性廣告，即將企業或產品某方面的情況向公眾介紹、宣傳或解釋。

（4）舉行專題活動。企業可通過舉行各種專題活動，擴大企業影響。這方面的活動包括：舉辦各種慶祝活動，如廠慶、開工典禮、開業典禮等；開展各種競賽活動，如知識競賽、技能競賽；舉辦技術培訓班或專題技術討論會等。

（5）參與各種公益活動。企業可通過參與各種公益活動和社會福利活動，協調企業與社會公眾的關係。這方面的活動包括：安全生產和環境衛生，防止污染和噪音；贊助社會各種公益事業、慈善捐助等。

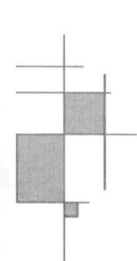

公關推銷案例：

英國航空公所屬波音 747 客機 008 號班機，準備從倫敦飛往日本東京時，因故障推遲起飛 20 小時。為了不使在東京候此班機回倫敦的乘客耽誤行程，英國航空公司及時幫助這些乘客換乘其他公司的飛機。共 190 名乘客欣然接受了英航公司的妥當安排，分別改乘別的班機飛往倫敦。但其中有一位日本老太太——大竹秀子，說什麼也不肯換乘其他班機，堅決要乘英航公司的 008 號班機不可。實在無奈，原擬另有飛行安排的 008 號班機只好照舊到達東京後飛回倫敦。

一個罕見的情景出現在人們面前：東京—倫敦，航程達 13,000 千米，可是英國航空公司的 008 號班機上只載著一名旅客，這就是大竹秀子。她一人獨享該機的 353 個飛機座席以及 6 位機組人員和 15 位服務人員的周到服務。有人估計說，這次只有一名乘客的國際航班使英國航空公司至少損失約 10 萬美元。

從表面上看，的確是個不小的損失。可是，從深一層來理解，它卻是一個無法估價的收穫，正是由於英國航空公司一切為顧客服務的行為，在世界各國來去匆匆的顧客心目中換取了一個用金錢也難以買到的良好公司形象。

第三節　常用分析工具

市場行銷分析，是指企業在規定的時間，對各個行銷區域的各項銷售工作進行的總結、分析、檢討及評估，並對下階段的行銷工作提出修正建議，然後對某些區域的行銷策略進行局部調整，甚至對某些區域的銷售目標計劃予以重新制定的行為。因此，市場行銷分析工作，是企業行銷管理工作中一項極其重要的主體內容。在分析過程中，常用的分析工具有 SWOT 分析、波特五力模型和行銷漏鬥模型。

1. SWOT 分析

該分析法最早是由美國舊金山大學的管理學教授在 20 世紀 80 年代初提出來的。在此之前，曾有人提出過 SWOT 分析中涉及的內部優勢、弱點、外部機會、威脅這些變化因素，但只是孤立地對它們加以分析，而 SWOT 法則首次用系統的思想將這些似乎獨立的因素相互匹配起來進行綜合分析。即將與研究對象密切相關的各種主要內部優勢因素（Strengths）、弱點因素（Weaknesses）、機會因素（Opportunities）和威脅因素（Threats），通過調查羅列出來，並依照一定的次序按矩陣形式排列起來，然後運用系統分析的思想，把各種因素相互匹配起來加以分析，從中得出一系列相應的結論。這個方法，有利於人們對組織所處情景進行全面、系統、準確的研究，同時幫助人們制定發展戰略和計劃，以及與之相應的發展計劃或對策。

進行 SWOT 分析時，主要包括以下幾個方面的內容：

（1）分析環境因素

企業要運用各種調查研究方法，分析出自身所處的各種環境因素，即外部環境因素和內部能力因素。

外部環境因素包括機會因素和威脅因素，它們是外部環境對公司的發展有直接影響的有利和不利因素，屬於客觀因素，一般歸屬為經濟的、政治的、社會

的、人口的、產品和服務的、技術的、市場的、競爭的等不同範疇。

內部環境因素包括優勢因素和弱點因素，它們是公司在其發展中自身存在的積極和消極因素，屬主動因素，一般歸類為管理、組織的經營、財務、銷售、人力資源等的不同範疇。在調查分析這些因素時，不僅要考慮到公司的歷史與現狀，還要考慮公司的未來發展。具體見圖5-4。

SW優勢與劣勢分析（內部環境分析）

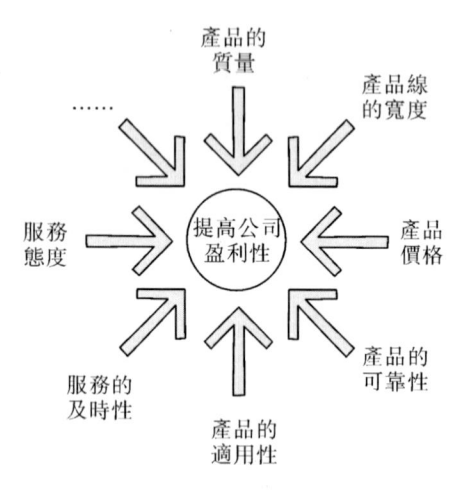

圖5-4　優勢與劣勢分析

（2）構造SWOT矩陣

企業應將將調查得出的各種因素根據輕重緩急或影響程度等排序方式，構造SWOT矩陣。在此過程中，將那些對公司發展有直接的、重要的、大量的、迫切的、久遠的影響因素優先排列出來，而將那些間接的、次要的、少許的、不急的、短暫的影響因素排列在後面（見圖5-5）。

	內部環境
優勢 Strengths	劣勢 Weakness
機會 Opportunities	威脅 Threats

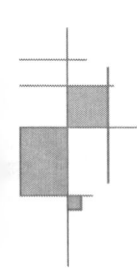

外部環境

圖5-5　SWOT分析傳統矩陣示意圖

（3）制訂行動計劃

企業在完成環境因素分析和 SWOT 矩陣的構造後，便可以制訂出相應的行動計劃。基本思路是：發揮優勢因素，克服弱點因素，利用機會因素，化解威脅因素；考慮過去，立足當前，著眼未來。運用系統分析的綜合分析方法，將排列與考慮的各種環境因素相匹配起來加以組合，得出一系列公司未來發展的可選擇對策。這些對策包括：最小與最小對策（WT 對策），即考慮弱點因素和威脅因素，目的是努力使這些因素都趨於最小。最小與最大對策（WO 對策），著重考慮弱點因素與機會因素，目的是努力使弱點趨於最小，使機會趨於最大。最小與最大對策（ST 對策），即著重考慮優勢因素和威脅因素，目的是努力使優勢因素趨於最大，使威脅因素趨於最小。最大與最大對策（SO 對策），即著重考慮優勢因素和機會因素，目的在於努力使這兩種因素都趨於最大。

可見，WT 對策是一種最為悲觀的對策，是處在最困難的情況下不得不採取的對策；WO 對策和 ST 對策是一種苦樂參半的對策，是處在一般情況下採取的對策；SO 對策是一種最理想的對策，是處在最為順暢的情況下十分樂於採取的對策。

由於具體情況所包含的各種因素及其分析結果所形成的對策都與時間範疇有著直接的關係，所以在進行 SWOT 分析時，可以先劃分一定的時間段分別進行 SWOT 分析，然後對各個階段的分析結果進行綜合匯總，並進行整個時間段的 SWOT 矩陣分析。這樣，有助於分析的結果更加精確。

2. 波特五力模型

波特五力分析屬於外部環境分析中的微觀環境分析，主要用來分析本行業的企業競爭格局以及本行業與其他行業之間的關係。根據波特的觀點，一個行業中存在著五種基本的競爭力量：潛在的行業新進入者、替代品的競爭、買方討價還價的能力、供應商討價還價的能力以及現有競爭者之間的競爭。這五種基本競爭力量的狀況及綜合強度，決定著行業的競爭激烈程度，從而決定著行業中最終的獲利潛力以及資本向本行業的流向程度，這一切最終決定著企業保持高收益的能力（見圖 5-6）。

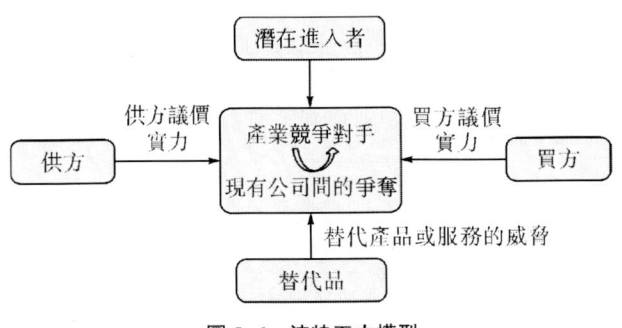

圖 5-6　波特五力模型

（1）潛在進入者。這是行業競爭的一種重要力量，這些新進入者大都擁有新的生產能力和某些必需的資源，期待能建立有利的市場地位。新進入者加入該行

業，會帶來生產能力的擴大及對市場佔有率的要求，這必然引起與現有企業的激烈競爭，使產品價格下跌；同時新加入者要獲得資源進行生產，從而可能使得行業生產成本升高，這兩方面都會導致行業的獲利能力下降。

（2）替代品。某一行業有時會與另一行業的企業進行競爭，因為這些企業的產品具有相互替代的性質。替代產品的價格如果比較低，它投入市場就會使本行業產品的價格上限只能處在較低的水準，這就限制了本行業的收益。本行業與生產替代產品的其他行業進行的競爭，常常需要本行業所有企業採取共同措施和集體行動。

（3）買方討價還價的能力。買方的競爭力量需要視具體情況而定，但主要由以下三個因素決定：買方所需產品的數量、買方轉而購買其他替代產品所需的成本、買方所各自追求的目標。買方可能要求降低購買價格，要求高質量的產品和更多的優質服務，其結果是使得行業的競爭者們相互競爭殘殺，行業利潤下降。

（4）供應商討價還價的能力。對某一行業來說，供應商競爭力量的強弱，主要取決於供應商行業的市場狀況以及他們所提供物品的重要性。供應商的威脅手段一是提高供應價格，二是降低相應產品或服務的質量，從而使下游行業利潤下降。

（5）現有競爭者之間的競爭。這種競爭力量是企業所面對的最強大的一種力量。這些競爭者根據自己的一整套規劃，運用各種手段（價格、質量、造型、服務、擔保、廣告、銷售網絡、創新等）力圖在市場上占據有利地位和爭奪更多的消費者，對行業造成了極大的威脅。

3. 行銷漏斗模型

行銷漏斗模型指的是行銷過程中將非用戶（也叫潛在客戶）逐步變為用戶（也叫客戶）的轉化量化模型。行銷漏斗的關鍵要素包括：行銷的環節和相鄰環節的轉化率。它的價值在於其量化了行銷過程各個環節的效率，幫助我們找到薄弱環節。其主要步驟如圖 5-7 所示。

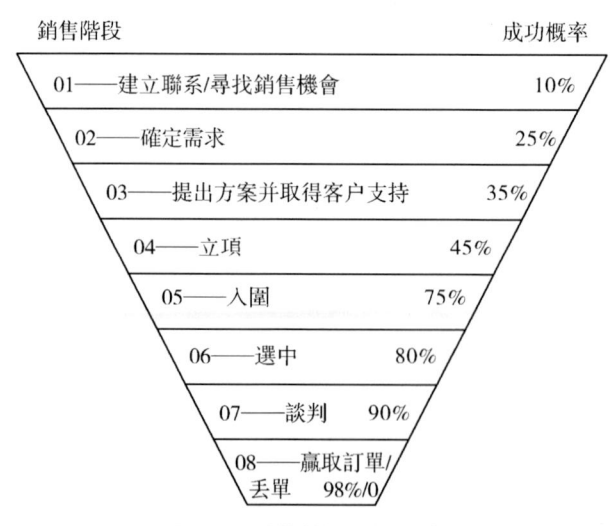

銷售階段	成功概率
01——建立聯系/尋找銷售機會	10%
02——確定需求	25%
03——提出方案并取得客户支持	35%
04——立項	45%
05——入圍	75%
06——選中	80%
07——談判	90%
08——贏取訂單/丟單	98%/0

圖 5-7　商機銷售漏斗層級圖

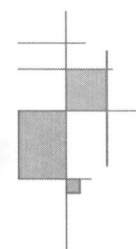

第四節　全新行銷理念的遺傳密碼

行銷的理念在不斷創新，創業者也可以根據自己的實際情況進行創新，下面介紹三種有代表性的行銷理念。

1. 饑餓行銷（蘋果）

一段時間，由於蘋果全系列產品的熱銷，以及大批的黃牛借助蘋果產品的持續缺貨而牟取暴利，甚至還爆出北京某蘋果店因發生黃牛與店員衝突而暫時關門停業的新聞，讓「饑餓行銷」這一行銷手段再次被媒體推到了風口浪尖，引起大家的廣泛關注。

饑餓行銷存在的理論基礎是什麼呢？西方經濟學的「效用理論」為「饑餓行銷」奠定了理論基礎。「效用理論」（即消費者從對商品和服務的消費中所獲得的滿足感）認為，效用不同於物品的使用價值。使用價值是物品所固有的屬性，由其物理或化學性質決定；而效用則是消費者的滿足感，是一個心理概念，具有主觀性。在特定的時間、地點、環境，某種產品或服務滿足了消費者的特定需求和滿足感，這種產品或服務的價值就會被極度放大，成為消費者追逐的目標。就像那個在饑餓狀態中及時呈上的饅頭，它的效用在當時是平時任何山珍海味都無法比擬的。人是慾望性的動物，而慾望源於社會的發展和人的進化，伴隨社會的發展，人類的要求也在不斷提高，人永遠也無法滿足自己，人類的心理特性為「饑餓行銷」的運用打下了堅實的心理基礎。

我們把在蘋果品牌推廣過程中對饑餓行銷策略的成功運用歸結為以下幾點：

（1）貫穿品牌因素。饑餓行銷通過調節供求兩端的量來影響終端的售價，從而達到高價出售產品獲得高額利潤的目的。表面上看，饑餓行銷的操作很簡單，定個叫好叫座的驚喜價，把潛在消費者吸引過來，然後限制供貨量，造成供不應求的熱銷假象，從而提高售價，賺取更高利潤。而從實質來看，饑餓行銷運行的始終一直貫穿著「品牌」這個因素，其運作必須依靠產品強大的品牌號召力。一個沒有影響力的品牌要是去限量限產，提高價格，不僅不符合實際，還會丟掉原來可能佔有的市場份額。

在實際運行過程中，饑餓行銷是一把雙刃劍：用好了，可以使原來就強勢的品牌產生更大的附加值；用不好將會對其品牌造成傷害，從而降低其附加值。其最終目的不僅僅是產品能以更高的價格出售，更是使品牌產生更高額的附加值，從而為品牌樹立起高價值的形象。

（2）選擇正確產品。產品是否擁有市場，能否得到消費者的認可，是進行品牌推廣中重要的一步，否則饑餓行銷也是徒勞無功。產品需要有消費者的認可與接受，擁有足夠的市場潛力。想要成功地開發一款產品，通常需要不斷探究人的慾望，以便讓產品的功能性利益、品牌個性、品牌形象、訴求情感能符合市場的心理，與消費者達成心理上的共鳴。

（3）製造適度緊缺。製造適度緊缺，是運用了人們的物以稀為貴的心理。不少經銷商反應，「從 iPhone4 發布過後很久也拿不到貨」，蘋果利用消費群體追求

品牌和品位的消費心理，配合「饑餓行銷」，一次次高明地使用撇脂定價策略獲取高額利潤。

（4）專業媒體傳播。消費者的慾望不一，程度不同，品牌推廣需要進行合理專業的立體式傳播。傳播策略、傳播時點、傳播媒介、傳播形式等都要進行細緻規劃。同時，為了保證品牌的神祕感，宣傳之前要在一定時期內做好各種信息的保密工作。這也是喬布斯為什麼要起訴某個科技博客作者的原因，因為對方提前洩露了一些蘋果產品的信息。

另外，「饑餓行銷」成功與否，與市場競爭度、消費者成熟度和產品的替代性三大因素息息相關。在市場競爭不充分、消費者心態不夠成熟、產品綜合競爭力和不可替代性較強的情況下，「饑餓行銷」才能較好地發揮作用。

2. 感性行銷（星巴克）[1]

星巴克在白熱化的市場競爭中取得成功的背後隱藏著相應的行銷體系，那就是其獨特的感性行銷策略。星巴克店是用玻璃建造的，因此人們從外面就可以看得到裡面的情形，顧客也可以坐在咖啡店裡一邊休息一邊透過玻璃觀賞街景和來來往往的人群。星巴克以其具有透明感的休息空間一躍成為新的約會場所。

玻璃建築物以其明亮、整潔的裝修風格尤為吸引二三十歲的女性顧客，原因在於這種建築能夠觸動她們的感性神經。通透的玻璃可以讓路人駐足張望。原木風格的椅子和白、褐、綠三色相間的桌面顯得高雅而古樸。

玻璃建造的透明建築和色彩明快的裝飾，是為了贏得顧客的信賴和引起他們的好奇心而精心設計的。這也是商家的一種策略，給顧客提供的優質服務透明化。當然，商品的透明並不能說明商品本身的質量與功能，但是至少從表面上就可以看到商家對消費者的真誠態度。

星巴克快速取得成功的原因固然是多方面的，但是最為基礎的還是明確了相應的市場定位並努力地實現了這個定位。定位包括「獨特體驗」這一主要定位點、「到達便利」這一次要定位點，以及達到行業平均水準的其他非定位點。同時，通過組合零售行銷的各個要素實現定位，當然每一個要素都要為顧客的「獨特體驗」利益做出貢獻。最後通過關鍵流程的構造和重要資源的整合，保證所規劃的行銷組合的實現。

一項研究成果證明通過體驗增值，是咖啡店的行業本質，而顧客體驗又具體分為感官、情感和行動體驗三個方面，因此建議咖啡店在這三個方面進行努力，以求為顧客帶來獨特的體驗。獨特體驗必須要有具體的內容，並需要與競爭對手形成差異，或是內容本身不同，或是滿足的水準不同，即比競爭對手做得更好。星巴克獨特體驗的具體內容，是「第三生活場所」和「浪漫情懷」，具有開創性質，但是隨著其他競爭對手採取模仿策略，星巴克的先發優勢可能會消失，這就需要星巴克做得比競爭對手更好，才能保持長久的優勢。當然，也不排除調整體驗內容策略的使用。

---

[1] 金英漢，林希貞. 星巴克的感性行銷 [M]. 張美花，譯. 北京：當代中國出版社，2006.

3. 精準化行銷

近年來，以互聯網、移動互聯網為基礎的信息化、全球化趨勢，已經深入地改變了我們的生活模式、生產模式、競爭模式。隨著大數據時代的到來，人們對於精準行銷的需求也正在上升。如何通過技術手段，挖掘大數據下的深層次關係，讓行銷更準確、有效，已經成為行銷中的重中之重。精準行銷有三個層面的含義：第一，精準的行銷思想。行銷的終極追求就是無行銷的行銷，到達終極思想的過渡就是逐步精準。第二，是實施精準的體系保證和手段，而這種手段是可衡量的。第三，就是達到低成本可持續發展的企業目標。

精準行銷也是當今時代企業行銷的關鍵，如何做到精準，這是系統化流程。有的企業會通過行銷做好相應企業行銷分析、市場行銷狀況分析、人群定位分析，最主要的是需要充分挖掘企業產品所具有的訴求點，實現真正意義上的精準行銷。

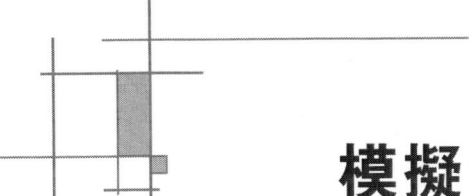

模擬營運篇

第六章　企業經營管理綜合仿真實訓

本章採用方宇經管類跨專業虛擬仿真綜合實訓平臺 VTS-M 進行企業創立與經營管理的模擬訓練。該實訓平臺虛擬了以現代製造業為核心的真實商業社會教學環境，包含企業外圍經濟環境、上下游供應鏈、企業經營運環境與崗位作業環境；仿真了製造業與服務業協同、供應鏈競合、生產業務鏈、流通業務鏈、資本運作業務鏈相互交織的經營模型。

該系統讓學生在環境中體驗，在體驗中學習，形成探究式、討論式、沉浸式學習環境，培養學生的創新思維；通過綜合性訓練，幫助學生由割裂的專業知識，轉化為跨專業領域的融會貫通的綜合能力，同時在實訓中培養學生的職業素質與創業能力。

第一節　註冊與登錄

一、平臺註冊

圖 6-1 和圖 6-2 為平臺註冊界面。

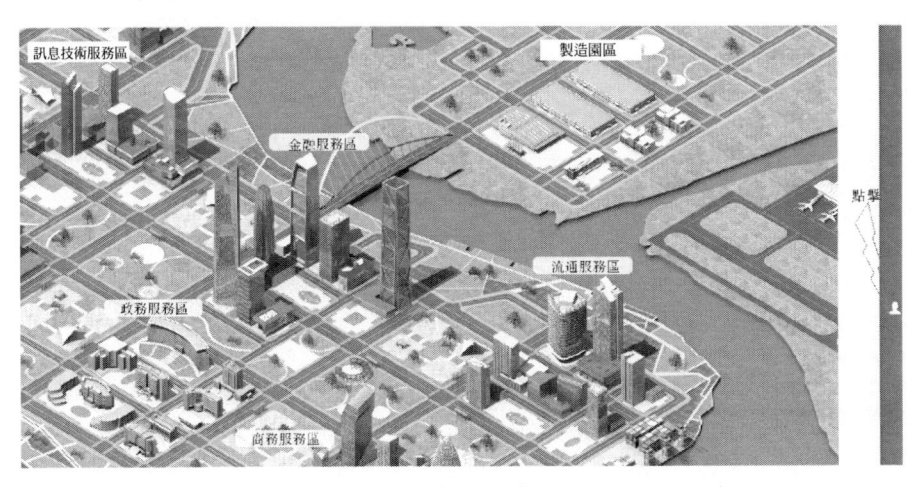

圖 6-1

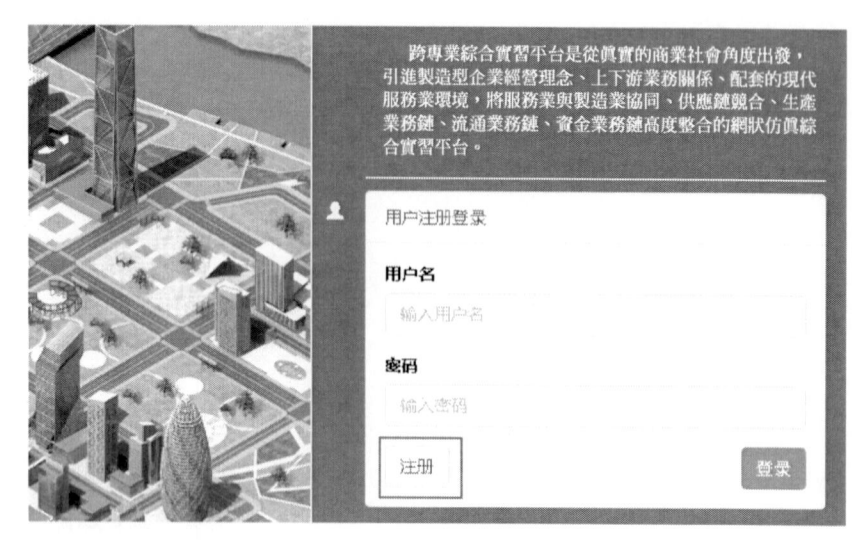

圖 6-2

點擊註冊按鍵,出現註冊信息的頁面(見圖 6-3),填寫以下內容:
(1)正確填寫用戶名郵箱、密碼、姓名。
(2)正確輸入教師給用戶獨有的註冊碼。
(3)點擊提交之後自動登錄。

圖 6-3

如果用戶已經註冊，直接輸入用戶、密碼，點擊登錄即可。

二、企業進入

系統中存在很多類型的企業，如圖6-1所示。
①製造園區（製造企業）。
②金融服務區（商業銀行、會計事務所）。
③政務服務區（工商局、國家稅務局）。
④流通服務區（國際貨代、物流公司）。
選擇③模塊，點擊工商局，進入企業。

點擊具體企業的時候，系統會判斷，如果點擊的是本企業，則自動進入企業。如果不是歸屬企業，則進入這家企業的外圍服務機構（相當於歸屬企業去這家企業辦理業務）。

例如，如果帳號綁定的企業是製造企業，需要去工商局辦理企業名稱預先核准。

第二節　製造企業設立

進入製造企業界面後，按照步驟進行企業設立（見圖6-4）。

圖6-4

一、企業名稱預先核准

點擊圖6-4中的「企業登記」，進入工商局界面（如圖6-5所示）。

圖 6-5

點擊圖 6-5 中的「企業登記」，在企業名稱預先核准界面中，點擊「企業名稱預先核准委託人代理申請書」（見圖 6-6）。

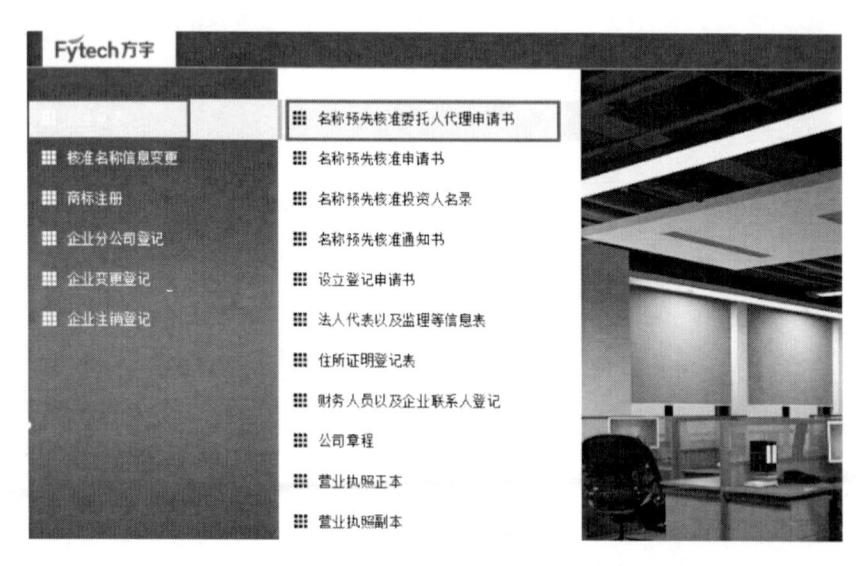

圖 6-6

以下為名稱預先核准委託人代理申請書樣本（見圖 6-7）。

名稱預先核准委託書

本人 陳xx ，接受投資人(合伙人)委託，現向登記機關申請名稱預先核准，並鄭重承諾；如實向登記機關提交有關材料，反映真實情況，並對申請材料實質內容的真實性負責。

委託人(投資人或合夥人之一)　　　申請人(被委託人)

(簽字或蓋章) 李xx　　　　　　　　(簽字) 陳xx

申請人身份證明複印件黏貼處

(身份證明包括：中華人民共和國公民身份證(正反面)、護照(限外籍人士)、長期居留證明(限外籍人士)、港澳永久性居民身份證或特別行政區護照、台灣地區永久性居民身分証或護照、台胞證、軍官退休證等)

聯繫電話：　17xxxxxxxx　　　　　郵政編碼：　100000

通訊地址：　xxxxxxxx　　　　　　申請日期：　xxxx 年 xxxx 月 xxxx 日

圖 6-7

提交後點擊圖 6-8 中的「流程跟蹤」，就會出現如圖 6-9 的流程圖。

圖 6-8

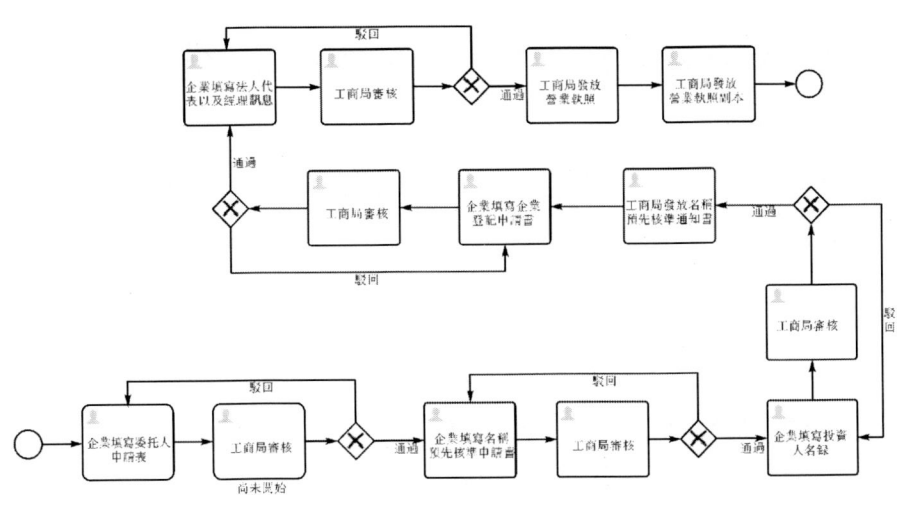

圖 6-9

如圖6-9，這時，「工商局審核框」為綠色，需要公司人員到工商局窗口，申請辦理企業名稱預先核准登記，並提交紙質的名稱預先核准委託申請書，由工商局予以審核。

如果企業名稱預先核准被工商局駁回，企業將看到如圖6-10所示界面。

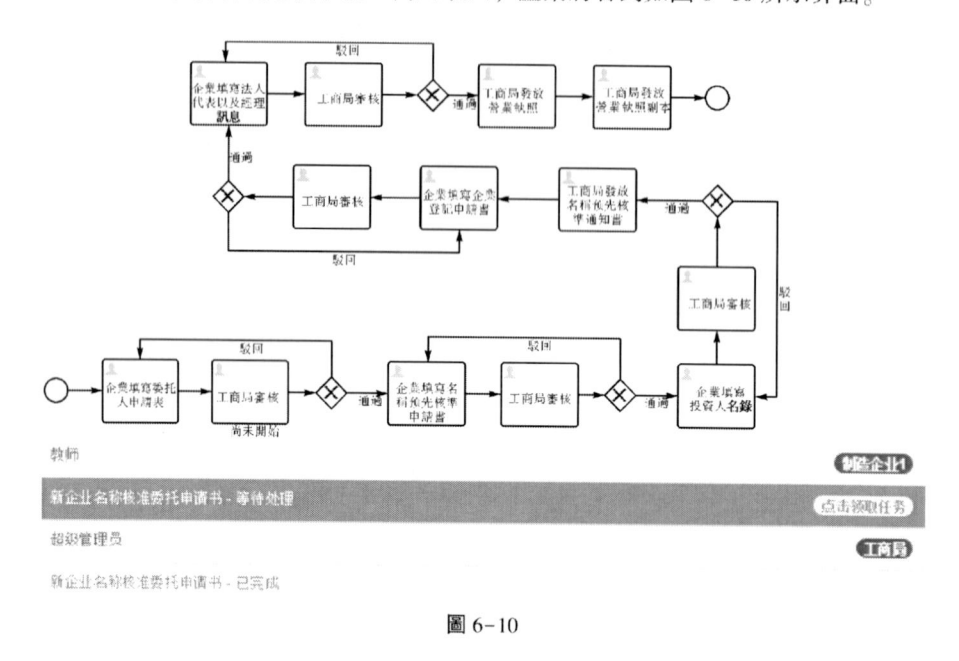

圖 6-10

點擊領取任務，修改後再次提交。

修改完成後，再次到工商局提出申請。

如果企業名稱預先核准被工商局櫃員準予通過，企業將看到如圖6-11所示界面。

圖 6-11

領取並處理任務，填寫名稱預先核准申請書。

圖6-12為名稱預先核准申請書樣本。

名稱預先核准申請書

申請名稱	北京AAA科技有限公司				
備選字號	1		4		
	2		5		
	3		6		
主營業務					
企業類型	○合資經營企業　○港澳台個體商戶○股份有限公司○合伙企業○有限責任公司○股份合作○個人獨資企業○外資企業○集體所有制企業○個體工商戶○合作經營企業○農民專業合作組織○全面所有制企業				
	○分支機構				
字號許可方式(無此項可不填寫)	○投資人字號/姓名許可　○商標授權許可　○非投資人字號許可			許可方名稱(姓名)即證照或證件號碼	
註冊資本(金)或資金數額或出資額(營運資金)	(小寫)＿＿＿＿萬元(如為外幣請註明幣種)				
備註說明					

注：1.申請名稱：行政區域+字號+行業特徵+組織形式，例如：北京無敵科技有限公司，無敵就是其中的字號並且也是他的名字，備選字號就是需要多寫幾個名字，以免重複。

圖 6-12

提交後查看流程跟蹤將會看到圖 6-9 中「企業填寫名稱預先核准申請書」框右邊的「工商局審核」框變為綠色。

然後帶紙質名稱預先核准申請書去工商局櫃臺辦理。如果被駁回，就重新修改繼續提交辦理。通過則會出現如圖 6-13 所示界面。

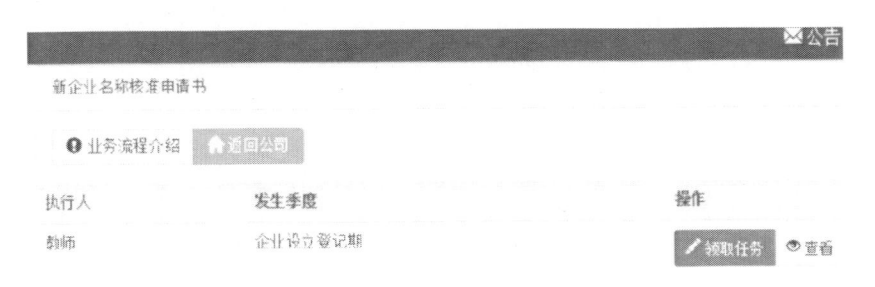

圖 6-13

領取任務並處理填寫投資人（合夥人）名錄如圖 6-14 所示。

投資人(合伙人)名錄

序號	投資人(合伙人)名稱或姓名	投資人(合伙人)證照或身份證件號碼	投資人(合伙人)類型	擬投資額(出資額)(萬元)	國別(地區)或省市(縣)
1	李xx	411XXXXXXXXXXXXXX	企業法人	1000	中國
2					

註：1.請您認真《投資辦照通用指南及風險提示》中有關投資人資格的說明，避免後期更換投資人給您帶來不便。
2.投資人(合伙人)名稱或姓名應當與資格證明文件上的名稱或身份證明文件的姓名一致，境外投資人(合伙人)名稱或姓名應翻譯成中文，填寫準確無誤。申請設立分支機構，請在「投資人(合伙人)名稱或姓名」欄目中填寫所隸屬企業名稱。
3.「投資人(合伙人)類型」欄，填自然人、企業法人、事業法人、社團法人或其他經濟組織。
4.「國別(地區)或省市(縣)」欄內，外資企業的投資人(合伙人)填寫其所在國別(地區)，內資企業投資人(合伙人)填寫證照核發機關所在省、市(縣)。
5.本頁填寫不下的可令複印填寫。

一次性告知記錄

您提交的文件、證件還需要進一步修改或補充，請您按照第__號一次性告知單中的提示部分準備相應文件，此外，還應提交下列文件：

被委託人：　　　　受理人：　　　　時間：

圖 6-14

　　填完提交，點流程跟蹤，將會看到任務流程圖 6-9 中「企業填寫投資人」框上方的「工商局審核」框變為綠色。

　　然後，帶紙質《投資人名錄》去工商局櫃臺辦理。如果通過則領取任務，流程圖 6-9 中「企業填寫企業登記申請書」框變為綠色。此時，領取並處理任務，填寫內資公司設立登記申請書，如圖 6-15 和圖 6-16 所示。

內資公司設立登記申請書

公司名稱：北京AAA科技有限公司

鄭重承諾

　　本人 李XX 擬任 北京AAA科技有限公司(公司名稱)的法定代表人，現向登記機關提出公司設立申請，並如下內容鄭重承諾：

　　1.如實向登記機關提交有關材料，反映眞實情況，並對申請材料實質內容的眞實性負責。

　　2.經營範圍涉及照後審批事項的，在領取營業執照後，將及時到相關審批部門辦理審批手續，在取得審批前不從事相關經營活動。需要開展未經登記的後置審批事項經營的，將在完成經營範圍變更登記後，及時辦理相應審批手續，未取得審批前不從事相關經營活動。

　　3.本人不存在《公司法》第一百四十六條所規定的不得擔任法定代表人的情形。

　　4.本公司一經設立將自覺參加年度報告，依法主動公示訊息，對報送和公示訊息的眞實性、及時性負責。

　　5.本公司一經設立將依法納稅，自覺履行法定統計義務，嚴格遵守有關法律法規的規定，誠實守信經營。

　　　　　　　　　　　　　　　　法定代表人簽字：李xx

　　　　　　　　　　　　　　　　　　　xxx 年x 月x 日

圖 6-15

登記基本訊息表

公司名稱	北京AAA科技有限公司			
住所	北京 市 海淀 區(縣) 1610 (門牌號)			
生產經營地	北京 省(區、市) 北京 市 海淀 縣 1610 (門牌號)			
法定代表人	李XX		註冊資本	1000 萬元
公司類型	有限責任公司			
經營範圍	手機製造			
經營期限	長期/20年		申請副本數	1 份
股東(發起人)名稱或姓名	李XX			

註：1.填寫住所時請列詳細地址，精確到門牌號或房間號，如「北京市XX區XX路(街)XX號XX室」。

　　2.生產經營地用於核實稅源，請如實填寫詳細地址；如不填寫，視爲住所一致，發生變化的，由企業向稅務主管機關申請變更。

　　3.公司「法定代表人」指依據章程確定的董事長(執行董事或經理)。

　　4.「註冊資本」有限責任公司爲在公司登記機關登記的全體股東認繳的出資額；發起設立的股份有限公司在公司登記機關登記的全體發起人認購的股本總額；募集設立的股份有限公司爲在公司登記機關登記的實收股本總額。

圖 6-16

填寫完畢之後提交，查看任務流程，如圖 6-9 中「企業填寫企業申請登記書」框左邊的「工商局審核」框，變為綠色。

然後，攜帶紙質內資公司設立登記申請書去工商局櫃臺辦理。如果駁回則修改再提交。如果通過則圖 6-9 中「企業填寫法人代表及經理信息」框變綠色，領取任務，填寫法定代表人、董事、經理、監事信息表，如圖 6-17 所示。

法定代表人、董事、經理、監事訊息表

股東在本表的蓋章或簽字視為對下列職務的確認。如可另行提交下列人員的任職文件。則無需股東在本表蓋章或簽字。

姓名	現居所	職務訊息			是否為法定代表人	法定代表人移動電話
		職務	任職期限	產生方式		
李xx	北京	CEO	3	選舉	是	170XXXXXXXX

全體股東蓋章簽字	李xx

注：1. 本頁不夠填的，可複印續填。
2.「現居所」欄，中國公民填寫戶籍登記住址，非中國公民填寫居住地址。
3.「職務」指董事長(執行董事)、副董事長、董事、經理、監事會主席、監事。上市股份有限公司設置獨立董事的應在「職務」欄內註明。
4.「產生方式」按照章程規定填寫，董事、監事一般應為「選舉」或「委派」，經理依般應為「聘任」。
5. 擔任公司法定代表人的人員，請在對應的「是否法定代表人」欄內填「√」，其他人員勿填此欄。
6.「全體股東蓋章(簽字)」處，股東為自然人的，由股東簽字；股東為非自然人的，加蓋股東單位公章。不能在此頁蓋章「簽章」的應另行提交有關選舉、聘用的證明文件

圖 6-17

填寫完畢並提交，點擊流程跟蹤會，圖 6-9 中「企業填寫法人代表以及經理信息」框右邊「工商局審核」框變綠。

此時帶紙質的法定代表人、董事、經理、監事信息表去工商局辦理，等待工商局發營業執照即可。

現在，可以開始進行稅務登記，點擊圖 6-18 中「完成稅務登記—行政審批」，進入到如圖 6-19 所示界面。

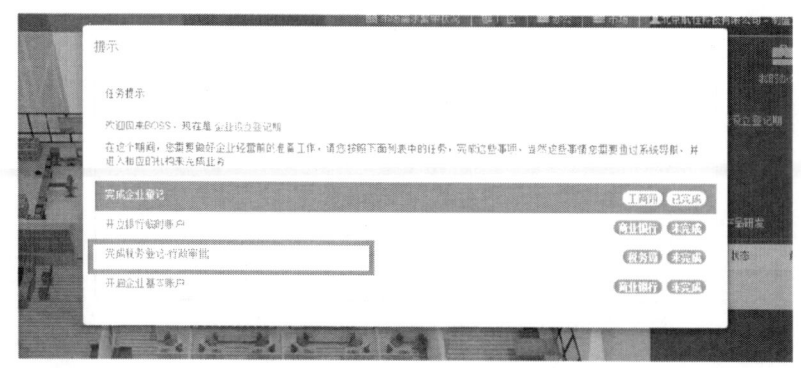

圖 6-18

圖 6-19

在如圖 6-19 的界面點擊「行政審批」，進入如圖 6-20 所示的界面。

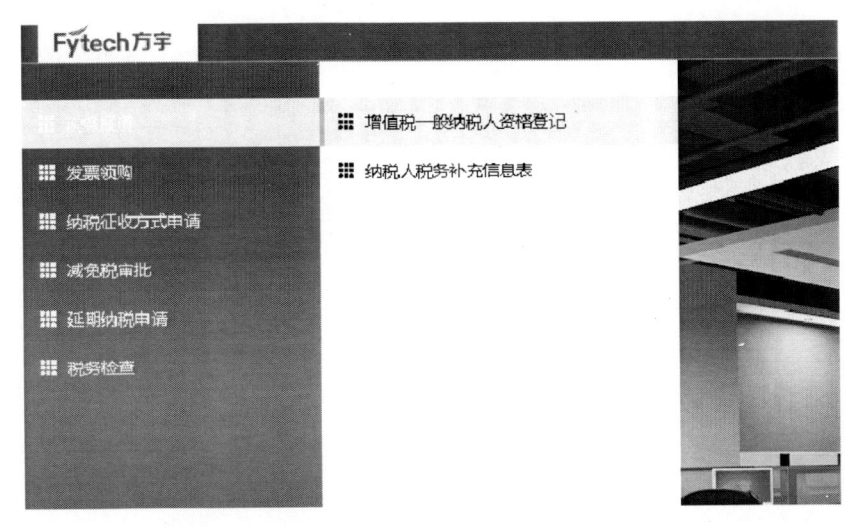

圖 6-20

在如圖 6-20 的界面中點擊「稅務報導—增值稅一般納稅人資格登記」，進入如圖 6-21 所示的界面。

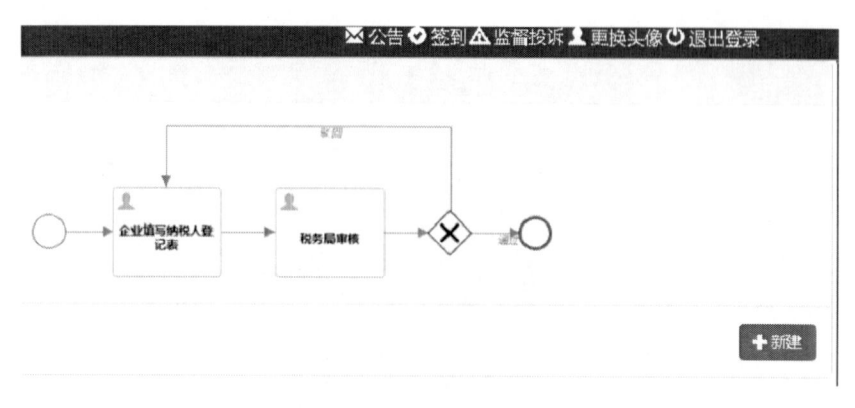

圖 6-21

在如圖 6-21 的界面中點擊「新建」,填寫增值稅一般納稅人資格登記表,如圖 6-22 所示。

圖 6-22

填寫完畢提交並點擊如圖 6-23 中的「流程跟蹤」,彈出如圖 6-24 所示的界面,「稅務局審核」框為綠色。

圖 6-23

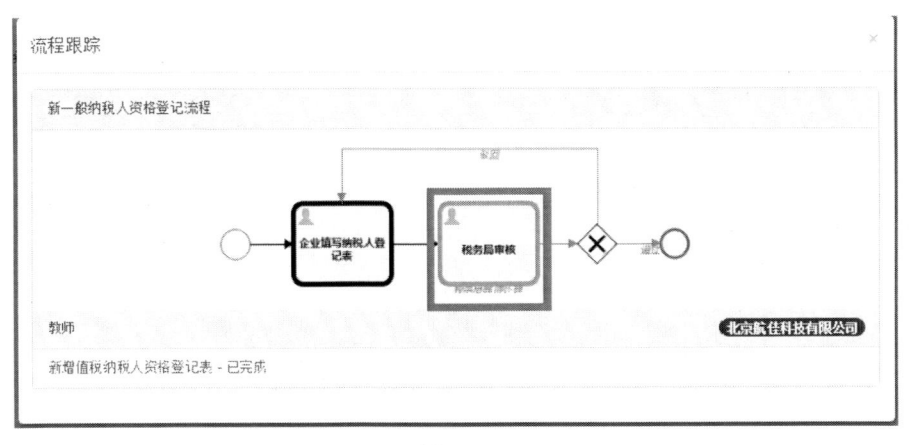

圖 6-24

此時，帶紙質增值稅一般納稅人資格登記表去稅務局櫃臺辦理，駁回就修改繼續提交，通過則出現如圖 6-25 所示界面。

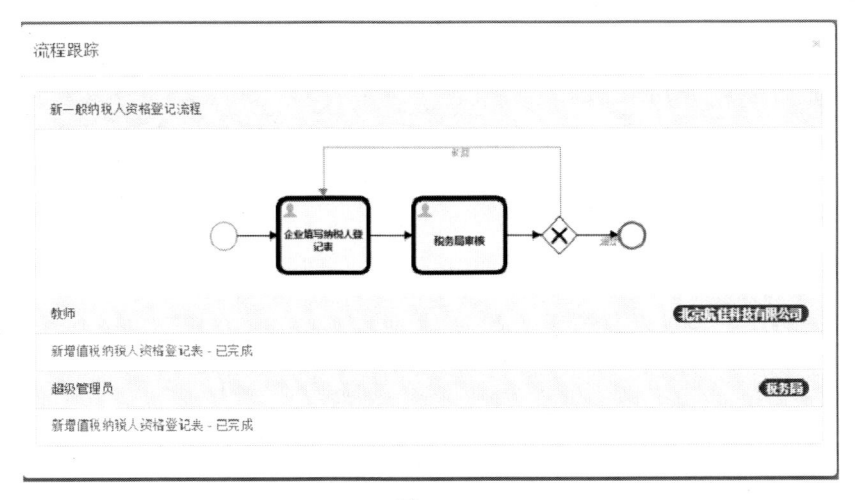

圖 6-25

此時點擊如圖 6-26 中的「稅務報導—納稅人補充信息表」，彈出如圖 6-27 所示的界面。

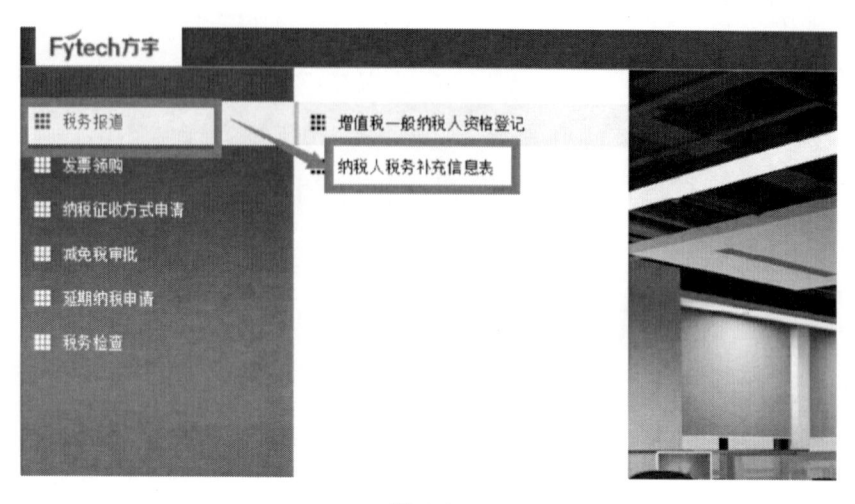

圖 6-26

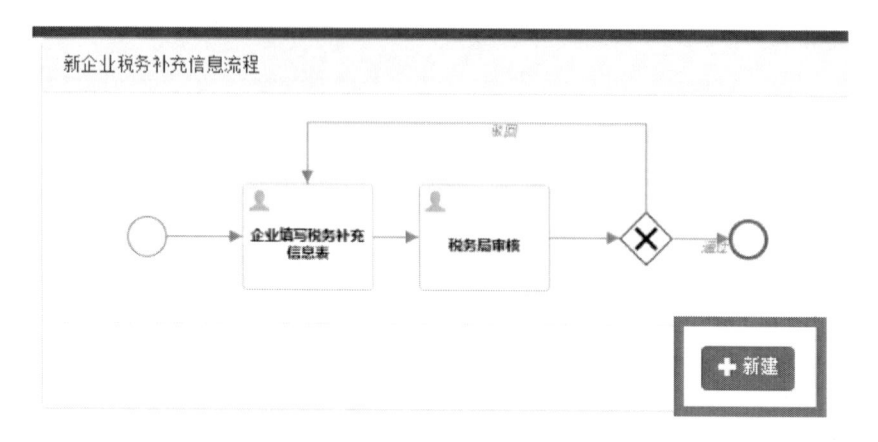

圖 6-27

在如圖 6-27 所示的界面中點擊「新建」，填寫納稅人補充信息表，表樣如圖 6-28 所示。

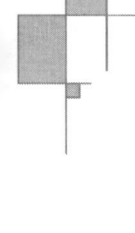

納稅人稅務補充訊息表

統一社會信用代碼			納稅人名稱		
核算方式			從業人員		
適用會計制度					
生產經營地	_____省(市/自治區)_____市(地區/盟/自治州)___縣(自治縣/旗/自治旗/市/區)____鄉（民族鄉/鎮/街道)___村（路/社區）__號				
辦稅人員 張XX	身份證件種類 身份證	身份證件號碼	市內電話	行動電話	電子郵件
財務負責人 李XX	身份證件種類 身份證	身份證件號碼	市內電話	行動電話	電子郵件
稅務代理人訊息					
納稅人識別號		名稱	聯繫電話		電子郵件
代扣代繳代收代繳稅款業務情況					
代扣代繳、代收代繳稅種			代扣代繳、代收代繳稅款業務內容		
企業所得稅					
一般增值稅					
經辦人簽章(簽字)： __年__月__日			納稅人公章（簽字）： ___年____月____日		
國標行業(主)			主行業明細行業		
國標行業(附)			國標行業（附）明細行業		
納稅人所處街鄉			隸屬關係	國地管戶類型	
國稅主管稅務局			國稅主管稅務局(科、分局)		
地稅主管稅務局			地稅主管稅務局(科、分局)		
經辦人			訊息採集日期		

圖 6-28

　　填寫完畢提交，查看流程跟蹤，返回公司，點擊如圖 6-29 中的「開立銀行臨時帳戶」打開如圖 6-30 的界面。在如圖 6-30 的界面中，點擊「開戶業務—臨時帳戶開戶申請」，打開如圖 6-31 所示界面。

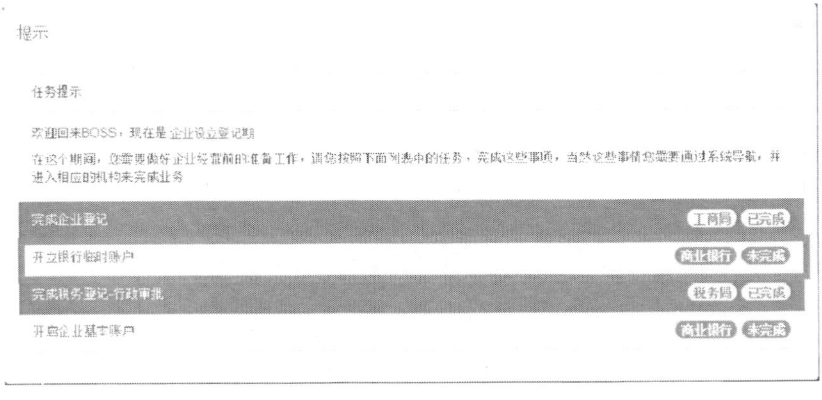

圖 6-29

圖 6-30

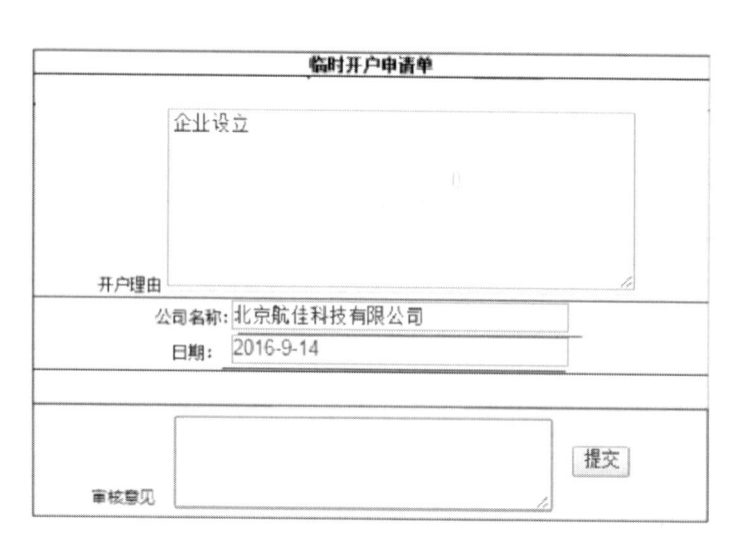

圖 6-31

在如圖 6-31 的界面中填寫臨時帳戶申請單，提交後點擊流程跟蹤，打開如圖 6-32 的界面。

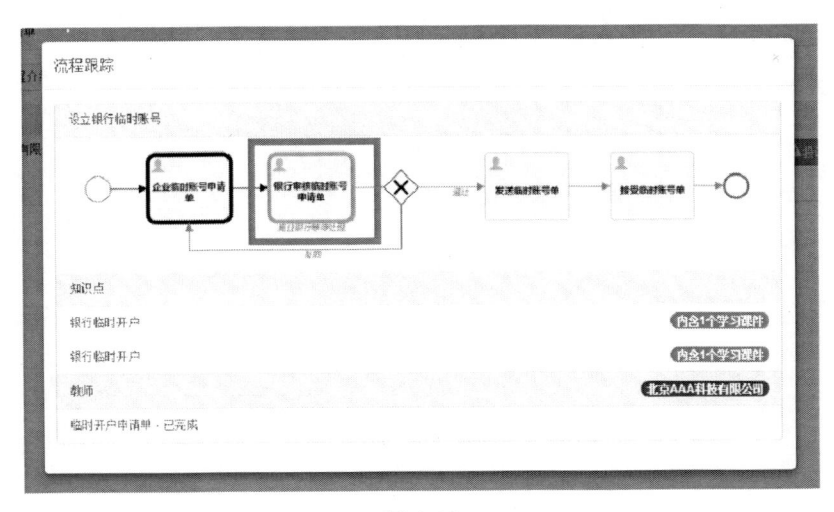

圖 6-32

如圖 6-32，看到「銀行審核臨時帳號申請單」框，變為綠色，去銀行辦理即可，銀行辦理完畢之後在如圖 6-33 的界面上點擊「領取任務」，打開如圖 6-34 的界面。

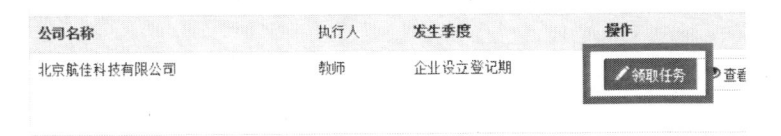

圖 6-33

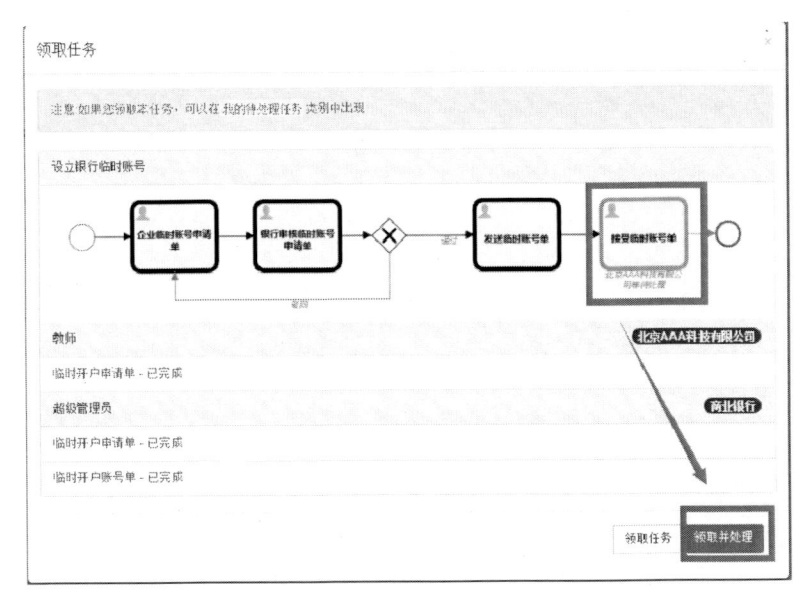

圖 6-34

如圖 6-34,「接受臨時帳號單」框變為綠色,點擊領取並處理,打開如圖 6-35 的界面。

臨時帳戶

茲有企業設立,允許_____北京航佳科技有限公司_____開立臨時帳戶,帳號為:_____2016091411432000520_____。

_____商業_____銀行

[提交]

圖 6-35

在如圖 6-35 所示的界面中點擊「提交」,返回公司就會看到如圖 6-36 所示的界面,還剩下開啟企業基本帳戶的任務。

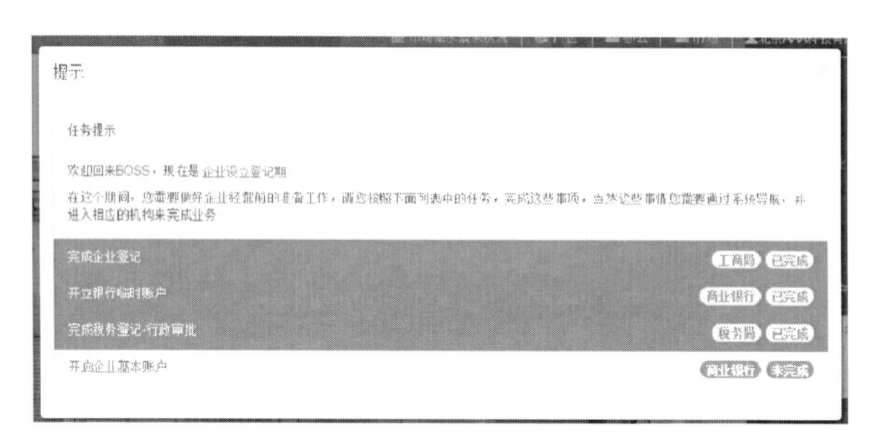

圖 6-36

在如圖 6-36 所示的界面中,點擊「開啟銀行基本帳戶」,打開如圖 6-37 所示的界面。

圖 6-37

在如圖 6-37 所示的界面中點擊「開戶業務」，打開如圖 6-38 所示的界面。

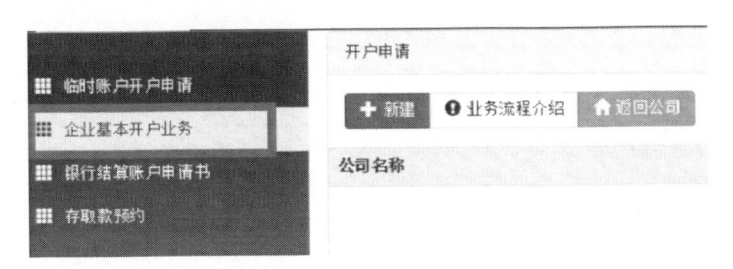

圖 6-38

在如圖 6-38 所示的界面中，點擊「企業基本開戶業務」，新建並填寫銀行開戶申請表，如圖 6-39 所示。

圖 6-39

在如圖6-39所示的界面中，填寫完畢後提交，等待銀行審批過後，填寫開立單位銀行結算帳戶申請書，如圖6-40所示。

圖6-40

填寫完畢後提交等待審批，審批通過則會顯示已完成，如圖6-41所示。

圖6-41

二、系統假設、數據模型與經營規則

（一）系統假設

《經濟管理綜合實驗》業務流、數據流與資金流的相互貫通是基於一定的系統假設、數據模型以及一系列經營規則來實現的。其系統假設包括：

1. 生產主體假設

為使實驗具有直觀性、代表性和可操作性，本實驗選擇學生較為熟悉的手機製造業作為經營模擬的行業，同時假設該手機製造行業是一個從生產技術水準較低向研發、生產高技術產品發展的成長性行業。

本系統假定由學生組成的若干家手機生產製造企業為生產經營主體，每家企業的註冊資本金為1,000萬元，模擬L、S、O及H型四種不同類型的手機產品的

生產及經營管理過程。在一定的經營規則下，每家企業可以自由生產、自主決策、公平競爭。

2. 經營分期假設

該系統假定企業在存續期，連續生產、分期經營、逐期核算。一個經營週期是指企業從戰略決策開始，到產品生產、銷售、交付的全過程。經營分期假設是指將企業生產經營活動期間劃分為若干連續的、長短相同的期間。每個企業從經營準備期開始，依靠企業經營管理決策層在調查研究的基礎上，在基礎設施建設、產品研發、市場開拓、產品銷售、人力資源管理、信息化等方面做出科學決策，使企業逐步成長、發展壯大。

3. 模擬市場假設

本系統模擬具有一定競爭性的「買」方市場，即各期產品市場總需求略小於市場總供給。其中，「買」方由系統模擬，「賣」方由若干家手機生產製造企業組成。

此外，全部市場劃分為東北市場、南部沿海市場、黃河中游市場、大西北市場、北部沿海市場、長江中游市場六個國內分市場和亞洲市場一個國際分市場。

4. 產品生命週期假設

本系統模擬 L、S、O 及 H 型四種不同類型的手機產品的生產及經營管理過程。各產品需求生命週期曲線如圖 6-42 所示。

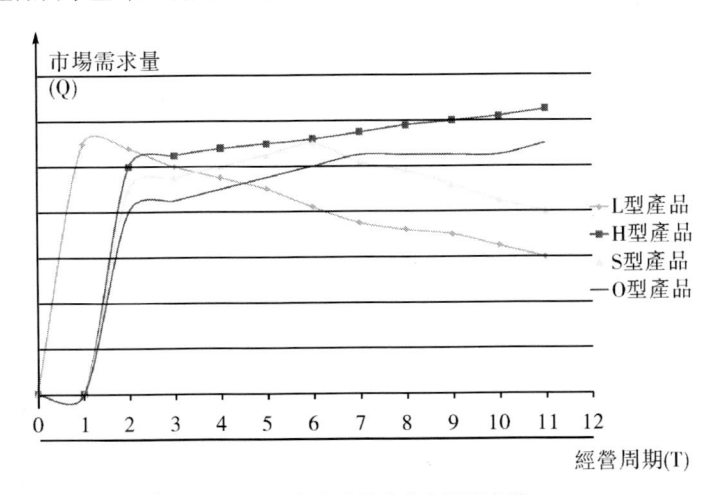

圖 6-42　各產品需求生命週期曲線

5. 外部服務環境假設

假定企業是在與外部服務部門交互中開展競爭的，因而企業在經營過程中，除了要遵守企業經營規則外，還必須遵守外部服務部門的各項約定，做到合法經營、靈活運用，在競爭中求生存、謀發展。

(二) 數據模型

本綜合實驗以企業競爭模擬為核心，其數據模型主要有：

1. 市場供需模型

(1) 市場供給總量

設有若干家手機生產企業，企業初始準備期為第 0 期，共經營 $n+1$ 期，$i=1$，2，3，4 分別代表 L、S、O 及 H 四種不同類型的產品；又設 $TS_{(i,j-1)}$ 為第 i 產品第 $j-1$ 期市場全部企業供給總量，$TP_{(ij)}$ 為第 i 產品第 j 期市場全部企業生產總量。則

$$TS_{i,j-1} = F[TP_{(ij)}], \quad (j=1,\cdots,n+1)$$

即本期市場供給總量由上期市場生產總量決定。

(2) 市場需求總量及分市場需求量

首先，在本期市場供給總量確定的基礎上，系統模擬給出該四種產品在企業競爭不同時期的市場需求總量。各期市場需求總量模型如下：

$$TD_{ij} = k_{ij} \cdot TS_{(i,j-1)}, \quad (j=1,\cdots,n+1)$$

其中，TD_{ij} 為第 i 產品第 j 期市場需求總量，k_{ij} 為第 i 產品第 j 期供需比例，該比例由系統根據 L、S、O 及 H 型四種產品的生命週期曲線模擬給出。

其次，各產品分市場需求量由分市場需求比例決定。設 DD_{ij} 第 i 產品第 j 期某分市場需求總量，m_{ij} 為第 i 產品第 j 期某分市場需求比例，則各產品分市場需求量模型如下：

$$DD_{ij} = m_{ij} \cdot TD_{(i,j)}, \quad (j=1,\cdots,n+1)$$

其中，m_{ij} 即某分市場第 j 期市場需求比例，$TD_{(i,j)}$ 為第 j 期全部企業對某分市場投入總金額占全部市場投入總金額的比重。

(3) 供需平衡

系統通過調整產品供需比例 k_{ij}（取值為 0.95～1.05），實現供需平衡。

2. 企業競單模型

(1) 訂單數量模型

第 i 產品第 j 期某分市場需求總量 D_{ij}，即為該產品該期各分市場訂單總數。訂單數量模型如下：

$$DD_{ij} = m_{ij} \cdot TD_{(i,j)} = m_{ij} \cdot k_{ij} \cdot TS_{(i,j-1)}$$

即某產品某分市場的訂單總數量由該產品本期市場供需比例 k_{ij}、該產品本期分市場需求比例 m_{ij} 及上期所有企業該產品的產能總量決定。該期全部產品訂單形成訂單池，供企業競單。

(2) 產品定價模型

企業參與競單的前一期，需對本企業生產的產品進行定價。產品定價取決於所生產產品的單位成本。產品定價模型如下：

本期產出產品的成本價 = [（管理費用 + 銷售費用 + 財務費用）÷當期生產產品個數] + 直接成本(原材料)

(3) 競單得分模型

企業根據自身需求向訂單池申請訂單，所申請個數由企業自行決定。系統根據競單得分模型計算企業競爭力，並按照企業競爭力大小排序，競單得分最多，企業競爭力越大。競單得分＝價格分+市場影響力得分+質量分。

企業競單模型如圖 6-43 所示。

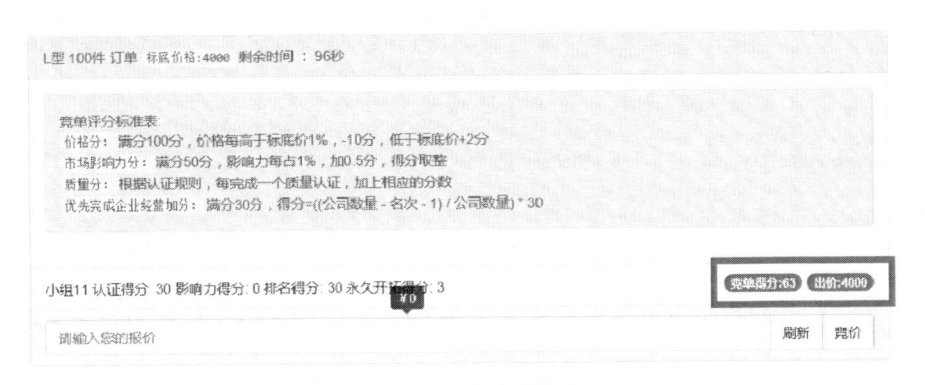

圖 6-43　企業競單模型

標底價格：4,000。

價格分：賣出的價格高於標底 1%，則扣 10 分，例如（出價 4,040，則扣除 10 分）；賣出的價格低於標底 1%，則加 2 分，例如（出價 3,960，則加 2 分）。滿分 100 分；若出價為 4,010，高出標底價 0.25%，此時四捨五入不扣分。

市場影響力：影響力（影響力 ＝ 本企業市場有效投資總額÷該市場所有有效投資總額，其取值範圍為 0～100%）占 1%，加 0.5 分，例如：占 50%，得分 25 分。

質量分：即產品認證分。每完成一個質量認證，加相應的分值。

永久開拓得分：永久開拓的市場都加 3 分。

3. 產品交付模型

企業根據產品競單價及競單數量向系統進行產品交付，系統在下一期收回貨款並進行成本利潤核算。產品交付時需支付運輸費用，由物流公司和核心企業溝通定價。

第三節　製造企業經營

一、廠區

系統為製造公司提供了六種不同的廠區區域，即京津唐經濟特區、環渤海經濟特區、長三角經濟特區、珠三角經濟特區、東北老工業基地、西部大開發基地，每個區域內都有不同類型的大、小型廠區可供選擇。

本系統中的廠區相當於土地，企業購置廠區後，在廠區內可以依需要分別建設產成品庫、原材料庫、廠房。在廠區決策中，企業競爭者需共同遵守如下規則：

（1）系統默認每個企業在整個經營過程中，只能購買一個廠區；

（2）購買廠區後，所有類型廠區系統默認一定大小面積，可以根據需要建設產成品庫、原材料庫、廠房；

（3）當企業在經營過程中要求增加各類建築物數量時，需對廠區進行擴建。廠區每期都有一定的擴建的面積，每次擴建面積=廠區現有面積÷(已擴展次數+1)^2，每次擴建金額＝每次擴建面積×土地的價錢。或用於建造產成品庫，或用於建造原材料庫或廠房；

（4）廠區購買必須一次性付款；

（5）不同廠區的土地價格不同，不同類型的廠區，面積大小不同；

（6）廠區購買後，不需要支付開拓費用即可擁有本地市場資格，並在系統中將該市場標記為「本地市場」，並在競單中具有永久市場的分值。

廠區決策相關參數如表6-1所示。

表6-1　　　　　　　　　廠區基本情況表

所在地區	代表城市	類型	土地價格（元/m²）	廠區面積（m²）	每期最大可擴建面積（m²）	競單加分
京津唐地區	北京	小型	1,000	1,000	1,200	3
		大型	1,000	1,200	1,000	3
環渤海地區	大連	小型	850	1,000	1,200	3
		大型	850	1,200	1,000	3
長江三角洲地區	武漢	小型	800	1,000	1,200	3
		大型	800	1,200	1,000	3
珠江三角洲地區	深圳	小型	1,100	1,000	1,200	3
		大型	1,100	1,200	1,000	3
東北老工業基地	吉林	小型	900	1,000	1,200	3
		大型	900	1,200	1,000	3
西部大開發基地	成都	小型	700	1,000	1,200	3
		大型	700	1,200	1,000	3

根據公司決策內容選擇公司建廠地址，點擊每個廠區的時候，可以顯示該市場在本地的市場份額，做出決策後購買並簽收（見圖6-44）。

廠區選址

本區域介紹

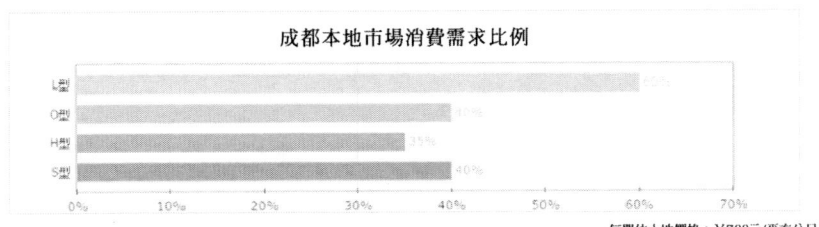

成都本地市場消費需求比例

L型	40%
O型	40%
H型	35%
S型	40%

每單位土地價格：￥700元/平方公尺

說明該比例僅表示當您在這個區域內選址建立企業後，你生產的產品，本地市場產生的需求固定比例（例如：您本季度生產L型1000件），在沒有競爭對手的情況下，下季度將會根據1000和市場固定比例，計算出本市場一定最少不會低於這個數量的L型需求訂單）。

序號	名稱	所在地區	廠區容積(平方公尺)	價格合計	操作
1	大型廠區	成都	1200平方公尺	￥840,000	購買
2	小型廠區	成都	1200平方公尺	￥700,000	購買

圖 6-44

　　簽收完成後，顯示廠區畫面，並根據企業要求進行廠房、倉庫、廠區擴建等。

　　廠區購買後，當季度可以使用；擴建後，當季度可使用。

　　廠區內的建築物，當季度租賃或者是建造後，當季度可以使用，租賃的建築物不占用廠區的面積，建造的建築物占用廠區面積。

　　倉庫的吞吐量每個季度開始重新會還原到最初數值。

　　本系統中的固定資產主要包括廠房、庫房及生產線等。固定資產的形成可選擇購買（自行建造）或者租賃。購買須一次性付款，支付後可立即投入使用，購買的固定資產每經營期須承擔維護費用，維護費用在下一期支付；租賃的固定資產在租賃後即可投入使用，每經營期須承擔租賃費，租賃費在下一期支付。

　　無論購買或租賃的廠房或庫房都須支付原材料或產成品保管費用。對存放在庫房中的原材料和產成品按照期末存放的數量收取保管費用。

　　1. 廠房購建規則

　　（1）購買廠區後，企業可以根據規劃決策，選擇購買（自行興建）廠房，企業只有購買廠房後，才可以購買生產線。

　　（2）廠房有大、中、小三種規格，不同規格廠房的價格、面積大小及容量都不同。

　　其基本參數見表 6-2。

表2　　　　　　　　　　　　廠房基本信息表

廠房類型	容量（條）	興建價格（元）	廠房面積（平方米）	折舊期限（週期）
小型廠房	1條	250,000	200	40
中型廠房	2條	400,000	400	40
大型廠房	3條	600,000	500	40

2. 倉庫購建規則

（1）選擇購買廠區後，企業可以根據規劃決策，選擇購買（自行興建）或者租賃倉庫，用來存放開展生產所需的原輔材料及產成品。

（2）系統中，企業購買的倉庫每個週期都有吞吐量限制。

（3）倉庫有大、中、小三種規格，不同規格的倉庫的價格、吞吐能力、面積大小及容量都不同，相關參數見表6-3。

表6-3　　　　　　　　　　　倉庫基本信息表

產成品庫類型	容量（件）	興建				租賃	吞吐量
^	^	興建價格（元）	維護費用（元/季度）	折舊期限（季度）	占地面積（平方米）	租賃費（元/季度）	^
小型倉庫	3,000	300,000	2,000	40	300	80,000	10,000
中型倉庫	6,000	600,000	2,000	40	500	100,000	20,000
大型倉庫	12,000	800,000	2,000	40	1,000	200,000	30,000

二、生產部

（一）生產線

（1）企業可以根據生產決策，購買生產線，用於組織開展生產。

（2）購買的生產線須安放在廠房中，廠房容量不足時，無法購買安裝生產線。

（3）購買生產線一次性支付全部價款，在價款支付完畢後開始安裝，在安裝週期完成的當季度可投入使用。

（4）生產線的產能初始都為0，每種生產線都有最大產能。企業必須通過招聘生產工人和生產管理人員，並且將人員調入生產線進行生產，使生產線的產能得到提高，產能最大只能提高到最大產能。人員使用表示每個人員在生產線提高的產能。

（5）每條生產線都具有技術水準，只能產出低於或者等於該生產線技術水準的工藝產品。生產線的產量＝（生產線水準－產品的工藝水準）×產能。每條生產線都可以升級技術水準，提升的水準＝當前技術水準÷2÷提升次數；提升費用＝生產線購買價格÷2。當生產線水準與產品的工藝水準相等時，1個產能對應0.5個產量。

（6）生產線轉產須在生產線建成完工，而且在空閒狀態下才能進行。轉產不須支付轉產費，但有的生產線有轉產週期，並且注意轉產期間不能對這條生產線進行任何操作，因此在轉產之前，如果需要調查人員，應先調出人員，然後再進行轉產。

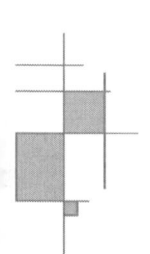

（7）系統中模擬四種類型的生產線，不同生產線的價格、技術水準、強度及產能各不相同，詳細信息見表6-4。

表6-4　　　　　　　　　　　生產線基本信息表

生產線類型	購買價格（元）	安裝週期（週期）	轉產週期（週期）	技術水準	最大產能（件/季度）	人員使用率	折舊期限（季度）
勞動密集型生產線	500,000	0	0	2	500	50%	40
半自動生產線	1,000,000	0	1	3	500	100%	40
全自動生產線	1,500,000	1	1	4	450	1,000%	40
柔性生產線	2,000,000	1	0	4	400	300%	40

由表6-4可知：

（1）勞動密集生產線、柔性生產線購買—簽收—驗收後，可以購買原材料，直接投入生產；半自動、全自動的生產線需要一個季度的安裝週期。

（2）每條生產線的週期全部為一個季度，到下個季度後產品可入庫。

（3）生產線由現有的生產產品改為其他的產品生產（包括不同工藝）需要一個季度的轉產週期。

（4）生產線的強度是會降低的，降低後需要進行維修，維修時間為一個季度。

（5）生產線的產量＝（該生產線的技術水準－工藝水準）×生產線產能（工人的能力×人員利用率）。

（6）產品研發在投入研發後，下季度才能看到研發結果是否成功。

（二）產品研發

（1）製造企業初始都可以生產L型產品A型工藝清單，如果企業想生產新的產品，就需要投入資金和科研人員進行產品研發。

（2）本期投入資金，下一期系統會提示產品研發是否成功。如果研發成功率達到100%，下一期肯定研發成功。研發成功的當季度可以投入生產。

（3）產品研發的流程如下：

①所有產品的工藝改進都需要研發；

②研發成功H型產品後才可以研發其他產品（O型，S型）。

各類產品研發的具體信息見表6-5。

表6-5　　　　　　　　　　　產品研發基本信息表

研發項目	基本研發能力要求	最少投放資金	推薦資金	代表BOM	技術水準
L型產品研發	0	0	0	L型產品A型工藝清單	1
L型產品工藝改進	50	100,000	300,000	L型產品B型工藝清單	0
H型產品研發	100	300,000	1,000,000	H型產品A型工藝清單	2
H型產品工藝改進	50	100,000	300,000	H型產品B型工藝清單	1

表6-5(續)

研發項目	基本研發能力要求	最少投放資金	推薦資金	代表BOM	技術水準
O型產品研發	100	1,000,000	2,000,000	O型產品A型工藝清單	3
S型產品研發	100	1,500,000	3,000,000	S型產品A型工藝清單	4
高端工藝改進	30	300,000	600,000	O型產品B型工藝清單	2
				S型產品B型工藝清單	3

其中，基本研發能力要求：對應研發人員的研發能力，只有該研發項目的研發人員能力達到該項要求後，研發才能開始。

推薦資金：推薦企業在資金有效期內達到的資金額，以保證研發成功。

資金有效期：企業投入研發資金能夠對研發產生效果的時間。產品研發可一次性集中投入資金研發，也可分期投入資金研發。

研發成功率＝企業投入的有效研發資金÷推薦資金×80%+(投入的研發人員研發能力－基本研發能力要求)÷100×20%)-(20%~40%)

(三) 產品BOM結構

產品物料清單（BOM結構）圖如圖6-45和圖6-46所示（括號中的數字為所需原材料個數）。

1. 製造企業

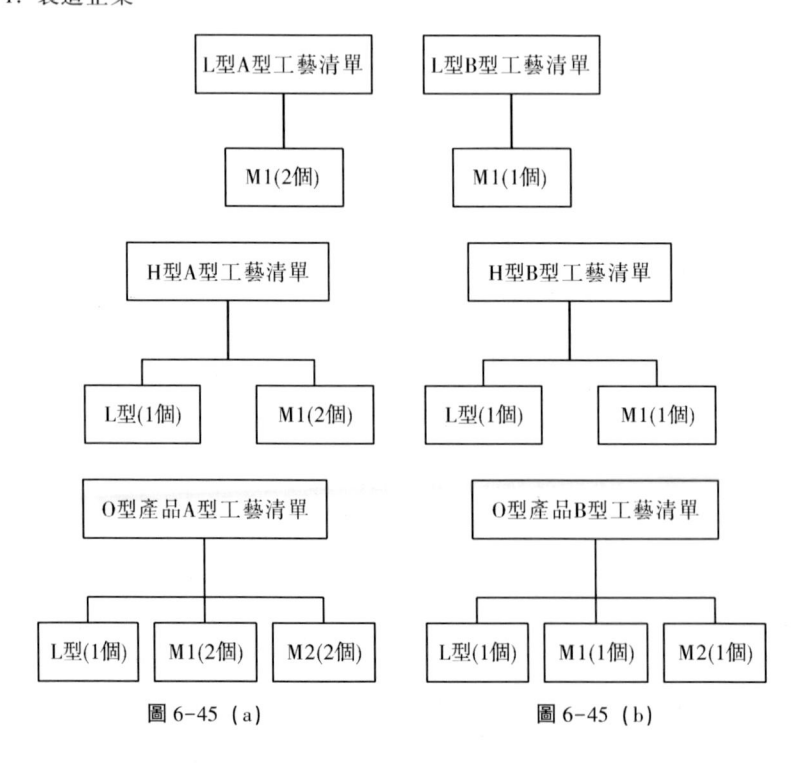

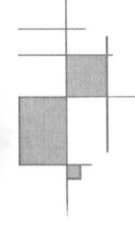

圖6-45 (a)　　圖6-45 (b)

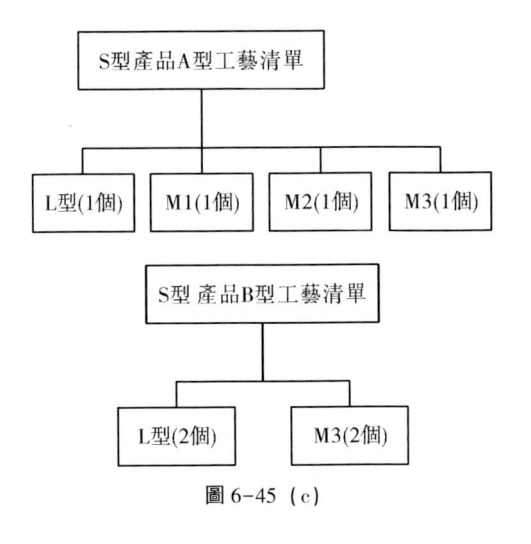

```
                  ┌──────────────────┐
                  │ S型產品A型工藝清單 │
                  └──────────────────┘
          ┌──────────┬──────────┬──────────┐
      ┌───────┐  ┌───────┐  ┌───────┐  ┌───────┐
      │L型(1個)│  │M1(1個)│  │M2(1個)│  │M3(1個)│
      └───────┘  └───────┘  └───────┘  └───────┘
```

```
                  ┌──────────────────┐
                  │ S型 產品B型工藝清單│
                  └──────────────────┘
                  ┌──────────┐
              ┌───────┐  ┌───────┐
              │L型(2個)│  │M3(2個)│
              └───────┘  └───────┘
```

圖 6-45（c）

2. 供應商

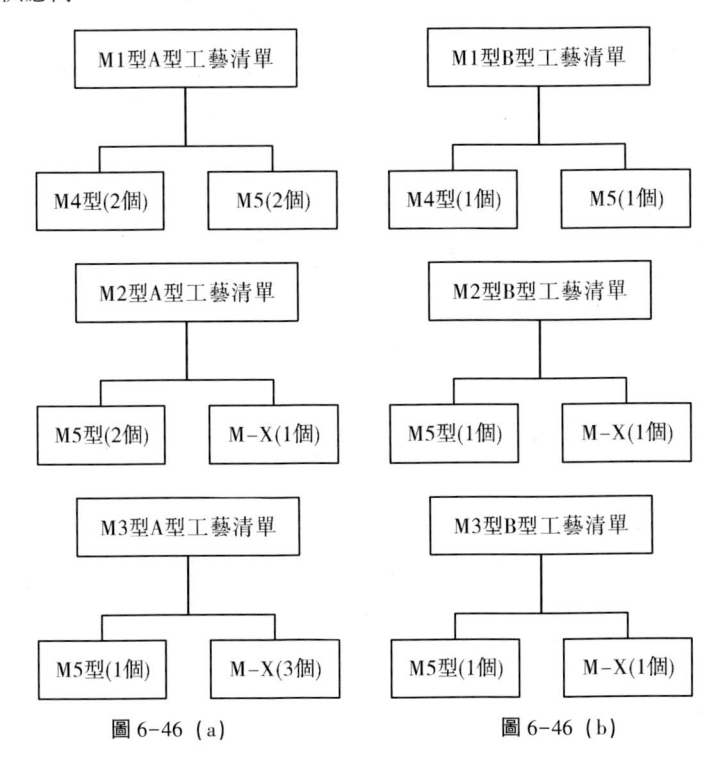

```
    ┌────────────────┐          ┌────────────────┐
    │ M1型A型工藝清單 │          │ M1型B型工藝清單 │
    └────────────────┘          └────────────────┘
     ┌─────┐  ┌─────┐            ┌─────┐  ┌─────┐
     │M4型(2個)│M5型(2個)│        │M4型(1個)│M5型(1個)│
     └─────┘  └─────┘            └─────┘  └─────┘

    ┌────────────────┐          ┌────────────────┐
    │ M2型A型工藝清單 │          │ M2型B型工藝清單 │
    └────────────────┘          └────────────────┘
     ┌─────┐  ┌─────┐            ┌─────┐  ┌─────┐
     │M5型(2個)│M-X(1個)│        │M5型(1個)│M-X(1個)│
     └─────┘  └─────┘            └─────┘  └─────┘

    ┌────────────────┐          ┌────────────────┐
    │ M3型A型工藝清單 │          │ M3型B型工藝清單 │
    └────────────────┘          └────────────────┘
     ┌─────┐  ┌─────┐            ┌─────┐  ┌─────┐
     │M5型(1個)│M-X(3個)│        │M5型(1個)│M-X(1個)│
     └─────┘  └─────┘            └─────┘  └─────┘
```

圖 6-46（a）　　　　　　　　　圖 6-46（b）

（四）產品生產

（1）各生產線可以生產企業研發成功的產品，但只能生產一種產品，如要生產其他類型產品，需進行轉產。

（2）製造企業的生產週期均為 1 期，供應商的生產週期為 0 期。

(五) 產品庫存

(1) 產品存放在產成品庫房，所有存放在倉庫的產品均發生庫存成本。
(2) 庫存成本按照季末庫存數量計算，一次性支付。
庫存費用詳細信息見表6-6。

表6-6　　　　　　　　　　產成品費用一覽表

產成品名稱	市場售價（元）	庫存成本（元/件・季度）
L型	4,000	250
H型	6,000	400
O型	8,000	400
S型	10,000	400

三、採購部

(一) 原材料採購

企業組織生產需提前按照產品BOM結構採購原輔材料；當供應商採購某種原輔材料時，系統供貨的時間可選擇本期供貨和下一期供貨，本期供貨價錢多出一倍，下期供貨原價購買；製造企業與供應商採購原材料的價格需要雙方談判協商。庫存成本在每期期末按庫存的材料數量計算，在下一期支付。

原輔材料的詳細信息見表6-7。

表6-7　　　　　　　　　　原輔材料費用信息表

原輔材料名稱	原材料平均市場價格（元）	庫存成本（元/件）
M4	30	50
M5	50	50
M-X	80	50

(二) 產品交易

由採購方創建交易，在採購部的採購合同裡創建交易，選擇採購的物料（原材料和產成品），選擇被採購的小組，選擇到貨時間，輸入數量和所有貨物的總金額（含稅價，總金額包括增值稅）（見圖6-47）。

平臺內企業之間的交易貨物是當期到，但是貨款是在下個季度初到銷售方帳戶中。

圖 6-47

注意：
（1）緊急採購當季度是可以收到原材料的。
（2）下期採購後在下個季度才能收到該單原材料。
（3）BOM 單可以查看該產品的工藝水準。

四、市場部

（1）企業可以通過各種宣傳手段，如投入廣告費等來開拓市場和提高市場影響力。

（2）本期投放的廣告費用在下一期生效，每種宣傳手段每期只能投入一次。市場投資的宣傳手段詳細信息見表 6-8。

表 6-8　　　　　　　各宣傳手段信息表

宣傳手段	最少投入資金（元/市場）	資金分配比率	投放形式	每季度允許投放次數
網絡新媒體廣告	400,000	50%	群體市場	1
電視廣告	300,000	100%	個體市場	1
電影廣告植入	600,000	150%	個體市場	1
產品代言	500,000	60%	群體市場	1

其中，資金分配比率是指投入本項宣傳的廣告費將會按照分配率進入選中的市場形成有效資金。

例：A 企業採用「網絡新媒體」向「東北」「長江中下游」「京津唐」三地

共投入100萬,按照分配比率每市場將實際在三個市場同時產生100萬×50%=50萬的有效資金;個體投放和群體投放的區別在於,個體投入的廣告一次只能面向一個市場,而群體投放則允許一筆廣告費同時投入多個市場。

(3)臨時性開拓與永久開拓。當某季度進入該市場的有效資金超過該市場的「臨時性開拓所需」時,則當季度該市場標註為「開拓」。企業可以接收本市場的訂單,不需要支付維護費用。「臨時開拓所需資金」「永久性開拓所需」詳細信息見表6-9。

表6-9　　　　　　　　　　市場開拓費用表

市場名稱	代表城市	臨時性開拓所需(元)	永久性開拓所需(元)	永久市場競單加分
東北	沈陽	200,000	3,000,000	3
南部沿海	深圳	250,000	3,000,000	3
黃河中游	北京	300,000	4,000,000	3
歐洲	倫敦	300,000	5,000,000	3
大西北	成都	250,000	2,000,000	3
北部沿海	大連	250,000	1,500,000	3
長江中游	武漢	150,000	1,500,000	3

(4)企業投入市場的有效資金數額直接影響企業在本市場的市場影響力。

市場影響力計算方法:某市場影響力=本企業市場有效投資總額÷該市場所有有效投資總額。

市場影響力將直接影響企業在本市場的銷售競單的競標得分,影響辦法見圖6-43「銷售競單規則」。

五、企業管理部

(一)企業資質認證

資質認證包括ISO9000和ISO14000,企業通過資質認證後將降低銷售競單中的競標扣分。

資質認證詳細信息見表6-9。

表6-9　　　　　　　　　　資質認證信息表

資質認證名稱	需要時間(季度)	最少投入(元/季度)	競單加分	總投入(元/季度)
ISO9000	1	1,000,000	10	1,000,000
ISO14000	2	500,000	10	1,000,000

其中,所需時間:認證所需要花費的時間,當資金投入完成後,認證通過後,該認證正式獲得。

增加產品競單得分:一旦認證獲取後,競單中會得到相應的得分。

總投入:資金有效期投入資金總和達到該數值時,開始申請質量認證。

（二）人力資源

驅動生產線生產、提高研發項目的效率都需要員工，企業通過人力資源管理，可以招聘各式各樣的人才，並且將人員分配到合適的崗位開始工作。每種類型的人員都有各種能力，企業在人才招聘時，應注意能力的搭配，在盡可能減少人力成本的同時，提高工作效率。相應規則如下：

（1）招聘的人員在當季即可投入工作，招聘費用在招聘時立即支付。

（2）科研人員進入研發項目後，在產品研發成功以前，可以隨時調出。

（3）生產工人在產品完工之前不能從生產線上調出。當每季度產品投產前，生產工人可自由調度。

（4）人員工資在下一季度支付。

（5）向生產線安排生產類人員是提升生產線產能的唯一途徑。人員安排有多種組合，其主要決策為減少人力成本，提高生產效率。多種組合計算方式為：

總提升產能＝專業能力（工人）×人數（工人數量）＋專業能力（工人）×人數（工人數量）×管理能力百分比（車間管理人員）×人數（車間管理人員人數）

總提升研發能力＝科研人員專業能力×人數（科研人員數量）

（6）解聘人員時，除支付本季度工資之外需另支付兩個月工資。

（7）人員為空閒狀態時也需要支付工資。

人力資源詳細信息見表6-10。

表6-10　　　　　　　　　人力資源信息表

人員類型	招聘費用（元）	人員類型	生產能力（件/人）	生產能力提高率（％）	研發能力	工資（元/人.季度）
初級工人	6,000	生產人員	10	0	0	4,000
高級工人	10,000	生產人員	20	0	0	6,000
車間管理人員	8,000	生產人員	0	25	0	5,000
研發人員	10,000	研發人員	0	0	10	10,000

注意：

（1）人員招聘後當季度可以使用，並投入到相應的崗位上。

（2）資質認證投入後，下季度才能產生作用，並永久生效。

六、銷售部

（一）銷售方式

在本模擬實訓中，製造企業的主要銷售方式包括三種：

第一種為電子商務。也即通過在系統模擬的市場中進行競單銷售。採用此方式銷售產品，企業必須投入廣告費，開拓市場，才能接到該市場的訂單。

第二種為競標。製造企業分別可以在經營中參與招投標中心的市場競標活

動,取得銷售訂單。競標必須按照招標人的要求準備標書參與競標。

第三種為談判。製造企業之間談判,簽訂銷售合同進行產品銷售。

(二) 銷售競單

輸入訂單數量、價格,得到競單分數,評分參數參見圖6-43。

(三) 訂單交付

訂單的交付時間都是本期交付,只要庫存滿足訂單要求,便可以進行產品交付,並且將在下一季度獲得貨款。

(1) 本地市場產品數量計算方法為:

本地需求＝本市場內所有公司的上一季度總產量×對應的市場需求比例＋本市場內所有公司的上一季度總產量×(1−對應的市場需求比例)×本地市場在全部市場中所占到市場份額

(2) 系統回收產品的參考價格是4,000元,每降低或者調高4元,將降低或者調高1分。

七、財務部

財務部主要負責辦理企業記帳、貸款、納稅、年檢(或者企業管理部去辦理年檢)等業務。

如圖6-48所示,點擊「財務部—實習導航」,進入如圖6-49所示的界面,去外圍機構辦理相關業務。

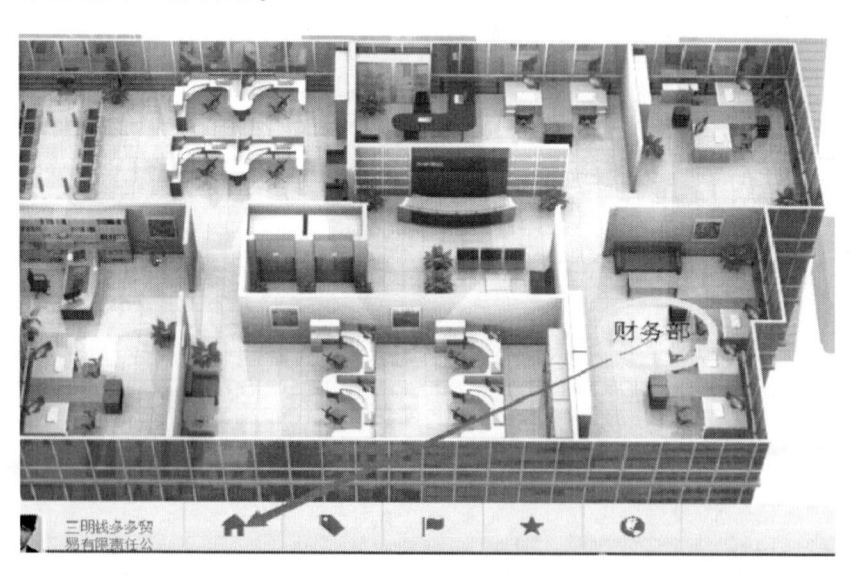

圖6-60

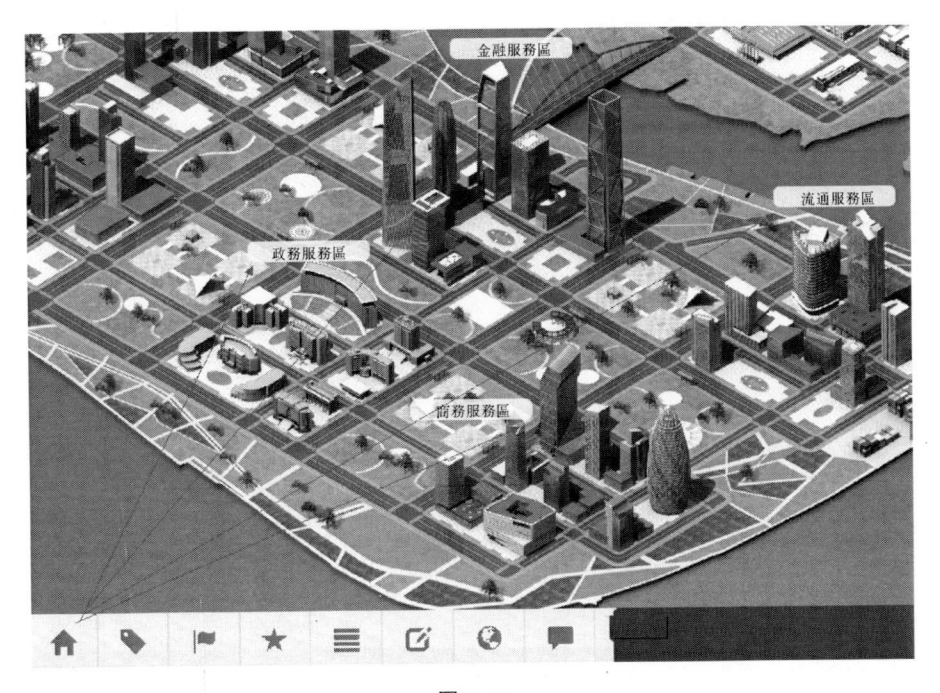

圖 6-61

國家圖書館出版品預行編目（CIP）資料

中國企業創立與經營綜合模擬實訓 / 劉進 等 主編.
-- 第一版. -- 臺北市：財經錢線文化, 2019.05
　　面；　公分
POD版

ISBN 978-957-680-329-1(平裝)

1.企業經營 2.創業 3.中國

494　　　　　　　　　　　　　　　108006734

書　　名：中國企業創立與經營綜合模擬實訓
作　　者：劉進、盧安文、鄭維斌、周清 主編
發 行 人：黃振庭
出 版 者：財經錢線文化事業有限公司
發 行 者：財經錢線文化事業有限公司
E-mail：sonbookservice@gmail.com
粉 絲 頁：　　　　　網　址：
地　　址：台北市中正區重慶南路一段六十一號八樓815室
8F.-815, No.61, Sec. 1, Chongqing S. Rd., Zhongzheng Dist., Taipei City 100, Taiwan (R.O.C.)
電　　話：(02)2370-3310　傳　真：(02) 2370-3210
總 經 銷：紅螞蟻圖書有限公司
地　　址：台北市內湖區舊宗路二段121巷19號
電　　話:02-2795-3656　傳真:02-2795-4100　網址：
印　　刷：京峯彩色印刷有限公司（京峰數位）

　　本書版權為西南財經大學出版社所有授權崧博出版事業股份有限公司獨家發行電子書及繁體書繁體字版。若有其他相關權利及授權需求請與本公司聯繫。

定　　價：380元
發行日期：2019 年 05 月第一版
◎ 本書以 POD 印製發行